Copyright © 2025
por Michelly Tanino

Todos os direitos desta publicação reservados à Maquinaria Sankto Editora e Distribuidora LTDA. Este livro segue o Novo Acordo Ortográfico de 1990.

É vedada a reprodução total ou parcial desta obra sem a prévia autorização, salvo como referência de pesquisa ou citação acompanhada da respectiva indicação. A violação dos direitos autorais é crime estabelecido na Lei n.9.610/98 e punido pelo artigo 194 do Código Penal.

Este texto é de responsabilidade da autora e não reflete necessariamente a opinião da Maquinaria Sankto Editora e Distribuidora LTDA.

Informações como nomes, locais e detalhes desta obra foram modificadas para garantir a privacidade dos envolvidos.

Diretora-executiva
Renata Sturm

Diretor Financeiro
Guther Faggion

Administração
Alberto Balbino

Editor
Pedro Aranha

Assistente editorial
Amanda do Valle

Preparação
Letícia Portela

Revisão
João Lucas Z. Kosce

Direção de Arte
Rafael Bersi

Marketing e Comunicação
Matheus da Costa, Bianca Oliveira

DADOS INTERNACIONAIS DE CATALOGAÇÃO NA PUBLICAÇÃO (CIP)
ANGÉLICA ILACQUA — CRB-8/7057

TANINO, Mih
 Um intercâmbio quase perfeito / Mih Tanino. -- São Paulo : Maquinaria Sankto Editora e Distribuidora Ltda, 2025.
 288 p. : il.

 ISBN 978-85-94484-64-2

 1. Ficção infantojuvenil brasileira I. Título

 25-0405   CDD 028.5

Índice Para Catálogo Sistemático:
1. Ficção infantojuvenil brasileira

Rua Pedro de Toledo, 129 — Sala 104
Vila Clementino — São Paulo — SP, CEP: 04039-030
www.mqnr.com.br

Mih Tanino

Um intercâmbio QUASE perfeito

mqnr

Para Pompom.

INTRODUÇÃO
Antes de tudo...

Fazer intercâmbio era mais que um sonho. Era uma fuga.

Para falar a verdade, eu queria fugir de todas as escolas que frequentei. Nunca me encaixei e sempre senti que não me encaixaria em nenhuma delas. O *bullying* só piorava com o tempo; ofensas e apelidos de mau gosto eram diários. Era uma rotina cansativa: eu acordava e sabia o que encontraria na escola.

Muitas vezes me senti deprimida. Desmotivada, sabe? Eu já sabia o que me esperava naquele lugar, as pessoas que sentariam ao meu redor e o que teria que escutar. Às vezes, o óbvio precisa ser dito: sofrer *bullying* é horrível!

Por conta desses momentos nada, nada felizes, a ideia de fazer intercâmbio foi ganhando força. A ideia de estar longe daquela escola, longe da mesma sala de aula e dos meus colegas de turma, que tornavam meus dias terríveis, se tornou uma esperança. Contei com o apoio dos meus pais. Eles me viam todos os dias arrasada pela casa.

Acho que me ver tão feliz com um novo plano, por mais surreal que pudesse ser, os animou também.

Com o apoio deles, era oficial: eu mudaria de país. Conheceria uma nova cultura, estaria fora do continente, deixaria tudo para trás — claro, por um tempinho, não é? — e cuidaria de mim mesma por meses. Imagina o medo que eu senti?

Do dia para a noite, tivemos que correr atrás de mil e uma coisas. A primeira etapa foi encontrar uma agência que ainda tivesse vagas para o intercâmbio.

A segunda era a que me causava mais ansiedade: aprender a falar inglês! Posso confessar algo? Fica entre a gente, hein? Eu não sabia falar nada de inglês. Nada! Para vocês terem uma ideia, eu pensava que cenoura se dizia *cenoury*.

Confusões à parte, as etapas foram seguindo: tirar passaporte, visto de estudante, fazer as malas, me despedir de pessoas queridas, preencher formulários, documentação. Ufa! Um monte de coisa para resolver, viu?

Pensei que não daria certo. Meu tempo era curto e eu tinha apenas seis meses para garantir que eu estivesse em um avião rumo aos Estados Unidos.

Até tentei fazer algumas aulas de inglês com um professor particular. Achei que daria certo, mas nas primeiras aulas ele me disse que seria praticamente impossível embarcar em seis meses. Me aconselhou a esperar dois anos mais ou menos. Será que ele não tinha entendido que aquele era o meu sonho?

Será que ele não tinha entendido que eu não tinha tempo algum para esperar?

Imagina só: dois anos? Não, não, não. Era meu último ano do ensino médio, o tempo estava correndo e, se eu não estivesse com tudo pronto — ou quase — eu nunca mais teria a experiência do *high school*. Essa era a minha meta desde o começo. As pessoas chamam de "Sonho Americano"; eu gosto de pensar que foi apenas o *meu* sonho. E ele valia muito para mim.

Coloquei na cabeça que aquela seria a hora da decisão. "Agora ou nunca", como gosto de pensar. Decidi ignorar o conselho do professor e resolvi estudar por mim mesma. Assisti filmes e séries em inglês, vídeos no *YouTube* e até fazia *stories* em inglês. Mesmo que eu não postasse nenhum, eu sabia que estava me ajudando de alguma forma.

Eu falava sozinha em inglês também, ok? Parecia que eu estava perdendo a cabeça? Sim, um pouquinho, mas me ajudou muito! Fui teimosa em não desistir.

Os meses foram passando, meu inglês foi melhorando.

Treinar inglês sozinha me deu um pouco mais de confiança. Conversar com vocês e abrir meu coração sobre a nova etapa da minha vida também. Loucura, né? Olha só aonde chegamos depois de tanto tempo!

Vocês assistiram uma parte do que rolou na minha vida por meio de telas, me acompanharam em visualizações e experimentaram um pouquinho — como gosto de falar — do meu sonho.

Agora é uma boa para hora para relaxar, sorrir, se emocionar, torcer e lembrar um pouco do que compartilhei com vocês. Nestas próximas páginas, tem até *coisinhas* que nem cheguei a falar nas redes sociais.

Mais do que isso, vocês agora farão parte das minhas maiores lembranças.

Vem comigo para o meu intercâmbio!

CAPÍTULO 1

Tudo pode dar certo (até mesmo quando não acredito!)

Para quem não sabe, é no mês de julho que os intercambistas começam a viajar em direção ao destino escolhido. Também é em julho que os estudantes dos Estados Unidos ainda estão de férias. Vocês acreditam que, por lá, são três meses longe da escola? Isso, exatamente como no desenho *Phineas e Ferb*. Para eles, era mais um mês de descanso; para mim, era o começo de tudo.

Mas só tinha um pequeno problema: eu ainda não tinha uma *host family*. Esse foi um dos termos que eu estava mais do que ansiosa para usar. *Host family*. Chique, né? É assim que chamamos as famílias que ficam responsáveis por nós, intercambistas, em outros países.

Mas, adivinha? Eu ainda não tinha nenhuma. Passei as últimas semanas antes do embarque procurando, e, somado à ansiedade de ir atrás de tudo o que faltava, ainda tinha esse grande detalhe.

E foi assim, ainda sem respostas definitivas, que julho acabou.

Agosto chegou, e eu continuava sem nenhuma família. Passaram-se dez dias, e a ansiedade deu lugar ao desespero. Comecei a me perguntar se não tinha nada de errado comigo. Será que ninguém me escolhia porque eu tinha colocado na minha carta de apresentação que eu era uma *Digital Influencer* no Brasil?

Tive muito medo de os americanos não me escolherem por esse motivo.

Se, por alguma razão, eu tivesse que continuar na mesma escola, eu sabia que não seria um ano bom. Teria que viver tudo de novo e de novo.

Quando o desespero chega, é quase impossível não pensar que tudo *já deu errado*.

Mas é como eu sempre digo: nada é tão ruim que não possa piorar. Quando eu menos esperava, um novo medo surgiu: ser desligada do intercâmbio.

Vou ser sincera, eu não sabia que poderia ser desligada do intercâmbio até ver, com meus próprios olhos, o que estava acontecendo com as pessoas ao meu redor. Os motivos eram bobos e sem muito critério. Me senti descartável por um momento. Até ouvi dizer que uma intercambista foi dispensada porque fazia aniversário em junho.

Tipo... Oi?!

E não parou por aí. Dia após dia, mais pessoas se despediam do sonho de fazer parte do *high school*. Então, em resumo, eu estava ansiosa, nervosa e ainda tinha o medo para terminar de me colocar para baixo.

Claro, não demorou para eu começar a pensar que seria a próxima a ser dispensada. O medo faz com que a nossa mente voe para bem longe dos nossos objetivos, e não havia apenas o medo em mim, mas também a incerteza de que teria que ficar no Brasil por mais um ano. Meus pais e eu tínhamos investido todo o nosso tempo para que aquela viagem acontecesse. Era nosso direito saber exatamente o que estava acontecendo.

A verdade não demorou a aparecer. Algumas famílias brasileiras começaram a pressionar a agência para entenderem o que estava acontecendo e o motivo de tantos desligamentos. Foi quando soubemos: não havia famílias americanas suficientes para todos os intercambistas.

As respostas eram das mais variadas possíveis: famílias americanas sem recursos para receber mais de um estudante, pandemia, vagas incompletas. As razões eram intermináveis, mas eu só queria saber uma coisa. *E agora?* O que eu vou fazer? Estava tudo praticamente resolvido! Programa de intercâmbio pago, visto de estudante confirmado e meu inglês estava bem melhor do que era antes. Eu tinha basicamente tudo. Tudo, menos o principal: a família.

E calma, pessoal, que ainda vem a bomba. No dia 30 de agosto, quase um mês depois das aulas já terem começado nos Estados Unidos, recebi a pior notícia possível da agência: não haveria mais embarques. Basicamente, me disseram: "Quem foi, foi. Quem não foi, paciência!". Completaram dizendo que eu tinha apenas um dia para ser aceita por uma família. Um dia. Depois de semanas de espera, meu sonho estava se resumindo a sentar e esperar.

Se nenhuma *host family* me escolhesse até dia 31 de agosto — isso mesmo, o último dia do mês, antes de setembro começar —, eu seria desligada.

Eu não queria admitir, mas já estava sem qualquer esperança. Desde a pandemia, eu já tinha colecionado algumas decepções, incluindo a minha festa de quinze anos, que não tinha dado certo. Do meu jeito, tentei fingir que estava tudo bem, mas só eu sabia o tamanho da minha tristeza. Quando tudo estava encaminhado para dar certo, simplesmente não dava. Era isso?

Naquele momento, eu desisti. Não tinha mais o que fazer. Já tinha aceitado que só faltava mais um dia e que eu seria desligada.

Quando mais uma amiga minha recebeu um "não", não cabia mais tristeza em mim. E não estou sendo dramática. Imagina a vergonha de voltar para a escola em setembro? Já tinha feito texto me despedindo, já tinha colocado na mente que não estaria por perto tão cedo.

Mas, como uma grande reviravolta de filme, um milagre aconteceu.

Era quase cinco da tarde quando a representante da agência enviou uma mensagem para minha mãe. Sim, isso mesmo. Nos últimos minutos, uma família tinha se interessado por mim. Gritei, pulei, abracei meus pais e, claro, chorei muito. Muito. Minhas lágrimas e minhas preces tinham sido atendidas.

E, para combinar com a loucura do começo ao fim, eu tinha que embarcar em três dias.

Três. Dias.

Sabe o que é isso?

Comprar uma passagem caríssima em cima da hora, planejar os presentes para a família, me despedir dos meus pais, fazer as malas, escolher e comprar roupas novas — até então, eu nem sabia para onde iria.

Mas eu finalmente tinha um local, e meu destino era o estado do Arizona!

Fiquei tão preocupada em ir logo, entrar no avião e ter uma família americana que me escolhesse, que acho que me esqueci da pior parte. Ter que me despedir dos meus pais e do Pompom foi muito difícil. Meus pais tinham me dado amor e apoio desde o início — minha mãe até brigou na agência por minha causa. E o Pompom era o meu melhor amigo desde o momento em que o encontramos. Pompom era o nosso mascote, uma chinchila de quase dois anos. Foi ele quem me salvou nos meus piores momentos. Com a saúde mental desgastada, era o Pompom que estava ao meu lado.

Eu sentiria falta dele todos os dias.

Ali, me despedindo de todos que mais amava, alívio e um novo medo se misturaram, mas eu precisava ser corajosa.

Com o coração triste, mas ao mesmo tempo muito feliz e realizado, embarquei para a maior aventura da minha vida.

CAPÍTULO 2

Alô, deserto! Aí vou eu!

Eu já tinha feito viagens internacionais antes, mas aquela era diferente. Foi mais longa e um pouco cansativa. Não era nenhuma novidade, mas ainda assim, encontrei detalhes para ficar encantada. Eu estava sozinha, sem meus pais, moraria fora por longos meses. Era uma nova vida, um grande recomeço longe de tudo o que me machucava nas escolas brasileiras.

Queria poder dizer que vi todas as paisagens do mundo dentro daquele avião, mas a verdade é que dormi bastante. Vi alguns filmes, gravei alguns vídeos, mas, na realidade, eu dormi a maior parte do tempo! Por mais longo que fosse o voo, acho que aproveitei do jeito que dava.

Ao chegar no aeroporto dos Estados Unidos, eu, que achava que estava super fluente no inglês, percebi que não entendia quase nada. Pensei que estivesse com tudo ganho, com o idioma todo na ponta da língua. Nada disso. Estava mais perdida do que nunca e, para piorar, me perdi no aeroporto também.

Acho que já deu para perceber, mas, para quem não sabe, eu sou muito atrapalhada. Muito! Agora vocês imaginem uma pessoa atrapalhada, perdida e nervosa em um lugar onde nunca esteve antes. Uma baita confusão — ou mais uma história para contar, é claro.

No aeroporto, como não encontrei um carrinho para acomodar as minhas malas, decidi que empurraria todas de uma vez até encontrar algum disponível. Infelizmente, não encontrei nenhum. Pelo menos, não à vista. Sem saber em que direção ir, já estava ficando um pouco desesperada, porque eu tinha rodado todas as partes do aeroporto de que me lembrava e ainda não conseguia achar o caminho para sair dali.

No auge do desespero, encontrei um balcão de informações. Seria uma das minhas primeiras conversas em inglês com alguém que não fosse brasileiro.

Me aproximei do balcão, com as malas e tudo, e perguntei educadamente:

— Olá, bom dia. Por favor, você pode me ajudar?

Afiei meu inglês para que a frase saísse perfeita. Logo, a atendente me olhou com uma cara séria, bem rude mesmo, sabe? Não sei se por conta do meu inglês ou porque ela estava em um dia ruim. Ou talvez fosse apenas má educação dela mesmo.

— Não. Eu não posso te ajudar.

Meu sorriso desmanchou na hora.

Meio sem saber o que fazer, dei uma olhada no balcão, procurando mais informações. Será que eu estava no lugar errado? Impossível. Bem ali tinha uma placa que dizia claramente que era "Balcão de Informações".

Respirei fundo, reuni toda a calma do mundo e continuei:

— Moça, me desculpa! Mas... me parece que aqui está escrito "Balcão de Informações"... e olha... eu estou precisando de informação... — finalizei meio sem jeito, já esperando outra resposta torta.

— O que você quer saber? — Ela quase gritou.

A pressão de precisar falar inglês perfeito me deixava cada vez mais nervosa.

— Então... é que... é que eu estou perdida... estou procurando por um portão... — Eu disse, tentando encontrar no celular o número do portão.

Ela nem me deixou terminar e me interrompeu:

— Qual portão? Fala mais rápido que eu não tenho tempo para perder!

Senti vontade de gritar. Igualzinho nos filmes. Apenas gritar para colocar meu estresse para fora. Como ela poderia ser tão mal-educada? Eu estava perdida e queria informações para sair dali o mais rápido possível. O que ela queria que eu fizesse?

— Mas... — Ainda tentei dizer.

Ela simplesmente tomou o celular da minha mão, conferiu o que estava escrito na tela sem dar muita atenção e disse:

— Segue para lá! — orientou, ainda de forma grosseira, gesticulando com as mãos. — Você tem que pegar o trem! — E me devolveu o celular com a mesma rudeza.

Ali, fiquei me perguntando se eu seria tratada assim durante todo o intercâmbio. Eu tinha acabado de chegar, estava longe de casa e em um país que não era meu. Seria assim dali em diante?

Confesso que senti vontade de chorar, principalmente porque fiquei imaginando se havia possibilidade da minha *host family* ser tão grosseira quanto aquela mulher.

Segurando o choro, respirei fundo e, sem saber muito bem para onde estava indo, segui em frente. Entrei no primeiro trem. Minha cabeça estava cheia com o primeiro contato que havia tido com um americano, então a viagem passou voando. Não prestei atenção em muitos detalhes. Por um momento, até duvidei da minha capacidade de concluir aquele intercâmbio.

No fim, desci do trem com o coração cheio de dúvidas e, na plataforma, avistei um casal segurando um cartaz com meu nome, desejando boas-vindas.

Sim, aqueles eram meus *host* pais!

Assim que os vi, sabia que eram um casal fofinho. Estavam com colares de flores coloridas, sorridentes, simpáticos e me gravando. Pareciam personagens de filme de tão alegres. A mãe se chamava Emily e o pai, Adam Miller.

Eles me passaram calma e segurança, o que foi essencial para que eu soubesse que meus dias naquele lugar seriam perfeitos.

*

A cidade onde eu moraria por mais ou menos um ano se chamava Westfield e ficava no condado de Graham, bem perto do deserto do Arizona. Acho que foi o lugar mais quente e seco em que já estive na vida.

A cidade era pequenininha, com pouco mais de dois mil habitantes, bem diferente de São Paulo. Mas eu estava encantada com tudo. Apesar de abafado, gostei de cada detalhe — até do ventinho quente com poeira. Me senti naqueles filmes do Velho Oeste.

Do aeroporto, Emily e Adam me levaram para casa, me apresentaram os cômodos e, é claro, o meu quarto. Eu teria um quarto só para mim! Eles foram tão fofos que até fizeram uma cesta muito fofa, cheia de doces e salgadinhos americanos.

Como era sábado, a família inteira viria me conhecer. Eu era a grande novidade e me senti o centro de todas as atenções. Só não esperava que fosse uma família tão grande.

Na casa moravam poucas pessoas: Emily, Adam, uma filha — que eu chamei carinhosamente de minha *host* irmã — e sua bebê. Mas a família em si era gigantesca. Era o segundo casamento tanto da mãe quanto do pai, então eles tinham filhos de outros relacionamentos, que, ao se juntarem nos finais de semana, formavam uma enorme família. Bem filme da Disney da Sessão da Tarde, quando todos se reúnem.

Na hora do almoço, os filhos tanto de Emily quanto de Adam começaram a chegar. Me trataram muito bem, foram gentis e simpáticos. E eu, um pouco tímida, só conseguia sorrir e responder "Sim, sim" para tudo. Como às vezes eu não fazia ideia do que eles estavam dizendo, apenas concordava.

Era uma família muito grande, legal e amorosa. Me senti acolhida por todos. Tinha bastante criança também. No total eram quatro meninas e um menino de doze anos chamado Steve. Claro que me senti como irmã mais velha de todos eles na hora.

O *host* pai estava todo animado, preparando um típico churrasco americano com vários temperos que eu nem sabia que existiam.

Vi que, naquele momento, chegou uma garota com mais ou menos a minha idade. Muito bonita, mais alta do que eu — o que não era difícil, né? — loira, de olhos verdes. Minha *host* mãe a recebeu com muitos sorrisos. Percebi que era alguém muito querida.

— Michelly, deixa te apresentar a Stephanie. Ela é nossa vizinha. Tem a sua idade. É como se fosse da nossa família — disse Emily, muito contente.

— Oi, Michelly. Seja bem-vinda! — Ela me cumprimentou toda sorridente.

Gostei dela logo de cara. Cumprimentei de volta, toda simpática. Será que seríamos amigas? Foi legal e interessante encontrar alguém da minha idade no meio daquela família tão grande.

Em seguida, Emily disse:

— Pena que a Stephanie não estuda na mesma escola que você... Ia ser muito bom você ter a companhia dela.

Eu estudaria na *Williams High School*, no mesmo bairro em que ficava a casa de Emily e Adam. Ainda na conversa, a vizinha sorriu. Senti que ela gostou de mim também, e ela me garantiu:

— Michelly, se você tiver qualquer dúvida em alguma matéria, saiba que pode contar comigo.

Percebi que, apesar de ser vizinha, Stephanie era, de fato, como se fosse da família. Já estava ajudando minha *host* mãe a preparar uma salada, conhecia todos pelo primeiro nome e parecia estar tão à vontade na casa quanto quem morava ali.

A primeira impressão do Arizona tinha ficado no aeroporto, com aquela mulher insuportável. Ali, me vi feliz de verdade. E cheia de esperança de que o futuro se parecesse exatamente como aquele momento. Sorrisos, uma dinâmica gostosa de participar, cachorrinhos correndo pela casa e um dia lindo de sol.

Até que a porta da casa abriu-se mais uma vez.

CAPÍTULO 3

Meu namorado é um cowboy!

Bem ali, na minha frente, estava o cara mais lindo do mundo. E ele tinha acabado de chegar na *minha* casa! Meu Deus! Como ele podia ser real? Fiquei me perguntando se estava dentro de um sonho. Família amorosa, vizinha legal, churrasco americano e agora ele, bem minha frente? Eu estava prestes a desmaiar. Não teve jeito: meu coração parou de bater na hora.

Quando ele se aproximou mim, provavelmente sabendo que eu moraria com Emily e Adam a partir daquele dia, meu rosto inteiro pegou fogo. Tentei me concentrar um pouco nele, reparando por um momento em sua aparência. Ele era alto, ruivo e tinha olhos azuis.

— Você que é a intercambista? — Perguntou depois de me cumprimentar.

Não consegui responder de tanto choque, então apenas balancei a cabeça, concordando.

— Qual o seu nome? — Continuou, gentil.

Ali, não soube como reagir. Eu passei o dia todo concordando com o que as pessoas falavam, mesmo sem entender. Mas não com ele. Eu tinha entendido perfeitamente a pergunta. Era simples e objetiva. Eu sabia, mais do que tudo, como respondê-la, mas não conseguia. Era só dizer: "Oi, meu nome é Michelly". Isso todo mundo aprende no sexto ano.

Coisa básica, certo?

Errado!

Eu respondi:

— Brasil.

Sim. Uma pergunta comum como aquela virou uma tortura assistida.

Ele fez uma careta, confuso com a resposta.

— Como assim? Seu nome é Brasil? — Ele sorriu, ainda sem entender. — Você quis dizer país, né?

Ainda calada, eu só conseguia pensar o óbvio. Claro que eu queria dizer o país, claro que eu queria me apresentar direito, mas eu não conseguia. Desde o momento que eu tinha visto aqueles olhos azuis, não soube como agir. Paralisei, foi mal.

Ainda estática, parada sem saber o que fazer, o anjo na minha vida — Stephanie — apareceu e respondeu por mim:

— O nome dela é Michelly.

Infelizmente, o ruivo não me deu muita importância.

Foi educado apenas:

— Meu nome é Josh. Seja bem-vinda.

Fiquei ali, acompanhando-o com o olhar enquanto ele se afastava, indo para a sala.

— Ele é o filho do Adam. — Ouvi Stephanie dizer.

Somei dois mais dois. Se ele era filho de Adam, meu *host* pai, significava que ele seria meu *host* irmão.

— Ele é lindo! — disse em português para que ela não entendesse.

— O que você disse? — perguntou, curiosa.

Nem tive tempo de inventar uma mentira qualquer, porque, naquele momento, a porta da sala se abriu mais uma vez e uma garota de cabelos compridos e avermelhados entrou, toda sorridente, cumprimentando algumas pessoas da família.

Não tirei os olhos dela, e Stephanie me ajudou:

— Essa aí é a namorada do Josh.

Meu sorriso desmanchou mais uma vez. Eu tinha ido para o céu e desci para o inferno em menos de dois segundos. Ainda em silêncio, Stephanie completou:

— Eu não gosto dela. Ela é meio antipática.

Perdi um pouco da animação. Meu *host* irmão era realmente muito bonito e, para completar, tinha uma namorada.

— É... — respondi, ainda calada. — Também não gostei...

— Não gostou? O quê?

Claro que ela não tinha entendido o que eu queria dizer de verdade, então tratei de mudar de assunto.

Stephanie me olhou sorrindo, um pouco desconfiada:

— Você é meio atrapalhadinha. Mas... gostei de você!

*

Enfim, meu primeiro dia na escola chegou. Assim como outros "primeiros dias" de toda a minha vida, eu estava muito nervosa para começar em uma escola nova.

Vi, logo de cara, aqueles típicos ônibus amarelos. Pode ser um desejo bobo, mas, desde que soube que faria intercâmbio, estava ansiosa para ver um de perto. Infelizmente, não andaria em nenhum deles tão cedo.

Como a casa da minha *host family* era muito perto da escola, eu iria e voltaria a pé. Os ônibus eram utilizados por estudantes que moravam em outros bairros.

Parte do que foi importante, com certeza, estava no carinho daquela família por mim. Mesmo tendo apenas doze anos, Steve entendia que meu trabalho dependia da internet e do conteúdo que eu criava. Ele me ajudou a gravar muitos vídeos para que eu pudesse editá-los depois. Todo esse apoio e compreensão foram bastante importantes. Eu sabia de histórias tenebrosas sobre outras famílias que não deixavam os intercambistas pegarem no celular durante a semana — só de sábado e domingo.

Foi uma sorte ter cruzado meu caminho com o de Emily e Adam.

Naquele primeiro dia, Steve estava caminhando para a escola comigo, animado por mim também. Até que chegou a um ponto onde não poderia mais me acompanhar.

— Boa sorte no primeiro dia, Michelly. Vai dar tudo certo! — desejou, carinhoso. — E eu gostei da sua jaqueta!

Sorri, agradecendo o cuidado dele. Olhei para a jaqueta para ter certeza de como ela era. Abri ainda mais meu sorriso. Era uma jaqueta em cores verde e amarelo, um jeito simbólico de ter coragem e seguir em frente. Nos despedimos rapidamente, e Steve seguiu primeiro, com a confiança de uma criança que já estava acostumada com aquela escola.

Caminhei em direção à entrada, para a parte da escola que era designada para o *high school*. Mesmo com medo, gravei tudo o que eu podia. Não fazia ideia se podia gravar na escola, mas documentei mesmo assim. Meus seguidores amavam quando eu fazia um *vlog* do meu dia. Sempre diziam que essa era a parte favorita dos meus vídeos: saber da minha rotina e o que eu fazia. Bem *reality* mesmo.

Nesse momento, percebi que não era fácil ser de outro país, não saber sobre as regras do lugar, não dominar a língua e, principalmente, não conhecer ninguém ali, além de Steve — que, com certeza, não estava na mesma turma que eu.

Para minha surpresa, muitos me abordaram pelo caminho e perguntaram:

— Ah, você é a última intercambista que faltava chegar?

— Você é de qual país?

Achei todos muito simpáticos. E, para todos, eu respondia a mesma coisa:

— Oi, eu me chamo Michelly! Eu sou do Brasil.

Eu sabia que, muitas vezes, não estava respondendo exatamente o que eles estavam me perguntando, mas era o que eu conseguia dizer no momento.

Muito gentil, um rapaz se aproximou de mim:

— Seja bem-vinda! Eu sou o David. Se você quiser, posso te apresentar a nossa escola.

Bom, eu não tinha como recusar a gentileza de uma pessoa.

— Ah! Claro! Muito obrigada!

David devia ter mais ou menos uns dezessete anos, a minha idade. Muito atencioso, foi me mostrando toda a escola.

Logo de cara, percebi que os americanos eram mesmo muito patriotas. Em todas as portas das salas havia uma bandeira dos Estados Unidos. E uma característica que eu não imaginava ver em uma escola americana era que muitos meninos usavam chapéus de *cowboy*. Sabe aqueles que, no Brasil, a gente vê nas festas de peão? Então, esses meninos. Além dos chapéus, usavam aqueles cintos de peão de rodeio também.

Achei diferente e até meio estranho ver esse tipo de roupa na escola. Até o David se vestia naquele estilo. Ele usava uma camisa xadrez e um cinto com uma fivela gigante. Devia ser o estilo daquela região do Arizona.

Depois de me apresentar à escola inteira, ele me deixou na frente da sala onde eu teria minha primeira aula. Agradeci muito pela gentileza de David em me acompanhar até aquele momento. Entrei na sala de aula e, imediatamente, as meninas se viraram para mim. Me senti numa cena de série americana quando a novata chega na escola. E ri por dentro.

Meio sem jeito, disse a frase que eu estava falando para todos:

— Oi, eu me chamo Michelly. Eu sou do Brasil!

Elas eram fofas, apesar de muito curiosas. E, assim como as demais pessoas que encontrei no decorrer da escola, me encheram de perguntas:

— Bem-vinda!

— Por que você chegou mais tarde que os outros intercambistas?

— Como você é linda!

Elas falavam rápido demais e, assim como naquele primeiro churrasco com a minha *host family*, eu sorria e falava "sim" para tudo.

E as perguntas continuaram:

— Quantos anos você tem?

— Você tem *TikTok*?

Comecei a ficar animada. Aquele momento seria todinho meu. De *TikTok* eu entendia muito bem.

— Sim, tenho! — Já estava me adaptando ao jeito que elas falavam.

Disse meu *user* da rede social e, depois, preferi digitar por conta própria no celular delas. Era mais fácil do que soletrar. Quando encontraram meu perfil, os olhos se arregalaram. Elas diziam "Ah, meu Deus" daquele jeito dramático e animado dos filmes legendados. Algo como "Oh, my God!".

Eu tinha muitos seguidores no *TikTok*, quatro milhões na época, então o choque era verdadeiro. Eu era a garota nova, de outro país, que ficaria na casa de uma *host family* e ainda tinha uma vida superbadalada e *online* no Brasil.

Mas o assunto não durou por muito tempo. Outro, bem mais interessante *para elas,* surgiu em poucos segundos:

— Você está namorando com o David?

Namorando? David? O garoto que tinha me apresentado a escola e que se vestia como um *cowboy*?

— Não, claro que não!

Elas se olharam, como se não estivessem convencidas.

— Mas a gente viu ele te apresentando a escola.

— Sim, e está todo mundo falando que vocês estão namorando! — disse outra, mostrando o celular, como se essa conversa já estivesse rolando em grupos de mensagens da escola há muito tempo.

Tentei falar e me defender com meu melhor inglês.

— Eu não estou namorando com o David!

Eu já tinha ouvido falar que os namoros americanos eram rápidos e que o mínimo de contato entre uma garota e um garoto era considerado um relacionamento sério, mas não tinha ideia que um simples favor se tornaria um boato logo no meu primeiro dia de aula.

Tentei mais uma vez:

— Pessoal, eu não namoro com o David!

Outra vez, elas se encararam em dúvida.

— O que ela disse? — perguntou um menino que tinha acabado de chegar na classe.

— Hum... — disse a principal delas. — Eu não entendo muito o inglês dela... mas eu acho que ela disse que namora com ele, sim...

Acho que esse é um bom resumo do meu primeiro dia: eu estava namorando com David.

O *cowboy*.

CAPÍTULO 4

Comprometida, observada e disputada

Logo no primeiro dia, fui para casa sem acreditar no que estavam dizendo sobre mim: as pessoas realmente achavam que eu estava namorando o David, uma pessoa que eu mal conhecia. No Brasil, era totalmente diferente. Podíamos conversar com quem quiséssemos sem que um boato ou fofoca surgisse dali.

Pensando em como eu tinha virado o centro das atenções com tão pouco tempo, não percebi quando uma garota da escola, a Jane, me chamou no caminho para a casa dos meus *host* pais.

— Oi, Jane! — respondi, virando o rosto em sua direção.

— Hoje vai ter jogo de futebol americano na escola. Você não quer ir? Vai ser bem legal!

Eu já estava começando a entender um pouco melhor as perguntas em inglês, então foi fácil manter uma conversa com Jane.

— Jogo de futebol americano? — perguntei, empolgada — Sério? Que legal!

— Sim, estamos na temporada de jogos! — Jane continuou.

— Bom, isso quer dizer… — Abri o sorriso, interessada na conversa. — Será que as líderes de torcida também vão se apresentar?

Jane me encarou, meio confusa. Deve ter notado que eu estava mais interessada em outro ponto dos jogos de temporada.

— As líderes? Ah, sim, claro. Elas vão se apresentar. Inclusive, eu sou uma delas...

Jane e eu tínhamos conversado bastante naquele primeiro dia — mesmo que ela acreditasse que eu estava com David. De cara, eu tinha gostado dela. Ela era gentil e parecia preocupada comigo no decorrer das aulas. E, para melhorar, era líder de torcida!

— Que incrível! — comentei, feliz por ter conhecido uma de verdade. — Obrigada pelo convite, Jane. Eu quero *muito* ir ao jogo! Vai ser muito legal!

Abracei Jane com muita força, animada demais por estar me dando bem com meus novos colegas de turma. Ela não me abraçou de volta, ficou meio sem jeito. Eu também já tinha visto algo parecido na internet: americanos não são tão receptivos quanto nós, brasileiros. São um pouco mais reservados.

Talvez eu fosse como uma fada da Disney, sempre contente, com um sorriso no rosto e pronta para abraçar todo o mundo se fosse necessário para mostrar o quanto eu estava feliz. E talvez a Jane fosse a personagem não mágica, meio de lado e secundária, porque a ouvi dizer quando nos despedimos:

— Ela é meio... *estranha* — murmurou baixinho. — Mas é legal.

*

No dia do jogo, Steve e meus *host* pais me acompanharam. A arquibancada estava lotada, e todo mundo estava gritando o nome da escola de um jeito bem forte e animado. Eu nunca tinha visto algo assim antes. Foi muito bonito ver o amor que alunos, pais, avós e funcionários tinham pela escola. Foi de arrepiar.

Antes do jogo começar, a banda da escola fez uma pequena apresentação. Foi bem coisa de filme, viu? Muitos instrumentos, todos os alunos no ritmo e superorganizados.

As líderes de torcida chegaram depois do hino dos Estados Unidos — eu disse que eles eram bastante patriotas — com seus pompons chacoalhando para todos os lados e uniformizadas com as cores oficiais da escola: azul royal e dourado. Tenho certeza de que ali eu já não respondia mais por mim. Eu estava diante de outro sonho de infância que poderia se realizar, caso eu tivesse a chance.

Com toda a emoção do mundo, desci um pouco da arquibancada para ficar perto delas, no parapeito. Até hoje não sei se eu podia estar lá — devo ter atrapalhado a visão de alguém —, mas não me importei. Elas eram lindas e muito talentosas. Mais uma vez, eu estava completamente encantada.

Fiquei lá parada, assistindo às líderes de torcida se apresentando, hipnotizada. Em pé, no parapeito, sem saber o que dizer, fiz uma promessa: eu seria uma delas.

*

E assim, nessa magia toda de filme americano, o jogo começou. A entrada dos jogadores foi perfeita, de tirar o fôlego. Igual ao que eu assistia nas séries.

Bom, assim como nas séries e filmes, eu não entendi nada, confesso. Mas era incrível assisti-los jogando, marcando pontos e com aquele espírito esportivo. Fora que tinham alguns jogadores bem bonitinhos também.

Mas meu interesse estava, sem dúvidas, nas líderes de torcida. O nome da equipe era Pinax e, meu Deus, como eu queria uma vaga! Olhar para elas era como se os sonhos fossem possíveis, como se todos os meus desejos pudessem se tornar realidade.

— Está gostando do jogo? — perguntou minha *host* mãe, que havia descido e ficado do meu lado, no parapeito.

— Estou amando... — respondi, olhando para aquela mulher com tanta gratidão. Afinal, foi ela quem quis uma intercambista em casa. Se não fosse por Emily, eu teria sido desligada do intercâmbio e continuado no Brasil.

Eu estava começando a entender que os americanos jamais seriam tão carinhosos quanto os brasileiros. Ou talvez eles ainda pensassem que eu era "estranha" por ser tão animada com a vida. Mas não me importei com o que as pessoas pensariam de mim. Eu estava mesmo muito feliz. Então, disse:

— Muito obrigada, Emily.

Ela me olhou, surpresa, pelo agradecimento repentino. Emily não respondeu, mas nem precisou. Apenas me abraçou com força. Ali, comemoramos e gritamos para os meninos do time que estavam marcando um ponto. A cada avanço no jogo, fogos de artifício coloriam o céu de Westfield. A mesma Westfield que, naquele ponto da minha vida, estava começando a se parecer com uma casa para mim.

No fim, o time venceu o jogo com muita facilidade. Fizemos a festa nas arquibancadas por vários minutos e, como eu estava agradecida e contente por estar lá, decidi procurar pela Jane.

Antes de encontrá-la, David surgiu na minha frente, descendo as escadas rumo ao campo. Ele me chamou assim que me viu. A minha única reação foi tampar o meu rosto, discretamente, com a mão. Com sorte, David perceberia que eu não queria ser incomodada.

Não foi a melhor das atitudes, mas se me vissem conversando com ele de novo marcariam o casamento para a próxima semana!

— Michelly, ei! — Ele insistiu.

Dei uma olhadinha, mas continuei tampando o meu rosto com uma das mãos. Quando percebi que ele não iria a lugar algum sem falar comigo, gritei:

— Eu não tô namorando com você!

Ele me olhou sem entender nada.

— O quê? Namorando?

Com certeza, ele estava achando que eu era estranha, mas era melhor achar que eu era maluca do que sua namorada. Sem ter o que acrescentar, desci os últimos degraus para falar com Jane. Também não me orgulho de ter deixado David parado lá, sem entender nada, mas o americano era ele, certo? Ele que lidasse com o fato de ser emocionado demais para uma brasileira — brincadeira, viu?

Procurando por Jane, não demorei para encontrá-la.

— Ah, Jane! — disse, muito feliz. — Você está linda, foi muito bom te assistir! Parabéns!

— Obrigada! Você é muito gentil, Michelly!

Olhei para Jane com os olhos arregalados. Ela parecia saber que eu estava me contorcendo de alegria.

— Vou te contar um segredo, Jane — comentei, ainda animada. — É o meu sonho ser líder de torcida.

Ela pareceu surpresa com a revelação.

— Que interessante... — abriu um sorriso. — Ia ser maravilhoso ter você no nosso time! Keity... — Jane chamou nada mais, nada menos que a treinadora — A intercambista quer ser líder de torcida...

Congelei no mesmo segundo. Treinadoras de torcidas podiam ser legais, mas não escondiam de ninguém o lado exigente. E Keity parecia ser exatamente assim.

Ela se aproximou, a princípio, interessada na ideia.

— É sério? Nós nunca tivemos uma intercambista na equipe...

Eu sabia que as chances eram quase zero, porque o grupo já estava formado e os testes já tinham acabado. Eu entrei um mês depois das aulas começarem, então era arriscado me comprometer com algo tão sério. Mesmo assim, uma esperança encheu o meu coração.

Ela me avaliou por um momento e disse:

— Passa amanhã lá no treino que a gente conversa.

O que aquilo queria dizer? Queria dizer que eu estava dentro? Que ela só queria me animar e depois acabaria com as minhas expectativas?

Não sabia ao certo. O que eu sabia era que a minha esperança já tinha me levado para muitos lugares. Então, decidi confiar nela mais uma vez.

Eu tinha um bom pressentimento.

*

Apenas a promessa de falar com Keity no dia seguinte me deixou tão feliz que, quando me virei para voltar para a arquibancada, esbarrei com tudo em um dos jogadores. Foi um momento rápido e, por sorte, não me machuquei, principalmente porque ele me segurou para que eu não caísse.

— Me desculpa... — disse, realizando o sonho de qualquer pessoa nos Estados Unidos, falar um "Sorry!".

O jogador foi educado de volta.

— Não... eu que peço desculpas!

Só por ter assumido a culpa para si, deu para perceber que ele era um cara bastante gentil. Além disso, ele era muito alto, loiro, magro e tinha olhos azuis. Eu não sei o que eu tinha com olhos azuis, mas eles sempre me deixavam sem jeito com muita facilidade. Nos olhamos por alguns segundos, sem dizer nada um para o outro.

Então, eu fui a mais corajosa:

— Eu me chamo Michelly. Eu sou do Brasil!

— Ah, fiquei sabendo. A intercambista brasileira *influencer*.

— Isso! — concordei na hora. — A intercambista brasileira, *influencer* e que de jeito nenhum namora o David!

Ele me olhou, confuso, do mesmo jeito que a Jane, Emily e as outras pessoas me olhavam com frequência.

"Estranha".

— Sim, foi isso o que eu disse. A intercambista brasileira, *influencer* e que de jeito nenhum namora o David.

Sorri no mesmo instante.

— Exatamente!

Ele acompanhou meu sorriso e, em seguida, se apresentou:

— Eu sou o Logan. Estou no terceiro ano.

— Eu também estou no terceiro ano!

Nenhum de nós dois sabia como encerrar a conversa. Ele me encarou, e eu o encarei de volta. Logan era bonito, e acho que pensava a mesma coisa sobre mim.

— Então... — comecei, sem jeito. — Foi muito legal te conhecer, Logan. Até mais!

Ele concordou com a ideia de nos despedirmos.

— Até mais...

Aproveitei para oferecer um "tchauzinho" com a mão. Mas, infelizmente, não saí de perto do Logan de forma discreta. Assim que andei em direção ao outro lado, topei contra uma pilastra, só para garantir que as pessoas me achassem "estranha" e "atrapalhada" ao mesmo tempo.

Ainda assim, era melhor do que ser considerada namorada do David.

CAPÍTULO 5

A arte de ser uma irmã mais velha

No dia seguinte, participei das minhas aulas normalmente.

Amava algumas. Odiava outras. Entendia umas. Não entedia nada de muitas outras. Mas estava gostando muito da escola americana. Ao contrário das escolas brasileiras, lá nos Estados Unidos era o aluno quem escolhia as matérias, além dos cursos extracurriculares, como dança, culinária, academia, teatro e clube do coral. O mais legal era que o aluno poderia ser avaliado como um todo, não apenas pelas matérias obrigatórias.

Eu tinha dificuldade em determinadas matérias? Sim, com certeza. Mas eu nunca tinha ouvido falar em um intercambista que tivesse sido reprovado. Eu não seria a primeira. Assim eu esperava!

Mas, naquele dia, foi diferente. Eu não estava conseguindo prestar atenção em nada. Tudo o que os professores falavam já não fazia mais sentido na minha cabeça. Reunir uma informação básica foi difícil. E, claro, não tinha nada a ver com o jogo que o time do colégio tinha vencido. A culpa era toda de Jane e da treinadora Keity pela minha ansiedade e falta de concentração.

Eu queria que as aulas passassem voando. Seria naquele dia que eu encontraria a treinadora, lembram? Ela me disse para passar no fim do treino das líderes de torcida. Só pensei naquilo o dia inteiro. As aulas foram apenas aulas, os intervalos eram apenas intervalos. O que importava era o que eu faria dali em diante, caso a resposta fosse positiva.

Mas o tempo não passava e, sim, se arrastava.

Quando mais uma aula terminou, segui para a próxima. Estava na esperança do tempo passar rápido. Usei meu poder de ser tagarela para me ajudar nisso. Sempre gostei de falar muito, e conversar foi um bom método para controlar meus pensamentos sobre fazer parte da equipe de torcida.

Na sala de aula, me sentei perto de alguns colegas que já conhecia. Começamos a rir por alguma coisa boba que alguém disse. Foi no meio da risada que eu notei uma menina em um cantinho da classe, sozinha. Bem isolada, com aquela expressão de estar totalmente deslocada, querendo fugir. Ela tinha cabelo castanho, preso em um rabo de cavalo, e usava óculos. Eu entendia como ela estava se sentindo.

— Quem é ela? — perguntei para uma das meninas.

— Ah! Ela é uma intercambista também. Ela é da Europa, não me lembro o país. Acho que se chama Isabel ou Isabela. Ela fala muito baixinho.

Outra aluna fez questão de complementar:

— E o inglês dela é muito ruim. Não dá para entender quase nada...

Fiquei olhando para aquela menina, sozinha, perdida, intercambista como eu. Estava totalmente isolada. Se não fosse pela minha esperança e confiança de que as coisas dariam certo, não sabia onde estaria. Era uma sorte ter encontrado pessoas boas ao meu redor, como Jane ou a minha *host family*.

Não esperei mais nenhum segundo. Me levantei da cadeira e caminhei até ela:

— Olá! — cumprimentei, abrindo um sorriso. — Você também é intercambista? — Eu não sabia se ela não respondeu porque não me entendeu ou por pura insegurança. Então, continuei: — Eu também sou intercambista. Me chamo Michelly. E você?

Ela me olhou por cima dos óculos e me respondeu bem baixinho:

— Meu nome é Isabel.

— Isabel! — repeti, para passar confiança. — Legal! Posso me sentar aqui do seu lado?

Foi apenas uma pergunta por educação, porque não esperei a resposta e me acomodei na cadeira ao lado. Ela me olhou com os olhos arregalados, surpresa com minha atitude.

Apesar de Isabel ser tímida, consegui que ela se abrisse um pouco comigo. Focar nela estava me ajudando a não pensar demais em Jane, na treinadora e na equipe de torcida. Conversando, descobri que tinha apenas quinze anos e que era da França, o que explicava um pouco o sotaque.

Nossa diferença de idade era mínima, pouco menos de dois anos, mas me senti muito bem em conversar com ela e de acolhê-la. Uma atitude digna de irmã mais velha que adotei imediatamente. Eu sabia o que era sentir solidão cercada por um monte de pessoas. O que eu tinha deixado no Brasil não me impedia de me compadecer de Isabel. Eu estava disposta a ser sua amiga, mesmo que não tivéssemos muitas aulas juntas.

De alguma forma, senti que seríamos amigas para o resto da vida.

*

Depois de incontáveis aulas, finalmente o sinal tocou, dando início ao momento de tentar realizar o meu sonho.

Não me despedi de nenhum dos meus colegas. Saí da sala de aula praticamente voando. Atravessei a escola correndo, em direção ao ginásio, onde a equipe ensaiava todos os dias depois das aulas. Acho que cheguei lá em apenas cinco minutos — ou menos. Se a treinadora Keity visse a minha disposição em estar lá, com certeza eu já teria uma vaga nas Pinax.

Quando cheguei ao ginásio, me recolhi em um canto mais discreto, assistindo em silêncio o começo do ensaio. Foi encantador vê-las efetuando saltos e se alongando. Ali, eu soube que era o universo que eu queria para mim.

A treinadora, ao me ver, acenou. Dei um sorrisinho em resposta e caminhei até ela.

— Então você quer ser líder de torcida?

Eu estava muito nervosa, mas sabia de uma coisa: nada me impediria de seguir mais um sonho.

— Com todo o meu coração — respondi com toda a sinceridade do mundo.

Ela não se impressionou com a minha resposta. Era provável que ouvisse algo parecido todos os dias. Percebi que Keity não estava naquela posição por acaso. Era uma mulher forte e obstinada.

— Não é fácil ser uma de nós — disse a treinadora, bem séria. — Os filmes e as séries romantizam muito. Parece que é só *glamour* e festa, que é só levantar os pompons para o alto e fazer alguma dancinha. Mas tem muito treino, choro e dor por trás de uma líder de torcida.

Concordei com a cabeça, prestando muita atenção. Ela tinha razão, de certa forma. Meu interesse em ser líder de torcida vinha, sim, dos filmes que mostravam um mundo lindo e mágico de pura felicidade e *glamour*.

— Se você me der uma chance, eu te prometo que vou dar o meu melhor! — respondi na mesma hora. — Juro, vou me comprometer todos os dias...

Eu estava implorando, praticamente. Não sabia direito o que mais poderia dizer ou fazer. Keity, sem se impressionar com as minhas palavras, respirou fundo e acrescentou:

— Todas as meninas que estão aqui passaram por testes. Elas estão aqui porque mereceram — afirmou. Eu tinha quase certeza de que Keity me mandaria de volta para casa. — O período de testes já acabou. — Meu coração começou a afundar. — Porém, achei interessante uma intercambista se interessar em ser líder de torcida. Nunca tivemos interesse de nenhuma intercambista antes. — Ela me avaliou por um momento, ainda séria, e então continuou:

— Por conta do seu interesse, vou te dar uma oportunidade...

Seria aquele o momento em que eu deveria sair correndo e gritando? Ou poderia esperar só um pouco mais?

Arregalei os olhos, completamente surpresa.

Claro que dei alguns gritinhos. Eu não estava mesmo acreditando. A treinadora via potencial em mim! Receber um convite pessoalmente para fazer parte das Pinax era algo raro, pelo que eu sabia. Mas era real. Assim como tudo o que estava acontecendo comigo, desde o momento em que botei meus pés em Westfield. Sonhos são reais e podem se realizar quando menos esperamos.

De frente para Keity, toda a espera interminável durante as aulas no decorrer do dia valeu a pena. Eu era uma delas. Era uma Pinax!

O restante da equipe se aproximou, eufórica, gritando de felicidade junto comigo. Mesmo sem conhecê-las, sabia que eram muito legais e que estavam felizes com a minha chegada. De tão alegre que eu estava, comecei a abraçar todas as meninas, mas percebi que elas não retribuíam, estavam visivelmente desconfortáveis. Algumas comentavam baixinho:

— Não, por favor...

Sorri, limpando as lágrimas:

— Me desculpem... me empolguei! Não vou mais abraçar vocês, não quero incomodar. Mas saibam que estou muito feliz!

Virei para a treinadora e abri os braços, oferecendo um abraço para ela também. Mas ela ergueu uma das mãos e recuou:

— Não, eu não sou de abraços. Não precisa.

Eu tinha que me controlar. Estava tão eufórica que, por um minuto, me esqueci de que estava em outro país. Limpei as lágrimas com as mãos:

— Tudo bem. Me desculpe — tentei sorrir entre as lágrimas. — Mas é real, muito obrigada pela chance. Prometo que você não vai se arrepender...

E não me contive de animação quando perguntei:

— E eu já posso participar do jogo na sexta?

Keity fez uma careta. Era como se pensasse que eu fosse um pouco doidinha.

— Impossível. Só faltam dois dias! — negou prontamente. — Tem que decorar vinte e duas sequências de danças. Você não vai conseguir.

Não demorei mais do que dois segundos para responder:

— Eu decoro!

— Impossível! — Keity repetiu, ainda com a testa enrugada.

Para quem confia em si, o impossível não existe. E eu confiava na minha dedicação.

Tentei convencê-la:

— Eu vi que têm sequências lá na página do time no *Instagram*. Vou assistir a todas e garanto que, em dois dias, eu aprendo todas as coreografias.

Jane, que já era minha amiga desde o início, interferiu na conversa:

— Eu posso ajudar! — prometeu na hora.

Keity olhou para Jane e depois para mim, sem saber se poderia acreditar no que estava vendo. Era claro que, em anos de experiência treinando adolescentes em equipes de torcida, ela já tinha visto de tudo. Mas, se eu tinha a mínima chance de conseguir, agarraria com as minhas próprias mãos.

— Ainda considero que seja impossível decorar tudo isso — disse a treinadora, menos séria, mas ainda desconfiada. — Mas, se você diz que consegue, vamos ver então...

— Obrigada, treinadora! — respondi, dando pulinhos.

Keity se afastou de nós, deixando-me cercada por aquele mar de animadoras de torcida que estavam vibrando e comemorando por mim. A treinadora tinha razão. O que víamos nas séries e nos filmes era mentira. Neles, as líderes eram antipáticas, malvadas e metidas. Mas estar ao lado delas, por aquela primeira tarde, me mostrou que era o contrário.

Eram todas muito, muito legais.

CAPÍTULO 6
Grite "U.S.A." e faça parte de tudo!

O percurso da *Williams High School* até a casa de Emily e Adam não durava mais do que cinco minutos. Naquele dia, deve ter durado menos ainda. Corri para casa quando soube da novidade. Era um dos dias mais felizes da minha vida.

Josh, o meu *host* irmão, estava lá, sentado no sofá, conversando com Adam, o *host* pai. Ele não aparecia muito, era raro vê-lo por perto. Josh era um grande mistério. Eu não sabia ao certo do que ele gostava de fazer no tempo livre, nem como tinha conhecido a atual namorada, mas gostava de admirá-lo de longe.

Olhar não arranca pedaço, é o que dizem. Quando, enfim, ele me viu naquela euforia toda, me olhou meio confuso, nitidamente sem entender o que estava acontecendo.

— Está tudo bem? — perguntou, levantando-se do sofá.

Ele continuava lindo, exatamente da mesma forma que eu me lembrava. Como eu não tinha mais problema em ser conhecida como "estranha", respondi a Josh com uma mistura de inglês e português. Tudo de propósito, para que ele não entendesse.

— Eu estou ótima, meu *host* irmão lindo!

Josh ainda parecia bem confuso, o que só me deu mais vontade de rir.

— O quê?

— Eu consegui ser uma *cheerleader*!

Eu já estava usando aquele termo para me habituar. Era chique e prático. Consegui avisar a casa inteira de que eu fazia parte das Pinax a partir daquele dia. Até mesmo Josh me parabenizou quando entendeu a razão da minha euforia — e eu tenho certeza de que, enquanto eu ensaiava, ele me ouviu cair em algum rodopio muito elaborado.

Confesso, ali eu torci um pouquinho para que ele aparecesse mais na casa.

*

Já no meu quarto, analisando todas as sequências que eu teria que decorar em dois dias, fiquei me perguntando por que tinha inventado aquilo. Talvez eu tivesse prometido no calor do momento porque queria que a treinadora Keity gostasse de mim. Ela até poderia gostar, mas... e se desse tudo errado?

Olhando para todas aquelas coreografias que eu teria que aprender em tão pouco tempo, pensei em desistir. Tive que me lembrar várias vezes que era uma oportunidade de ouro. A cada rodopio errado, me convencia de que era tudo passageiro. Minhas dúvidas e meus erros seriam lapidados com o tempo. O que eu precisava fazer era convencer Keity de que eu estava pronta para seguir em frente com as Pinax.

No decorrer dos dois dias, durante os treinos, as líderes me ajudaram com as coreografias e com os gritos de guerra. Precisávamos de harmonia e muito ritmo para que nenhuma de nós saísse do tom.

Estar ao lado delas era um misto de alegria e de companheirismo. Elas não achavam meus erros péssimos; até riam deles comigo. Minha nova amiga, a intercambista europeia Isabel, mesmo não sendo líder de torcida, aparecia a todo momento nos treinos para me oferecer apoio. Muita gente estava acreditando em mim, além da minha *host family*. Eu não queria decepcionar ninguém.

Os treinos eram bem mais cansativos do que eu imaginava. No final do dia, havia um momento especial que eu jamais esqueceria: nós nos reuníamos num círculo, colocávamos as mãos umas sobre as outras e gritávamos:

— U.S.A.! U.S.A.!

A união que estabelecemos ao longo dos treinos era de arrepiar. Saber que eu estava participando de algo tão especial me fazia querer chorar de emoção.

Em todos aqueles momentos de evolução e parceria, desejei muito ter tido as mesmas experiências no Brasil.

Mas era hora de reconhecer que eu estava vivendo um roteiro mágico de quem sempre acredita no melhor das pessoas.

E, mais do que nunca, eu acreditava em mim e no que poderia acontecer no meu intercâmbio.

Era apenas o começo.

*

O grande dia da minha estreia chegou. Os dois dias passaram voando, com muito treino, suor, risadas ao lado das minhas novas amigas e evolução.

Eu estava no meu quarto, com o uniforme na mão, emocionada ao perceber que estava mesmo acontecendo. Para mim, aquele vestido era o mais bonito que eu já tinha visto na vida. Feito em azul-royal com dourado, as cores oficias da *Williams High School*, ele representava muito mais do que um uniforme. Representava a prova de que eu estava conquistando tudo o que passei a vida inteira desejando.

A Michelly criança estaria extremamente orgulhosa de mim. Me arrumei no meu próprio quarto; o uniforme serviu perfeitamente, a maquiagem combinava com as cores escolhidas, o dia estava lindo, e os pompons eram incríveis e macios.

Era a hora de brilhar.

Minha *host family* inteira me levou para a minha primeira apresentação. Emily e Adam estavam tão animados quanto eu. No campo de futebol americano, fui recebida pelas outras *cheerleaders*. Ali, descobri que eu não estava totalmente pronta. Com a ajuda delas, decoraram meu rosto com adesivos de estrelinhas e amarraram um lacinho azul no meu cabelo.

Um laço bem preso no cabelo era como uma coroa no topo da cabeça de uma princesa. Para uma *cheerleader*, era um símbolo de empoderamento, concentração e sintonia. Me senti em um conto de fadas — para completar ainda mais a minha história *quase* saída de um filme.

Assim como em uma cena de cinema, parecia que tudo ao meu redor estava em câmera lenta. Olhei para o fundo do campo e vi os jogadores, todos uniformizados com as mesmas cores que eu.

A banda tocava ao fundo. A arquibancada estava lotada. Vi pais, mães, alunos, professores, funcionários — todo mundo pulando, gritando e batendo palmas. E, em um certo lugar da arquibancada, vi minha *host family* inteira torcendo por mim, incluindo o Steve. Todos felizes e emocionados, olhando para mim.

— Michelly! — Eles gritavam, acenando e rindo muito.

Meus olhos se encheram de lágrimas, mas tentei me conter um pouquinho. Não quis borrar a maquiagem, e nosso momento nem tinha começado ainda. Algumas garotas da equipe me chamaram para que eu fizesse parte da entrada.

Entramos no campo correndo e segurando os pompons para o alto, sorrindo sem parar, do jeito que Jane me ensinou durante a semana. Depois de posicionadas, esperamos pela entrada do time de futebol americano. Sacudimos os pompons a cada aceno que os meninos davam para a plateia, contentes com a oportunidade de estarmos lá.

Logan — o jogador que esbarrei no jogo anterior — me localizou do meio do campo e levantou a mão para mim. Dei um sorriso em resposta. "Outro dia, a Michelly era uma simples intercambista, *influencer* que 'namorava' com o David, e hoje já é *cheerleader*!"

Pensei que ele devia estar refletindo sobre isso e ri sozinha. Abri ainda mais o sorriso para Logan. Pensar que ele estava observando minha virada de vida era mais engraçado do que poderia descrever, mas logo decidi me concentrar nas minhas amigas de equipe.

Eu me esforcei muito para ser uma das melhores *cheerleaders* que as Pinax já tinham visto. Dancei, pulei, gritei... sempre com o meu maior sorriso no rosto. E não era difícil sorrir, porque minha felicidade era gigantesca. Eu sabia que não estava muito confiante na minha primeira apresentação. Sorrir foi a forma que encontrei de me convencer de que nada daria errado.

O jogo — apesar de eu não entender nada e ele não fazer muito sentido no meu ponto de vista — foi se tornando interessante. A cada ponto que os jogadores faziam, tínhamos que executar uma determinada comemoração. Raramente uma parecia com a outra. Éramos boas em seguirmos sequências, e passar dois dias estudando de forma adoidada no meu quarto valeu totalmente a pena.

Para coroar meu dia com chave de ouro, nós vencemos.

Em toda a minha vida, eu jamais vou esquecer daquele dia. Os sorrisos da torcida, a comemoração, os fogos de artifício, os pompons entre meus dedos e a alegria da minha *host family* em participar daquele momento comigo.

Ainda morrendo de felicidade — que nem ao menos cabia no peito —, decidi conversar um pouco com algumas colegas de equipe. O jogo tinha acabado e estávamos desfrutando mais uma vez da vitória quando Logan se aproximou de mim. Ele chegou tirando o capacete de proteção do futebol americano.

— Oi, Michelly — disse, todo simpático.

— Ah, oi, Logan!

— Vi que você se tornou *cheerleader*. Parabéns! Você foi muito bem!

— Ah, muito obrigada! Parabéns para você também! Foi muito legal terem ganhado o jogo. Vocês ainda vão ser campeões da temporada.

— Tomara!

Nossa interação foi bem curta, mas foi muito gentil e legal da parte de Logan fazer questão de conversar comigo. Logo fomos separados pelos nossos times: eu, pelas *cheerleaders*, e ele, pelos jogadores.

— Ei, meninas! Venham aqui. — A treinadora estava nos chamando.

Nos reunimos em um círculo. Estávamos todas nitidamente cansadas, mas eu estava muito curiosa para saber o que a treinadora falaria depois do jogo.

— Bom! Uau! — Ela começou, animada — Foi uma apresentação muito boa! — elogiou. Ela passou os olhos pelas meninas e parou em mim, impressionada. — E... Michelly... Eu não sei se você acertou todos os passos das sequências, porque eu só consegui prestar atenção no seu sorriso. Meu Deus! Como você sorria! Como você estava feliz! Fiquei tão feliz por você que eu não vi nenhum erro. Porque, mesmo que tivesse algum erro, o seu sorriso o anulava.

Eu não sabia como agradecer tamanho elogio. Se Keity era difícil de impressionar, acho que eu tinha conquistado um verdadeiro milagre. E ela não parou por aí:

— Meninas, vocês têm que ter esta alegria que a Michelly tem! Algumas de vocês parecem que estão aqui, mas ao mesmo tempo não estão! Várias vezes, vi vocês se perdendo na harmonia. A Michelly foi a única que sustentou o sorriso sem parar. Vocês têm muito o que aprender com ela. — Começou a dar uma bronca:

— Saibam valorizar essa chance única. Vocês sabem quantas meninas gostariam de estar no lugar de vocês? — perguntou, e ninguém respondeu nada. — Michelly deu uma aula de que o que mais importa é a vontade e a alegria de ser uma *cheerleader*! Isso está faltando em algumas aqui...

Apesar da minha alegria, logo recebi um balde de água gelada com um sussurro proposital que, infelizmente, todo mundo escutou:

— Muito injusto essa daí mal chegar e já ser uma *cheerleader*.

CAPÍTULO 7
Caroline é uma vilã da Disney

Ouvir aquela frase me deixou em estado de choque. Ainda não tinha me virado para ver quem havia falado, mas sabia que me chatearia de qualquer forma. Quase todas as pessoas com quem mantive contato na escola eram boas, gentis e muito atenciosas — apesar de fofoqueiras, claro. Eu ainda não tinha conhecido ninguém que fosse contra a minha vinda ou contra a minha vaga nas Pinax.

Como ainda estávamos próximas do campo, não era difícil que alguém se intrometesse na conversa. Com muita coragem, me virei para saber quem falava aquilo de mim. Me surpreendi ao ver que era Caroline Davis. Eu já tinha visto Caroline pelos corredores da escola. Ela era bem alta, bonita e de olhos bem escuros.

Mesmo que todas as minhas colegas de equipe tenham ficado chocadas, nenhuma disse nada. Hoje, eu entendo o motivo: ninguém esperava um ataque tão gratuito.

Então, Caroline continuou:

— É isso mesmo que vocês ouviram! — disse, cada vez mais irritada. — Ela mal chegou aqui e já está na equipe. Por quê? Ela nem é do nosso país. É uma estrangeira!

Meu choque só aumentava. Eu sabia que corria o risco de ouvir insultos parecidos a qualquer momento. O estado do Arizona era um dos lugares mais tradicionais e conservadores dos Estados Unidos.

Não me surpreendia tanto que Caroline se sentisse confortável em ser xenofóbica comigo.

Não tive reação. No meu interior, quis falar tudo o que sentia e berrar que ela não podia agir e me tratar daquela forma só porque achava que podia. Mas, na realidade, eu não fiz nada disso. Não quis me enfiar em confusão logo nas primeiras semanas de aula. Por mais que doesse ser resumida pela minha nacionalidade e etnia, brigar com Caroline Davis não valeria a pena. Se eu fizesse algo de errado, poderia ser mandada de volta ao Brasil no mesmo segundo.

Eu estava certa ao pensar que as Pinax me defenderiam no que fosse possível. A treinadora Keity se aproximou de Caroline e, com toda a calma do mundo, disse:

— Ao contrário de você, eu não consigo ver nenhum problema na participação da Michelly na equipe. É muito interessante para o nosso time ter uma intercambista.

Desejei muito que Caroline entendesse o recado e ficasse quieta, mas ela era mais destemida do que eu pensava:

— Ela fez algum teste para ser líder? — perguntou, cruzando os braços, chateada. — Pois eu fiz! Ela só entrou no time porque tem amizade com a Jane e porque é intercambista. Já eu, sou americana e podia estar aqui no lugar dela.

No meu dia especial, eu não queria pensar em tudo o que significavam aquelas palavras. Eu não era a única pessoa vinda de outro país naquela escola. Isabel, por exemplo, era da França. Mas... por que eu era a única que tinha que escutar coisas terríveis?

Por sorte, a calma de Keity estava começando a acabar.

— Caroline! — chamou, de forma séria e firme. — Agindo desse jeito, você nunca vai ser uma Pinax. Ela já me provou que é capaz. Se você foi reprovada, tenho certeza de que não tinha o potencial necessário para compor nossa equipe...

Respirei fundo, cheia de alívio imediato. Era bom não estar sozinha, ainda mais tendo apoio de alguém tão admirável quanto a treinadora Keity. Quanto mais eu a conhecia, mais me tornava sua fã.

Caroline, enfim, decidiu ir embora. Ela não tinha mais nenhum argumento válido. Na realidade, ela nunca teve um que fosse verdadeiramente bom. Era apenas uma pessoa que não estava acostumada a receber um "não".

— Não liga para ela, não — aconselhou Jane, me puxando para ficar mais perto das nossas colegas.

— Não vou — prometi, sorrindo.

E não ia mesmo.

Eu tinha acabado de viver um fabuloso Sonho Americano.

*

Na segunda-feira, de volta à escola, eu estava contente por ter dado o meu melhor na minha primeira apresentação. Minha *host family* e eu comemoramos meu sucesso no fim de semana, então eu estava mais do que feliz em voltar aos treinos. Nos corredores, alguns alunos comentavam sobre mim sem parar. Alguns sussurros eram positivos, outros negativos.

Mas não dei a mínima para nenhum deles. Nada mudaria o fato de que eu era uma Pinax.

Quando menos imaginei, dei de cara com Caroline, fechando o seu armário no fim de um longo corredor. Ela estava com mais duas amigas. Nenhuma delas disse nada, mas seus olhares cheios de raiva deixavam tudo claro. Elas me odiavam. Claramente.

Ignorei. Era melhor fingir que não estava vendo.

Segui em frente e entrei na sala de aula. Jane e Isabel — a intercambista tímida — me cumprimentaram sorridentes. Meu plano era me sentar perto delas, mas dois garotos da mesma sala me pararam por um momento.

— Michelly! — disse o mais alto entre eles. — Você foi muito bem como *cheerleader*!

— Ah, muito obrigada! — agradeci, sorrindo.

Esse mesmo menino continuou:

— Faz tempo que eu queria te perguntar uma coisa. Você é do Brasil?

— Sim. Sou brasileira. — concordei com simpatia.

Os dois se animaram bastante com a minha resposta. Não entendi muito bem; desde que cheguei, anunciava para todos os cantos que eu era brasileira. Mas, mesmo assim, dei a atenção que eles queriam.

— Ah! — O mais alto soltou, animado. Acho que o nome dele era Kyle e, o mais baixo, Cody. — E posso te fazer mais uma pergunta? É que eu tenho muita curiosidade de saber certas coisas sobre o Brasil.

— Eu também! — disse Cody, empolgado.

Não me importei nem um pouco. Fazia parte do meu convívio com os americanos responder perguntas sobre o Brasil. Todo mundo tinha sempre uma curiosidade para perguntar.

— Claro... — respondi, educada.

Os dois trocaram olhares, ainda mais animados. Então, o mais alto, perguntou:

— Lá no Brasil vocês têm livros?

Fiquei confusa por um momento.

— Livros? — repeti, achando que não tinha entendido a pergunta.

— Sim, livros! Você sabe o que é um livro? — E Kyle fez um gesto com as mãos, como se estivesse abrindo e fechando um livro.

Eles pensavam que eu morava onde para não saber o que era um livro? Era isso o que os americanos pensavam de mim? Que eu não tinha acesso a algo tão básico?

Respirei bem fundo. Eu estava tão feliz com os últimos acontecimentos que não seriam perguntas sem nexo vindas de Kyle e de Cody que me tirariam do sério.

— Sim, nós temos livros no Brasil.

Kyle ergueu as sobrancelhas, surpreso. Ele parecia realmente impressionado com a nova descoberta. Então, sem mais espera, Cody emendou outra pergunta:

— E para comprar um carro? Como vocês fazem? Vocês compram *online* dos Estados Unidos?

Quanto mais perguntas faziam, mais incomodada eu ficava. Por que teríamos que comprar *online*? E por que Geografia Básica não era uma matéria obrigatória para todos?

Abri um sorriso forçado.

— Bom, pelo que eu sei, quando queremos comprar um carro, vamos na concessionária. Escolhemos o modelo que mais gostamos e compramos. É bem simples — respondi, com toda a calma que consegui. — Não precisamos comprar *online* daqui ou de qualquer outro lugar.

Kyle e Cody se olharam mais uma vez, maravilhados com as respostas.

Eu sabia que eles queriam fazer mais um monte de perguntas sem sentido. Como meu humor começava a ser estragado pela dupla, decidi encerrar a conversa. Dei as costas aos dois e caminhei até Jane e Isabel. Eu sabia que Kyle e Cody não seriam importantes para a minha história no geral, então me sentei perto das minhas duas amigas.

— Você estava linda ontem! — disse Jane, toda animada.

— Foi um sonho... — Isabel concordou.

— Ah, foi mesmo! Eu nem consegui dormir direito.

Isabel ajeitou os óculos, parecendo um pouco nervosa:

— Eu estava pensando... Será que a treinadora aceitaria mais uma intercambista no time das líderes de torcida?!

Me animei na mesma hora.

— Você quer ser líder de torcida?

— Eu gostaria muito! Depois que vi você ontem, percebi que também é o meu sonho — Isabel pegou nas minhas mãos, com os olhos brilhando de expectativa. — Você me ajuda? Por favor! Eu não tenho coragem de pedir para a treinadora. Por favor!

Lembrei automaticamente do que a treinadora havia me dito na semana anterior: nenhuma intercambista antes tinha demonstrado interesse em ser uma *cheerleader*. Talvez Isabel tivesse sorte em conquistar a confiança de Keity também.

E, se conseguisse, Caroline e sua turma provavelmente me odiariam ainda mais!

Mas o que as pessoas pensavam de mim não era problema meu. Sempre fui muito fiel aos meus amigos e, se Isabel queria a minha ajuda, ela teria.

*

Depois do fim das aulas, nos reunimos com a treinadora Keity para propor a entrada de Isabel na equipe. Somando-a comigo, as Pinax teriam duas intercambistas na equipe. Pela falta de uma, agora seriam duas.

No começo, não foi fácil. Keity repetiu o mesmo que havia dito antes: os testes já tinham acabado.

— A Isabel promete que dará o melhor dela! — insisti, confiante, sabendo que poderia convencê-la.

Keity olhou para Isabel, ainda um pouco desconfiada. Estávamos há muito tempo naquele ginásio implorando e pedindo. Talvez tenhamos vencido pelo cansaço.

— Se vocês prometem... então pode ser — concordou, finalmente, antes de se afastar. Provavelmente, antes que inventássemos mais um nome para as Pinax.

Ao nosso lado, Isabel comemorou. Ela já estava diferente. Não era mais a aluna retraída e isolada do primeiro dia. Estava começando a se mostrar alegre e realizada com as conquistas que começava a ter na escola.

— Estou muito feliz! — disse, radiante com a novidade. — Muito obrigada! Se não fosse você, eu não ia conseguir.

— Imagina, não foi nada! — respondi, contente, enquanto a abraçava.

Depois da pequena reunião no ginásio, Isabel foi presenteada com o uniforme das Pinax. Ela estava ansiosa para experimentá-lo o quanto antes. Jane, Isabel e eu seguimos pelo corredor. Isabel falava sem parar, feliz pela primeira vez em muito tempo.

— Vai ser legal ter outra intercambista no time. Tenho certeza de que todos vão gostar! — eu disse, para continuar animando-a.

Mal terminei a frase e demos de cara com Caroline. Ela nos avaliou por alguns segundos e notou o uniforme nas mãos de Isabel. Sem querer acreditar no que estava vendo, fechou a cara e saiu andando com pressa, batendo os pés contra o piso, furiosa.

Olhei sem graça para Isabel:

— Bom... quer dizer... *quase todos* vão gostar.

CAPÍTULO 8
Namoros americanos ou emocionados americanos?

Lá para o fim de setembro, eu já estava me acostumando com a ideia de ter treinos intermináveis com as Pinax. Tínhamos ensaios todos os dias depois das aulas. Isabel e eu nos ajudávamos por sermos as novatas na equipe, e Jane sempre estava por perto para garantir que tudo corresse bem. Foi nesse meio tempo que descobri algo que me surpreendeu: as pessoas não encaravam a arte de torcer como um esporte. Éramos um pouco menosprezadas por uma parte da escola, que via uma certa futilidade em nós.

Dá para acreditar? Eu treinava quase cinco ou sete horas por dia. Vivia me acidentando nos treinos e, mesmo assim, tinha que continuar. Não era nada fácil fazer o que eu fazia nas Pinax. Mas uma boa parte dos alunos e do corpo docente não entendia a parte caótica de uma equipe de torcida. Havia suor, lágrimas e muito, muito esforço.

Em um dos intervalos dos treinos, fomos até a cafeteria da escola para conversar. Isabel estava com a gente. Ela já tinha feito amizade com Jane e com outras duas garotas da Pinax também.

Nós nos sentamos em uma mesa para que todas participassem da conversa. Eu gostava daquela parte de ser notada pelas pessoas o tempo todo. Recebia olhares de admiração e de inveja, mas aprendi a lidar com eles com o passar do tempo.

— Gente, tenho uma novidade! — contou Jane, toda feliz. Eu desconfiava o que poderia ser, mas esperei para ouvir. — Eu estou namorando o Rick!

Minha amiga estava muito apaixonada, dava para perceber até de longe. Rick era um estudante da nossa escola. Eles tinham saído algumas vezes em setembro e, pelo visto, já estavam juntos. Não sei por que ainda me surpreendia com a velocidade dos namoros americanos. Mas, apesar de achar um pouco rápido demais, eu estava muito feliz por Jane estar tão entusiasmada ao lado de Rick.

Eu nunca tinha falado com ele, não o conhecia, mas fazia Jane sorrir. Todas na mesa vibraram felizes com a novidade. E eu também.

— Que legal! — comemorei na hora. — Vocês dois são um casal lindo!

— Sim, obrigada! — Jane agradeceu, cada vez mais agitada. Me preparei para beber um pouco do suco que havia pegado na cafeteria, quando Jane revelou: — Mas nós nunca nos beijamos!

Só percebi o que Jane tinha dito quando o suco já estava na minha boca. Com tanta surpresa, acabei cuspindo um pouco do suco. Ele atingiu alguns centímetros da mesa à minha frente. Algumas garotas do time se levantaram da mesa na hora, espantadas. Foi um efeito automático, todos ao redor se viraram para ver o que estava acontecendo.

— Me desculpem, me desculpem! — pedi, já pegando alguns guardanapos para secar tudo o que dava para alcançar.

Elas foram voltando a se sentar aos poucos, ainda confusas.

— O que aconteceu, Michelly? — perguntou Anna, uma das líderes. — Está tudo bem com você?

— Sim, está tudo bem. Tudo bem! É que... — terminei de limpar e me virei para Jane, que já me encarava. — Meu Deus! Como assim, Jane? — Eu estava chocada. — Vocês estão namorando e nunca se beijaram?

Com a expressão mais natural possível, Jane me explicou com toda tranquilidade do mundo:

— Bom, na realidade, é bem simples. Temos vários encontros. Ele me vê sempre depois da escola, vamos ao parque, ao shopping, tomamos sorvete. Mas nós não nos beijamos.

Sem brincadeira, me senti em Marte.

— Ah, então vocês namoram, mas sem a parte do beijo? — perguntei, ainda com muita curiosidade.

— Sim... — respondeu com simplicidade.

Continuei sem entender, mas parecia algo bastante comum para as meninas da equipe de torcida. Todas balançaram a cabeça, concordando. Devia ser muito comum para elas. Decidi, então, contar um pouco de como eram os relacionamentos no Brasil.

— De onde eu vim é muito diferente — comecei, abrindo um sorriso. — Primeiro a gente se beija, depois vamos conhecendo mais a pessoa e, apenas no fim, é que começamos a namorar — Expliquei, esperando a reação delas. — Às vezes, nem acontece de namorar. Rola apenas o beijo mesmo!

Como o esperado, minhas amigas ficaram horrorizadas:

— Como assim?

— Meu Deus!

— Que absurdo!

Respondi, rindo das reações delas:

— No Brasil, é comum se beijar sem precisar namorar. Para namorar, tem que saber se o beijo é bom primeiro...

No momento, elas até soltaram umas risadinhas, mas continuaram horrorizadas. De repente, três meninos passaram por nós, e um deles era o Rick, o "namorado" da Jane.

— Meu namorado... — ela disse, sonhadora, ficando vermelha.

O cara não sorriu nem acenou para Jane por um segundo sequer. Ignorou totalmente a minha amiga. Lá, sentada perto dela, fiquei pensando: ou ele não sabia que estava namorando, ou era um tremendo de um babaca. Quando terminaram de passar por nós, eu disse:

— Mas, Jane, tem certeza? Ele nem olhou para você!

— Ah, é o jeito dele! — deu de ombros, explicando. — Ele é meio tímido e reservado. Ele não é muito carinhoso, já me traiu quatro vezes, mas eu sei que ele me ama...

Não podia acreditar no que estava ouvindo. Meu sangue ferveu na hora.

— Jane, você tem certeza de que... — Nenhuma das garotas da equipe me ajudou, mas continuei: — Você tem certeza de que ele te ama? Por que não falamos um pouco sobre você se valorizar um pouquinho?

— Michelly, não seja rude! — Jane pediu, inconformada.

Não entendi muito bem o que uma coisa tinha a ver com a outra. Minhas amigas americanas usavam muito aquele termo comigo. Rude. Era um termo que não costumávamos ouvir no Brasil, mas parecia bem comum nos Estados Unidos. E, aparentemente, eu estava sendo insistente ao tocar em um assunto delicado. Jane, assim como as demais garotas do time, usava "rude" sempre que achava que eu estava ultrapassando algum limite. Mas, sinceramente? Não acho que estava sendo sem noção. Era apenas a verdade: Jane merecia ser valorizada.

Sem querer continuar a conversa, Jane lançou um olhar para o "namorado", que estava de papo com os amigos, completamente indiferente à presença dela.

— Enfim — decidiu mudar de assunto —, em breve vai ter o Baile de Inverno e, dessa vez, as meninas que convidam os meninos...

Os bailes eram outras atividades pelas quais eu estava ansiosa. Aquele seria um baile da estação, não o famoso *Prom*, de formatura. Mas a ideia era quase a mesma: convites bonitos, a festa mágica, a decoração temática, vestidos longos e belos. Claro que eu estava animadíssima. O diferencial era que, naquele ano, eram as meninas que convidavam os meninos.

Jane suspirou, um pouco aflita, enquanto a ideia do baile começava a se aproximar:

— Eu vou convidar o Rick para o baile, mas não sei se ele vai aceitar.

Tentei me controlar um pouco, mas aquilo não fazia sentido para mim. Como Jane aceitava aquela situação? Ela era linda, inteligente, gentil e talentosa. Por que gostar tanto de um cara que mal a olhava?

— Ele não é seu namorado? — questionei, indignada. — Como que ele não vai aceitar? Se ele não aceitar, é melhor terminar de uma vez!

— Não seja *rude*, Michelly! — pediu Anna.

— Rude? Eu estou falando a verdade! Se ele fosse meu namorado e dissesse que não iria ao baile comigo, nós não seríamos mais um casal!

Elas se olharam sérias, mas logo começaram a rir.

— Você é muito engraçada! — Jane exclamou.

— Não! — sacudi a cabeça, séria. — Não estou sendo engraçada. Estou falando a verdade!

Elas continuaram rindo, como se minha ideia de valorização fosse absurda. Ou, pior, como se Rick estivesse certo. Desisti de tentar argumentar. Era lógico que elas não me levavam a sério.

Depois das risadas, Isabel perguntou:

— E quem você vai chamar para o baile?

— Eu? — fiquei sem saber o que responder. — Eu não faço a menor ideia...

— Vai ser tão empolgante! — comemorou Jane. — Você vai gostar tanto da experiência de fazer um cartaz e convidar um menino para te acompanhar. É a melhor parte desse baile.

— Nossa! — Eu ainda estava um pouco chateada com a forma como me trataram, então não consegui evitar ser irônica. — Eu vou amar!

— Você vai amar chamar algum garoto para o baile! — disse Anna, batendo palmas.

— Na verdade, fui irônica — corrigi. — Eu não vou amar!

— Como? — Anna não entendeu. — Você vai amar ou não vai amar?

Nem eu sabia.

Sempre sonhei com aquele momento, mas agora que estava se aproximando, parecia a oportunidade perfeita para sair correndo e não convidar ninguém. A ideia de fazer um cartaz, "correr" atrás de um garoto e ainda correr o risco de ouvir um "não" era apavorante. Imagina a vergonha? Ah, não, não. Era muito arriscado.

Enquanto eu pensava em como fugir daquela enrascada, Logan, o jogador de futebol americano, entrou na cafeteria com os amigos. Ele passou por nós e me cumprimentou, simpático.

As meninas me olharam instantemente:

— Você conhece o Logan? — Jane perguntou na hora.

— Que interessante! — Anna exclamou.

— Por que você não o convida para o baile? — Isabel sugeriu.

Surpresa, olhei para Isabel e pensei: *Essa menina mal abria a boca e agora está falando até o que não deve*, mas não disse em voz alta.

— Isso, Michelly! Convida o Logan! — Todas na mesa concordaram.

Eu balancei a cabeça de um lado para o outro, negando.

— Não... não vou chamá-lo, não. Sem chance!

Do nada Isabel pegou nas minhas mãos e, com os olhos um pouco marejados, disse:

— Por favor, chame-o por mim...

Olhei para ela, sem entender os olhos cheios de lágrimas. Por que ela precisava chorar em um momento como aquele?

Então, ela continuou:

— Você sabe o quanto minha *host* irmã é má comigo, né? — perguntou.

Concordei com a cabeça, porque já tinha ouvido falar naquilo algumas vezes.

— Então, ouvi dizer minha *host* irmã falar algo sobre o Logan. Acho que ela vai chamá-lo para o Baile amanhã. Por favor, Michelly. Faz isso por mim!

Eu ainda não estava confortável com aquela ideia, mas Isabel persistiu:

— Ela é terrível comigo! Não merece ir ao baile com ele. Se você chamar primeiro, tenho certeza de que ele vai aceitar ir com você. Por favor! Chame o Logan!

Às vezes, eu esquecia que Isabel tinha apenas quinze anos. Mesmo com a nossa diferença de idade pequena, eu sabia que era difícil para ela. Estar em outro continente, longe da família, com uma *host* irmã terrível e uma nova escola. Minha *host family* era maravilhosa, mas Isabel não tinha a mesma sorte.

Se convidar Logan para o Baile de Inverno faria Isabel feliz, eu deveria tentar.

Meu coração se partiu ao ver os olhos da Isabel lacrimejando. Ela era minha irmãzinha caçula. Me sentia na obrigação de protegê-la e dar uma lição na *host* irmã dela. E, de qualquer jeito, eu teria que chamar alguém para o baile. Eu já conhecia o Logan, ele era simpático, bonito, gentil e engraçado. Por que não o convidar?

— Ok! — fui convencida. — Vou convidar o Logan!

As meninas gritaram, felizes. Vi Logan e seus amigos saindo da cafeteria. Ele me deu mais uma olhada antes de desaparecer da minha visão.

— Mas... como se convida um garoto para o baile? Acho que não vou conseguir... — reclamei, insegura com a ideia de fazer o bendito cartaz.

— Vai conseguir, sim! — Jane respondeu, confiante — Vamos te ajudar, fica tranquila! O primeiro passo é o que você já sabe.

Sim. Eu sabia.

O cartaz.

CAPÍTULO 9

Convide um garoto para o Baile de Inverno (e garanta uma fofoca para sempre)

De repente, lá estava eu, sentada à mesa da casa da minha *host family*, fazendo um cartaz para convidar o Logan para o Baile de Inverno. Não conseguia evitar: "vergonha" era a palavra que não parava de ecoar na minha cabeça. Eu estava apavorada com a possibilidade dele recusar o convite na frente de todo mundo, ou pior, do cartaz ficar feio. Onde eu enfiaria a cara se o Logan dissesse "não"?

Tentei não pensar muito nisso. Fiz o cartaz com carinho e dedicação, usando um trocadilho que fazia muito sentido em inglês, envolvendo a palavra *donuts*. Finalizei com glitter — porque um toque especial nunca é demais! Como o cartaz falava sobre *donuts*, comprei alguns para entregar junto.

A tradição do baile envolvia a garota convidar o garoto, fazer um cartaz criativo e presenteá-lo com algum tipo de doce no final. Em alguns lugares, o evento era chamado de *Sadie Hawkins Dance*, mas, em Westfield, era simplesmente o Baile de Inverno. Tudo foi muito rápido, porque eu estava praticamente correndo contra o tempo. Tinha que agir antes que a *host* irmã de Isabel fizesse o mesmo.

Nesse jogo de quem agiria primeiro, até me esqueci um pouquinho da vergonha que eu passaria.

*

Nos Estados Unidos, os adolescentes podem tirar a carteira de motorista a partir dos dezesseis anos. Quando a grande noite chegou, Jane foi me buscar em casa. O trajeto foi divertido, porque o carro estava cheio com as meninas das Pinax. Todas queriam estar presentes para ver meu "mico". De certa forma, era um apoio coletivo, né?

O plano era convidar o Logan em sua própria casa. Já tinha visto algumas garotas fazendo pedidos na escola, na quadra de basquete, em um campo ou até no corredor. Mas eu? Não, eu não. Jane teve a brilhante ideia de eu ser ainda mais direta.

Na casa dele.

Com a família dele por perto.

Respirei fundo incontáveis vezes dentro do carro, mas não ajudou muito. Já estava tremendo quando Jane estacionou.

A casa de Logan parecia saída de um filme. Um gramado verde impecável, uma cerca baixa e branca, porta de madeira grande e janelas voltadas para a rua. Era tão bonita que fazia sentido Logan morar ali.

Enquanto saía do carro, ouvia minhas amigas rindo baixinho de mim. Não porque queriam me provocar, mas porque estavam achando minha hesitação hilária.

Sinceramente, eu queria desistir. Mas precisei me lembrar dos motivos que me levaram até ali:

Primeiro: eu merecia a experiência do Baile de Inverno.

Segundo: se eu não o convidasse, a *host* irmã de Isabel faria isso — e ela não merecia um final feliz.

Terceiro: seria legal usar aquela florzinha no pulso, igual aos filmes.

E quarto: se eu não tivesse um par, não poderia ir ao baile.

Então, o que eu tinha a perder?

As meninas me incentivavam:

— Vai, vai! — disseram Jane e Anna ao mesmo tempo.

— O que eu faço? — perguntei nervosa, já parada de frente para a porta. — Eu bato?

— Isso! Bate na porta e mostra o cartaz! Não diz nada! — Jane me orientou.

Concordei, rindo nervosa. Dei uma risadinha tímida, bati na porta e esperei. Não demorou muito até Logan abrir, sorrindo de um canto ao outro.

Se eu achava que estava tremendo antes, agora meu corpo inteiro parecia feito de gelatina.

— Isso é para você! — disse, estendendo o cartaz. Tomei cuidado para segurá-lo corretamente e não derrubar a caixinha de *donuts*.

Logan, com aquele sorriso ainda mais iluminado, respondeu:

— Obrigado.

Eu ri nervosa, olhando de relance para as meninas que estavam gravando tudo no carro.

— Preciso dizer... — continuei, com a voz falhando — Eu estou muito nervosa! — Ninguém nunca me preparou para um momento desses, e minha vontade era de abaixar a cabeça e chorar de vergonha. — Aqui está seu *donuts*.

Entreguei o cartaz e os doces, abrindo um sorriso cheio de expectativa. Logan parecia se divertir, fazendo um pequeno suspense antes de finalmente responder:

— É claro que eu vou ao baile com você!

Um alívio automático tomou conta de mim.

— Ok, então!

Sério, Michelly? Ok? Você podia ter dito qualquer coisa e escolhe "Ok"? Meu Deus, que vergonha!, eu pensei.

Ainda mais sem jeito, agradeci:

— Obrigada por... por ter aceitado o meu convite.

Logan sorriu ainda mais — isso era possível?

— Obrigado, você.

Nós dois estávamos claramente envergonhados. Decidi que era melhor ir embora antes que a situação ficasse ainda mais constrangedora.

— As meninas querem ir ao cinema, então... eu tenho que ir! — expliquei apressada, dando um passo para trás. Claro que tropecei — porque, afinal, sou eu.

Levantei rápido, fingindo que nada tinha acontecido:

— Estou bem! Estou bem! Obrigada!

Sem olhar para trás, corri para o carro. As meninas, é claro, comentaram sobre o tropeço, mas elogiaram o pedido como um todo. Segundo elas, Logan e eu éramos um casal fofo.

Sabia que Logan era disputado. Além de bonito, era popular e simpático. E não era só a *host* irmã de Isabel que estava de olho nele. Saber que ele poderia recusar o convite e não o fez me fez sentir especial. Ele queria ir ao baile comigo tanto quanto eu queria ir ao lado dele.

*

No dia seguinte, o assunto na escola era que eu, Michelly — a *Influencer* brasileira, ex-namorada do David *Cowboy* e *cheerleader* — havia convidado Logan Cooper para o Baile de Inverno.

Quando passei pela *host* irmã de Isabel, ela me olhou como se eu tivesse cometido um crime. Isabel, encostada na parede, abriu um sorriso ao ver a cena e correu na minha direção.

— Acho que ela não gostou...

— Eu vi, ficou toda nervosinha — respondi, rindo.

Caminhamos juntas, felizes.

— Falando nisso, hoje eu vou convidar o Julian para o baile.

Julian era irmão de uma colega nossa da equipe.

— Depois de ontem, sinto que posso fazer qualquer coisa, Isabel. Não se preocupe, ele vai aceitar. Você merece isso!

— Espero que ele aceite!

No Brasil, jamais passaria por algo assim. Assisti a muitos vídeos de convites elaborados, mas, na prática, era diferente — e bem mais constrangedor. Porém, acreditava que Isabel teria coragem de fazer o convite.

— Tenho certeza de que ele vai aceitar. Se não aceitar, é apenas um idiota — finalizei.

— Eu fiz um cartaz muito fofo para ele! — disse Isabel, animada, com um brilho nos olhos que revelava sua esperança. Fiquei feliz por ela não ter me chamado de "rude". — Você e as meninas vão me acompanhar, né?

— Claro! — garanti prontamente. — Que horas você está pensando em convidá-lo?

Isabel ajeitou os óculos e respondeu:

— Acho que na hora do almoço...

Por mais que estivesse mais falante e confortável ao nosso redor, eu não pude deixar de sorrir discretamente. No fundo, Isabel sempre seria aquela mesma garota tímida que conheci no primeiro dia de aula.

*

O intervalo na *Williams High School* não era muito diferente dos intervalos brasileiros: quarenta minutos para fazer o que quisesse. Os alunos tinham liberdade de ir para casa, comer na cafeteria ou buscar algo na cidade. Com essa autonomia, seguimos para o estacionamento.

Fomos eu, Isabel e Jane.

Encontramos Julian por lá, conversando com um amigo e encostados em uma caminhonete. Isabel segurava seu cartaz colorido e chamativo, ansiosa para fazer o convite. Dava para ver que ela estava nervosa. Exatamente como eu tinha ficado no dia anterior. Se pudesse, Isabel sairia correndo dali.

Respirei fundo por ela e a incentivei com um olhar de apoio. Isabel se aproximou devagar, apertando o cartaz nas mãos. Sua voz quase falhou quando chegou perto o suficiente:

— Oi, Julian... — disse bem baixinho, enquanto abria o cartaz para ele ler.

Jane e eu o observamos, cheias de expectativa.

Julian leu o cartaz por um instante. Suas sobrancelhas não se mexeram, seus lábios continuaram imóveis e ele sequer esboçou um sorriso. Ele parecia totalmente desinteressado. Depois de alguns segundos de silêncio, perguntou, sem emoção alguma:

— Cadê o meu doce?

As bochechas de Isabel ficaram imediatamente vermelhas. Ela gaguejou:

— O doce? Verdade. Eu... eu esqueci. Acabei não comprando.

Julian balançou a cabeça de forma indiferente, sem demonstrar qualquer gratidão pelo convite. Ele desviou os olhos do cartaz com um olhar entediado, fez um sinal para o amigo e, juntos, entraram na caminhonete. Sem dizer mais nada, saíram cantando pneu.

Ficamos ali, sem reação, enquanto o barulho ecoava pelo estacionamento.

Era óbvio que o coração de Isabel havia se partido. Ela continuava na mesma posição, segurando o cartaz com os braços estendidos, como se ainda tivesse esperança de que Julian voltasse e mudasse de ideia.

— Que babaca! — exclamei, a raiva borbulhando em mim. Sabia que ele era irmão de uma colega nossa da equipe, mas as verdades precisavam ser ditas. — Babaca é pouco, ele é um idiota!

Isabel finalmente abaixou o cartaz, mas não conseguia nos encarar. Sua voz saiu embargada:

— Eu... eu esqueci de comprar o doce...

— Não, não foi isso, Isabel! — disse Jane, abraçando-a. — A Michelly tem razão, o Julian é um babaca, mesmo!

Antes que conseguíssemos consolá-la, Julian e o amigo voltaram. Estavam na caminhonete, rindo e acelerando o motor, fazendo aquele som insuportável de pneu derrapando.

Como eles podiam ser tão idiotas? Isabel estava visivelmente arrasada, e eles ainda tinham coragem de fazer graça.

A caminhonete parou a alguns metros de nós. Julian desceu do lado do passageiro, caminhou até Isabel e, sem dizer uma palavra, arrancou o cartaz das mãos dela e o jogou de qualquer jeito na carroceria do veículo.

Depois, voltaram a circular ao nosso redor, rindo como dois completos imbecis.

Olhei para Jane, incrédula. Os americanos faziam esse tipo de coisa mesmo? Sem respostas, voltei meu olhar para Isabel, que parecia cada vez mais desconcertada.

— Ele pegou o cartaz... Será que isso é um sim? — ela perguntou, a voz carregada de incerteza.

Nenhuma de nós sabia o que responder.

Quando finalmente estacionaram longe de nós, continuaram rindo e conversando como se nada tivesse acontecido.

— Vamos embora daqui! — disse Jane, indignada.

Isabel balançou a cabeça, concordando, mas não conseguiu dizer nada.

Enquanto elas começavam a se afastar, permaneci parada, observando Julian e o amigo. Precisávamos cuidar de Isabel naquele momento, mas algo em mim me impediu de seguir com as duas.

— Você não vem? — Jane perguntou, olhando para trás e apoiando a mão nas costas de Isabel.

— Vão indo — menti, fingindo pegar o celular. — Preciso responder uma mensagem aqui.

Sem questionar, as duas se afastaram, respeitando minha suposta "mensagem urgente".

Quando percebi que estavam longe o suficiente, deixei o celular de lado e respirei fundo. Sem pensar muito, caminhei diretamente na direção de Julian e seu amigo — tão irrelevante que nem me preocupei em lembrar seu nome.

Eu ia dar uma boa lição nos dois.

CAPÍTULO 10
"Bad boys" são "bad boys" em qualquer parte do mundo

Eles estavam tão entretidos na conversa que nem perceberam a minha presença. Continuavam encostados na caminhonete e dando risada. Aproveitei que a porta do passageiro estava aberta e a fechei com toda a força que tinha. Serviu para assustá-los.

As risadinhas acabaram ali. Fiquei bem próxima de Julian, com o dedo apontado na cara dele. Eu não dava a mínima por ser considerada uma pessoa "rude" naquele ponto.

— Que babaquice foi essa que você aprontou com a Isabel? — Mesmo que a hora não fosse a certa, eu estava orgulhosa de mim, já que meu inglês surgiu fluente na discussão.

Julian ergueu as sobrancelhas, meio assustado. Ele não continuava mais com aquela cara de tédio de antes.

— Ei... — tentou dizer, mas gaguejou no processo. — Foi... foi só uma brincadeira!

— Brincadeira? Você viu alguém dando risada além de vocês dois? — perguntei, sem querer saber a resposta. — Eu não vi. Se você não quiser ir com ela ao baile, tudo bem, não vá! Mas não a trate desse jeito! Nem a ela, nem a nenhuma outra pessoa!

— Mas...

— Mas nada! — interrompi na hora. — Isabel é incrível. É você que é pouca coisa para ela, não ao contrário!

— Mas...

— Olha! — cortei-o de uma vez, sem deixá-lo falar. — Eu vou dizer só uma vez, então você preste muita atenção, ok?

Julian concordou com a cabeça, automaticamente.

— Ok! Ok!

— Você vai agora lá na cafeteria, vai comprar o doce favorito de Isabel e vai pedir desculpa pelo grande babaca que você foi com ela.

— Mas...

— Mas nada! — continuei, muito furiosa. — Vai lá agora!

Julian e o amigo se olharam outra vez, mas era bem óbvio que eles não teriam coragem de me contestar. Os dois abaixaram a cabeça, sem argumentos. Julian realmente me obedeceu e seguiu em direção à cafeteria.

O amigo dele ficou lá parado, sem saber o que fazer. Quando me virei para ele, mais do que rápido deu um passo para trás. Normalmente, eu não gostava da imagem de uma pessoa briguenta e agressiva — exatamente como os americanos ignorantes pensavam que eram as pessoas no Brasil. Naquele momento, não pensei em nada. Só em proteger Isabel de uma injustiça como aquela.

— Eu... eu não tenho nada a ver com isso, mas... mas eu estou indo na cafeteria também... — disse, saindo meio correndo.

— É bom mesmo!

Assisti os dois babacas seguirem as minhas ordens. Eles poderiam não ter senso do ridículo, mas sabiam reconhecer quando uma briga era perdida. Sozinha, no estacionamento, dei uma risadinha.

Só depois minha ficha caiu. Eu tinha evitado conflito com Caroline Davis justamente por ser intercambista. Se algo desse errado, eu estaria no primeiro avião de volta ao Brasil. Se eles se queixassem de mim, eu poderia ser expulsa. Jamais alguém iria contra a palavra de um americano.

Suspirei com força, um pouco preocupada. Errada ou não, eles tinham merecido o apavoro. Quando cheguei na cafeteria, Julian estava entregando um pacotinho de cookies de chocolate para Isabel. Ela estava feliz, se sentindo menos humilhada.

Menos mal. Eu torci para que tivessem compreendido.

Se eu os visse tratando Isabel — ou qualquer pessoa — daquele jeito de novo, teriam que se ver comigo por mais seis meses.

CAPÍTULO 11
Ação de Graças de Brigadeiro

No fim de novembro, eu estava voltando a pé para minha casa, naquela cidade que não tinha árvores pelo caminho. Aliás, não tinha árvore em canto nenhum. Apenas cactos, e alguns deles eram gigantes.

Além de mim, ninguém andava a pé na cidade. A escola e o comércio poderiam ser perto das casas dos moradores, mas todos andavam de carro. Não importava quanto tempo durasse o trajeto.

Mas eu estava feliz ao pensar na minha vida nas últimas semanas em Westfield: tinha um par legal para ir ao Baile de Inverno, tinha resolvido o problema com Isabel, estava nas Pinax, e, ainda por cima, teria um dia de folga da escola, porque no outro dia seria o feriado de Ação de Graças.

Eu estava bem ansiosa para viver este dia, saber como seria a experiência dessa comemoração que não existia no Brasil.

O feriado sempre era comemorado na última quinta-feira de novembro. Os brasileiros podem conhecer esse feriado por outros motivos, por exemplo, a Black Friday sempre acontece um dia depois. Os descontos após o feriado são enormes, e há pessoas que passam horas na fila por novidades.

Aquele seria meu primeiro ano comemorando algo parecido. E era tão importante quanto o Natal para os americanos. Famílias de todo o país se reúnem para uma ceia especial, onde agradecem pelo ano que passou.

Ainda no caminho para casa, pensando no feriado e na minha felicidade, um carro passou por mim, buzinando. Era a Stephanie, a vizinha simpática. Ela me ofereceu uma carona. Eu não estava muito longe de casa, mas aceitei mesmo assim.

— Preparada para o Dia de Ação de Graças? — ela me perguntou.

— Bem ansiosa, para dizer a verdade. Essa data não existe no Brasil. Então estou bem curiosa para saber como vai ser.

— Vai ser legal! Inclusive vou passar com vocês.

Eu acho que a Stephanie se identificava mais com a família da Emily e do Adam do que com a dela mesma. Normalmente, as pessoas passavam em suas próprias casas. Mas, de toda forma, não era da minha conta.

— Vou fazer uma torta de frango que é uma delícia! — ela disse toda animada. — E o que você vai fazer?

Fazer algo? Eu não tinha parado para pensar nisso.

— O que eu vou fazer? Não sei...

— Faz alguma sobremesa que lembra o seu país.

— Uma sobremesa que me lembra o Brasil? — perguntei para mim mesma.

Não sei se vocês, leitores, vão concordar comigo, mas a sobremesa que mais me lembra o Brasil é o nosso famoso brigadeiro. Além de ser típico da nossa culinária, é aquele doce que não falta em nenhuma festa de aniversário.

Não parei para pensar muito, não. Era uma ótima ideia.

Eu faria brigadeiro para o Dia de Ação de Graças!

*

Preparei os brigadeiros com a ajuda do meu *host* primo, o Steve. Nos divertimos muito lado a lado, brincando e sujando um ao outro a maior parte do tempo.

Vou contar um segredo para vocês: eu não sei fazer brigadeiro! Tive que pesquisar no *YouTube* e segui o tutorial do jeito que a mulher pediu. Comprei os ingredientes e acreditei na sorte que daria tudo certo. Mas, com a ajuda de Steve, as coisas ficaram bem mais fáceis.

Preparamos a mesa antes de começarmos a comer, exatamente como no Brasil. Ali, percebi que o feriado era mesmo como um Natal antecipado para eles.

Nem sabia direito para onde olhar primeiro.

Era muita comida para todos os lados. Tinha peru e carne assados, farofa, maionese com bacon e picles, e outros pratos típicos do feriado. Emily fez uma torta doce de batata-doce, que é a minha preferida desde então. Eu tenho certeza de que a Emily faz a melhor torta do mundo. O que é espantoso, porque eu nem gosto de batata-doce.

Além da torta, tinha o meu brigadeiro, com algumas bolinhas que não estavam muito redondinhas ou bonitas, mas eu tinha certeza de que estavam gostosas. Steve e eu experimentamos várias vezes antes de passar no granulado.

Estávamos prestes a começar a jantar quando o Josh chegou — o *host* irmão lindo que morava em outra cidade. Dava para notar que ele era querido por todos, porque senti que uma festa se instalou no momento que Josh apareceu.

— Que bom que você veio! — comemorou Emily.

— Só estava faltando você... — disse Adam.

Enquanto Josh cumprimentava a todos, Stephanie se aproximou de mim, segurando um prato vazio, pronta para enchê-lo de comida. Em tom de fofoca, veio me contar a novidade:

— Ele não namora mais com aquela garota chata — disse ao sorrir. — Terminaram!

Olhei para Josh falando com Steve. Os dois se adoravam.

— É? — perguntei, fingindo desinteresse.

— Sim! — ela continuou, engajada em terminar a história. — Eu sabia que não ia durar. Josh sempre foi legal demais para ela!

Eu adorava a Stephanie. Ela poderia se considerar uma verdadeira brasileira: era alegre, espontânea e adorava uma fofoquinha.

*

Josh, quando me viu, me cumprimentou de longe. Aprendi bem rápido que os americanos não eram de abraços e beijos, não eram calorosos como somos no Brasil. Eu cumprimentei de volta, mas ainda fingindo que não me importava muito com a sua presença — ou que não soubesse que agora ele era solteiro.

A noite estava animada, todo mundo ria e bebia em harmonia. Passei mais tempo com a Stephanie e com o Steve.

Achei engraçado que minha *host family* queria brincar com jogos de cartas. No Brasil, numa hora daquelas, estaríamos rindo e conversando sem parar.

E, por mais curiosa que eu estivesse com o jogo, eu não queria jogar. As regras pareciam complicadas demais e longas para se ler, mas não deixei que ninguém percebesse que eu não estava entendendo nada.

Steve estava animado arrumando as suas cartas. Tentei me comunicar com ele, pelo olhar, para que notasse que eu precisava de ajuda. Mas não deu em nada. Steve amava aquele jogo e estava tão animado, que mal reparou em mim.

Então, tentei a Stephanie e, por sorte, ela entendeu na hora que eu não estava compreendendo nada. Adam até tentou me passar algumas explicações, mas não ajudou em muita coisa.

Com o rosto pegando fogo de vergonha por não saber e ao mesmo tempo por atrapalhar o andamento do jogo, arrisquei o meu melhor na medida do possível. Nem terminou a primeira rodada e eu já queria desistir.

— Você quer ajuda? — ouvi Josh perguntar, ao meu lado.

Congelei de novo.

Como ele tinha reparado que eu estava confusa?

Isso queria dizer que ele... reparava em mim?

— Ah! Quero sim, por favor! — aceitei rapidinho.

Evitei olhar para Stephanie, senão iríamos rir muito.

Ele se aproximou, mas com uma distância muito respeitosa — respeitosa até demais! — e começou a me ajudar.

Ele me ajudou no que pôde — e riu de algumas piadas minhas. Fazê-lo rir, lado a lado, perto de pessoas que eu já amava, fez com que meu rosto pegasse fogo. Às vezes, ver o Josh era como na primeira vez; sem fala, encantada com a beleza. E ali, bem perto de mim, e sendo agradável, comecei a notar que ele era, de fato, bem legal.

Eu, que o achava tão distante e até meio reservado, comecei a considerá-lo *um pouco simpático*.

CAPÍTULO 12

Viver uma aventura é sinônimo de conhecer um lugar... peculiar

No fim da comemoração do Dia de Ação de Graças, eu estava feliz que tudo tinha dado certo. Os familiares de Adam e de Emily tinham gostado dos meus brigadeiros e fiquei contente em poder falar um pouquinho da culinária do Brasil para eles.

Felizmente, o jogo acabou logo. Alguns parentes já estavam indo embora. Uma coisa que eu reparei que é igual aqui e no Brasil: quando alguém já está cochilando no sofá, é hora de ir.

Me despedi da maioria deles, mas continuei na sala, organizando as cartas para guardar de volta na caixa do jogo.

— Bem que a gente podia ter uma aventura hoje! — disse Steve, me ajudando. Ele estava com aquela cara de quem queria aprontar algo. — Mike. — Ele disse chamando o primo. Mike deveria ter uns vinte anos, na época. — Você que conhece todos os lugares aqui da cidade. Dá uma ideia de um lugar legal!

Achei um pouco engraçado. Se fosse na minha casa, meus pais diriam para Steve sossegar, tomar banho e ir dormir. Como assim ele queria ter uma aventura na noite de Ação de Graças?

— Ah... — Mike parou um momento para pensar. — Uma aventura legal em pleno feriado é... é ir no esgoto da cidade!

Talvez fosse uma piada, porque Mike ergueu as mãos para cima, fingindo comemorar. Porém, todos na sala riram e concordaram com a ideia. Então... fiquei um pouco confusa. Era verdade? Uma aventura de verdade seria no esgoto?

No esgoto da cidade de Westfield?

Eu ouvi certo?

— Vamos, Mih! — disse Steve, todo empolgado. Ele era o único que me chamava de Mih.

— Eu? Ir no esgoto? Acho que não. Obrigada!

Jamais concordaria com uma ideia daquela.

— Confia em mim! — pediu Steve. — Vai ser o passeio mais diferente e legal que você vai fazer na sua vida!

— Diferente? Com certeza, mas eu não sei, não...

Mike logo tratou de defender a ideia:

— Eu não sei como é esgoto no Brasil, mas aqui é um passeio divertido! — Não era bem uma defesa, porque eu imagino que esgoto seja esgoto em todo e qualquer lugar do mundo. — Vamos, Michelly? Você vai se arrepender se não for!

— Mike tem razão! — Josh se intrometeu na conversa. Ele estava falando demais naquele dia. — É divertido... Eu também vou!

Tive a certeza de que todo mundo era meio fora da casinha naquela família.

— Eu ainda não sei...

— É sério — Josh disse diretamente para mim. — É um passeio diferente, eu sei. Mas é bem divertido. Você vai gostar!

Claro que fiquei meio em dúvida. As pessoas me convidavam para tomar um sorvete ou ir ao parque, não no esgoto de uma cidade. Mas, como eles pareciam interessados na ideia, fiquei me perguntando o que eu tinha a perder. No fim, serviria para ter uma história para contar.

— Tudo bem, se vocês estão dizendo, então eu vou! — anunciei. Os garotos comemoraram na hora, felizes pela minha decisão. — Quando na minha vida vou fazer um passeio no esgoto?

Eu ainda me perguntava o que estava fazendo da minha vida ao aceitar um convite para um passeio como aquele, quando Stephanie chegou apressada na sala de estar.

— Vocês viram meu carregador por aí? Acho que deixei perto do sofá...

Apontei para o carregador perto da mesa de centro, ao lado do jogo que eu tinha acabado de reorganizar com o Steve.

— Você vai voltar para sua casa ainda hoje? — perguntei, torcendo para que Stephanie não estivesse ocupada. — Você podia ir com a gente num passeio no esgoto...

— Sim, vou voltar. Senão minha mãe me mata... Espera aí. Vocês vão no esgoto, como assim? Quem vai?

— Eu, a Mih, Mike e o Josh... — Steve respondeu eufórico.

Stephanie contorceu o rosto em uma careta.

— Ah, você é louca, Michelly! — Ela riu, achando graça na ideia. — Eu nunca iria num passeio desses! — Stephanie dizia enquanto os mais velhos dos primos procuravam as chaves do carro e iam atrás de casacos de frio. Quando parecíamos sozinhas na sala, ela se aproximou mais de mim, com o carregador já na mão. — Michelly, é sério, não vá! Só você de menina, não é legal. — Vi no olhar dela que estava achando um absurdo.

— Qual o problema?

— Aqui na nossa cidade não é adequado uma menina sozinha sair pra passear com um *monte* de meninos.

Desde a minha chegada a Westfield, eu sabia que estava em um estado bastante conservador dos Estados Unidos. Meninas desacompanhadas não podiam conversar com um garoto por muito tempo a sós. Não podiam rir alto demais, falar em um tom elevado ou saírem sozinhas de casa por muito tempo, que não fosse na intenção de ir para a escola. Tinham que ser contidas e educadas. Quase me senti em Bridgerton, só faltavam os vestidos longos e as carruagens.

Mas aquelas regras não deveriam me atingir, correto? Stephanie, Jane ou Anna eram daquela cidade. Eu não. Não via problema algum em sair com meus amigos, além do mais, a maioria deles fazia parte da minha *host family*. Não eram qualquer pessoa.

Eu confiava neles.

Mas, percebendo que eu não estaria convencida em desistir da ideia, Stephanie disse:

— E além de tudo é sujo e tem baratas!

Por um momento, eu *quase desisti*.

CAPÍTULO 13

O céu mais incrível do mundo está em Westfield

O esgoto, na verdade, era um grande túnel. Ao contrário do que eu pensava, não tinha água nem lixo. Era um lugar seco e escuro, todo de concreto.

Com a luz do celular, vi que nas paredes havia muitos grafites legais. Percebi que era comum para os jovens da região irem até lá para passarem o tempo. Mike me explicou que, como Westfield e as cidades ao redor eram pequenas demais, os jovens precisavam inventar suas próprias atrações para se distraírem. Eu não os julgaria. Talvez fizesse o mesmo se não morasse em uma cidade tão grande quanto São Paulo.

Depois de apreciar os grafites, comecei a perceber que Stephanie tinha certa razão: havia algumas baratas por ali. Minha maior fobia na Terra.

— Não acredito que a Stephanie tinha razão. Tem barata mesmo!

Ouvi Mike rir.

— Cuidado com escorpião! Olha, bem no seu pé! — disse ele.

Nem precisei olhar. Brincadeira ou não, não importava, porque saí correndo antes que um bicho asqueroso como aquele picasse o meu pé. Na fuga, atropelei a primeira pessoa do grupo que, coincidência ou não, era o Josh. O impacto foi tão inesperado que o boné dele caiu, e, para completar, agarrei sua blusa com toda força.

— Sério, socorro!

— Calma... — Josh parecia entender o humor do Mike melhor do que eu. — Não tem escorpião. É mentira! Está tudo bem. Foi só uma brincadeira sem graça.

Mike coçou a cabeça, meio envergonhado.

— Foi mal, Michelly.

Bom, menos mal. Baratas e escorpiões juntos, eu não poderia lidar. Mas, se era apenas uma brincadeira, precisaria me recompor.

— Eu... — gaguejei — me desculpe, eu não queria quase te derrubar e nem ficar grudada na sua blusa... — disse, soltando-me. — E nem derrubar o seu boné. — Me abaixei e o peguei.

— Tudo bem, não foi nada — disse ele, estendendo a mão para que eu devolvesse o boné.

— É um boné bem bonito...

— É?

E era mesmo. Cinza, com a bandeira dos Estados Unidos. Eu ainda não tinha comprado nada que tivesse a bandeira americana.

— Sim, ele é. Mas obrigada! — coloquei-o na minha cabeça. — Agora é meu. Não tenho nada tão americano.

Josh ergueu as sobrancelhas, surpreso. Não sabia se ele tinha gostado ou não da minha atitude, mas parecia estar mais confuso do que irritado. Steve e Mike se olharam, também sem entender nada.

— Na verdade... — Steve começou. — O boné ficou melhor na Mih do que em você, Josh.

— Você tem razão — Mike concordou.

Não sei ao certo, mas tenho certeza de que meu rosto ficou vermelho. Por sorte, Mike quebrou o momento.

— Bom, galera, nossa aventura está muito paradinha. Que tal brincarmos de esconde-esconde? Em duplas, para ser mais divertido!

— Mas como se brinca de esconde-esconde no escuro? — perguntei, interessada.

— Você vai entender conforme brincamos! — Steve respondeu, animado. — Vamos separar as duplas! Mih, você vai com o Josh, e eu vou com o Mike.

Era impressão minha ou o Steve estava tentando me aproximar do Josh?

Impressão ou não, seguimos para a brincadeira, que, na verdade, era uma mistura de várias. Primeiro, eu e Josh ficamos girando várias vezes até ficarmos bem tontos. Depois de nem sabermos os nossos nomes, tínhamos que procurar pelos outros naquele breu.

Rimos muito tentando encontrá-los. Josh estava começando a se desprender daquela imagem de frio e distante. Talvez fosse apenas tímido. Éramos bem diferentes. Eu era atrapalhada e barulhenta, enquanto ele parecia ser o oposto. Talvez fosse por isso que não tínhamos nos dado tão bem logo de cara.

Só sei que foi muito divertido brincar de esconde-esconde no esgoto.

Tão, mas tão legal, que me esqueci das baratas — e dos possíveis escorpiões.

*

Depois do jogo, decidimos sair do túnel. Mike e Josh me ajudaram a subir. Quando me levantei e olhei para o céu, fiquei sem palavras. Era o céu mais estrelado que já tinha visto na vida.

Ali, me esqueci de tudo. Me esqueci onde estávamos, me esqueci do meu nome — de novo. Naquele momento, só existia eu e as estrelas.

— Meu Deus, que céu mais lindo é esse? — perguntei, fascinada.

Mike abriu um sorrisão.

— Tá vendo só? Eu não falei que você não ia se arrepender? Fala aí, já tinha visto um céu mais estrelado que esse?

Eu nem conseguia desviar o olhar. Parecia um tapete de diamantes no topo do mundo. Nunca tinha visto tantas estrelas antes. Era lindo, esplêndido e mágico. Isso. Essa é a palavra. Ver o céu estrelado em Westfield foi mágico.

— Ainda bem que eu vim. Esse céu é o mais lindo que já vi na minha vida toda... — disse, sincera.

Os três riram de mim. Para eles, deveria ser mais uma noite comum no Arizona.

Ao meu lado, ouvi Steve bater o queixo de tanto frio.

— É lindo, mas estou congelando. — Ele olhou para o Mike. — A porta do carro tá aberta? Vou ficar lá dentro.

Sem esperar por uma resposta, Steve saltou de onde estávamos e correu até o carro. Mas ele tinha razão: estava frio. Devia fazer uns dois graus negativos. Westfield era assim. Ou fazia um calor insuportável ou um frio de congelar os ossos.

Dei uma olhada ao redor e percebi que ali só havia areia e pedras. Era o deserto do Arizona mesmo. Uns cactos aqui, uma vegetação rasteira ali. Nada de casas. Apenas aquela natureza desértica sem fim.

— Vamos sentar um pouco — disse Mike. — Steve é exagerado... Nem tá tão frio assim!

Nem tá tão frio?, pensei, espantada. Mais um pouco e era perigoso nevar.

Nos acomodamos perto de algumas pedras para observar o céu.

— Tem certeza de que não está frio? — voltei a perguntar, indignada. — Daqui a pouco eu vou para o carro também.

Josh se interessou pelo que eu dizia.

— Você está com frio? — perguntou. Concordei com a cabeça. — Toma, então. — Sem esperar, ele tirou o único agasalho que usava e me cobriu.

Eu ainda estava com o boné dele e me senti um pouco mal. Ele ficou ao meu lado, só de regata.

— Não, não! Obrigada, não precisa! E você?

Gentil, ele insistiu:

— Pode pegar, de verdade. Eu não sinto frio. Já me acostumei com o clima daqui há anos.

— Obrigada, então... — disse baixinho.

Mais uma vez, Mike decidiu quebrar o clima entre nós:

— Vamos ficar aqui até o sol nascer. Tô sem um pingo de sono.

Mike devia ser maluco. Mas, falando a verdade, não tinha condições de ficar até amanhecer. Eu queria minha cama quentinha.

— Até amanhecer não dá, assim o Josh vai congelar... — retruquei, preocupada.

Josh negou na hora:

— Relaxa, estou bem.

Bom, não insistiria mais. Se ele dizia isso, deveria saber o que estava fazendo. Certo?

Voltei a olhar para o céu.

— Ainda bem que vim com vocês. Só de ver todas essas estrelas, já valeu a pena.

— Lá na sua cidade não tem estrelas assim? — Josh quis saber.

— Estrelas? — Ri alto. — Não... Em São Paulo, as únicas luzes que vemos à noite são as dos helicópteros.

Ele deu uma risadinha.

— Não posso acreditar. Responde a verdade, Brasil!

— Ah, não! Meu nome não é Brasil. Meu país é o Brasil! — disse, rindo.

— Ok, Brasil! — ele insistiu.

— Me dá um desconto, vai! Eu tinha acabado de chegar, e meu inglês estava péssimo...

— Você é muito engraçada. No pouco tempo que te conheço, já percebi isso... Até o Mike comentou, né, Mike?

Silêncio absoluto.

— Mike?

A resposta foi um ronco alto. Começamos a rir.

— Isso porque ele disse que estava sem sono... — lembrei.

— E que ia ficar até o sol nascer! — Josh completou.

Nós dois rimos até não aguentar mais.

De algum jeito, eu estava feliz. Tínhamos passado de desconhecidos estranhos para pessoas que queriam se conhecer mais.

E eu queria. Muito. Queria conhecer mais do Josh.

Torcia para que fosse mútuo.

CAPÍTULO 14
Roube o boné e beije a garota! (não é isso que o filme da "Pequena Sereia" nos ensina?)

Para a tristeza de Mike, não ficamos acordados até o amanhecer. Resolvemos voltar para casa algum tempo depois de ele ter cochilado. Voltamos no carro dele, inclusive. Eu estava feliz no banco de trás, ao lado de Steve. A realização de ter conhecido pessoas incríveis e de ter passado meu primeiro feriado americano ao lado de uma família tão legal me fazia sorrir o tempo todo.

O carro parou em frente à casa de Adam e Emily. Steve desceu e entrou correndo. Ele dormiria conosco naquele feriado e, pela maneira como saiu sem olhar para trás, queria descansar logo — e bem longe do frio.

Apesar do carro ser de Mike, quem estava dirigindo era Josh, porque Mike estava no banco do passageiro, dormindo novamente.

Saí do carro, morrendo de frio e de sono, e fui até a janela do motorista. Tirei a blusa de frio de Josh e a devolvi.

— Muito obrigada pelo casaco, você foi muito gentil!

Ele me olhou de maneira ainda mais delicada.

— Não foi nada... — respondeu, pegando o casaco de volta. — Sempre que precisar.

Não respondi. Apenas sorri e, em seguida, tirei o boné também.

— Bom... — Fiz uma longa pausa. — E aqui está o seu boné.

— Eu... — Josh enrugou a testa. — Eu pensei que você tinha pegado o boné para você!

Abri um sorriso tímido.

— Não, foi só uma brincadeira. Pode pegar! O boné é seu.

Ele fez um gesto negativo com a mão, recusando o boné.

— Não, pode ficar! Você disse que gostou dele.

— Não, mas é seu.

— Pode ficar com o boné!

— Mas foi só uma brincadeira.

— Fica de recordação.

— Não.

Do nada, Mike surgiu na conversa, visivelmente irritado.

— Pelo amor de Deus! Michelly, por favor, fica com a droga do boné! — Ele olhou para Josh, ainda mais frenético. — E você, Josh, liga a porcaria do carro e vamos embora!

Josh e eu nos olhamos surpresos com a atitude mal-humorada de Mike. Entre risos, achei melhor concordar em ficar com o boné. Ele havia dito que era uma recordação, não era?

— Ah, ok! Então, eu vou ficar com a droga do boné — disse, repetindo as palavras de Mike.

— Isso! — Josh me acompanhou ao sorrir. — E eu vou ligar a porcaria do carro — completou, também repetindo o primo.

Mike nem nos deu atenção. Já estava de olhos fechados de novo, aproveitando o sono.

Josh voltou a me olhar, achando graça da situação.

— É melhor não contrariarmos! — aconselhou, sussurrando.

— Você tem razão! — concordei baixinho.

Trocamos olhares por algum tempo. Eu não fazia ideia do que aquilo significava. Éramos amigos agora? Ele me trataria apenas como uma irmã?

Não éramos parentes nem nada do tipo, mas seria legal ter Josh por perto, do jeito que ele tinha sido naquele dia.

E, para falar a verdade, eu estava ansiosa para conhecê-lo cada vez mais.

— Bom. — Ele ligou o carro, obedecendo Mike. — Até mais, Michelly.

Gostava do jeito que ele pronunciava meu nome.

— Até mais, Josh! — disse, me despedindo com um aceno.

Fiquei ali parada, segurando o boné enquanto o carro se distanciava.

*

O feriado terminou. Alguns dias depois, chegou meu mês favorito do ano: dezembro. Com ele não vinham apenas o Natal e o Ano Novo, mas também o tão esperado Baile de Inverno.

Seria um dia mágico. Eu usaria um vestido lindo e estaria acompanhada de um garoto que era praticamente um príncipe. Estava muito ansiosa para que Logan colocasse uma flor no meu pulso. A mesma flor que aparecia nos meus filmes e séries favoritas.

Antes de tudo, no mesmo dia do baile, eu teria um *date* com o Logan. Não apenas com ele. Era um *date* coletivo: nós e outros casais da escola almoçaríamos juntos, para nos conhecermos mais. Pelo visto, era algo comum por lá.

Parecia legal e até divertido, mas a verdade é que eu não queria estar lá.

Não por causa do Logan, que era um amor de pessoa, mas porque no encontro iriam pessoas com quem eu não me identificava. Algumas que nem gostavam de mim, como a Caroline. Mas, querendo ou não, eu já tinha me arrumado.

Estava na cozinha, reclamando pela milésima vez para minha *host* mãe que não queria ir. Falava que algumas pessoas não gostavam de mim.

Emily era muito paciente, sempre ouvia tudo o que eu tinha para dizer, mesmo que fosse a mesma coisa repetida mil vezes.

— Vai dar tudo certo, Michelly. Vá ao *date*, sim.

— Mas a Caroline vai estar lá. Ela me odeia!

Josh, que jogava videogame com Steve no cômodo ao lado, escutou nossa conversa. Ele deixou o controle de lado e foi até a cozinha. Pegou uma latinha de refrigerante na geladeira e se intrometeu:

— Você não pediu minha opinião, mas acho que, se não quer ir a esse *date*, não vá.

Era tudo o que eu queria ouvir.

— Mas não posso fazer isso com o Logan! — respondi, tentando ser racional. — Todos os casais irão... Não posso deixá-lo ir sozinho.

Josh ficou me olhando por alguns segundos até responder:

— Não te entendo. Você tá aí há meia hora falando que não quer ir, que não vai se sentir bem, que tem uma garota que te odeia. Para mim, é muito simples: só não vá! Mas, mesmo assim, você vai. É isso?

Emily até parou de cortar as batatas para acompanhar a conversa.

Era um bom resumo. Além de me importar com Logan, minhas outras amigas estariam lá. Não era tão simples quanto Josh fazia parecer.

— Sim, é isso! — respondi, me achando meio idiota. — Na verdade, você disse tudo o que eu queria ouvir. Eu quero, mas eu não quero. Entende?

— Não. Não entendo por que você vai a um lugar que não quer ir — disse ele, voltando para a sala.

Fui atrás, tentando me explicar:

— Os brasileiros são assim! Eu sou assim. — Sim, pessoal, coloquei a culpa na gente. Foi mal. — Muitas vezes, vamos a lugares que não queremos só para não magoar as pessoas.

— Continuo não entendendo... — Josh parou e se virou para mim.

O que eu poderia dizer?

— Bom, já que você não entende, vamos tentar assim... — Coloquei as mãos para trás. — Me chama para ir ao shopping.

— Como assim?

— Me chama para ir ao shopping!

Ele fez uma cara tão engraçada que precisei me segurar para não rir.

— Você... quer... ir... ao... shopping? — perguntou, pausado.

— Agora você vai entender como funciona a cabeça do brasileiro. Não estou a fim de ir ao shopping, mas muitas vezes eu até vou para não te magoar! Ou, se não quiser de jeito nenhum, vou inventar uma desculpa: "Ah, Josh! Me desculpa, mas é aniversário da minha tia. Não vai dar." Mas na verdade, nem é aniversário da minha tia. É só uma desculpa para não ir e não te magoar. Entendeu?

Ele franziu a testa, provavelmente achando que eu era ainda mais estranha. Steve até parou o videogame e me olhava boquiaberto.

— Não seria mais fácil dizer que não quer ir? — perguntou Steve.

— Não! Nunca! Temos que ser educados!

— Ah, entendi — Josh respondeu. — Então, para não magoar as pessoas, vocês fazem o que não querem? Ou preferem mentir?

Apertei os lábios, culpada.

— Exatamente isso!

— Se é assim, então vá para o *date*. — Josh deu de ombros, como se o assunto estivesse encerrado. Ele pegou o controle do videogame novamente, mas parou ao olhar pela janela, com uma expressão neutra. Depois, completou: — Ele acabou de chegar.

Foi quando ouvimos a buzina do carro de Logan.

CAPÍTULO 15

Uma vez o filme "Meninas Malvadas" disse: eu não posso evitar de ser tão popular!

Estava chovendo naquele dia, e Logan me buscou na porta de casa com um guarda-chuva, provando, mais uma vez, o quão gentil era.

Fomos para a casa de uma colega minha da equipe de torcida. Ela que teve a ideia de fazer o *date* coletivo e receberia oito casais, dezesseis pessoas ao total. Logan e eu nos separamos de maneira natural. Ele encontrou alguns amigos e decidiu participar de uma conversa que envolvia esportes e futebol americano. Tudo aquilo que eu não entendia, lógico.

A maioria dos convidados era bem legal, mas alguns me ignoravam sem remorso algum. Ainda não entendo o motivo, mas aposto no fato de eu ser uma intercambista.

Mas nada se comparava a Caroline. No momento em que me viu, me encarou como se pudesse me queimar viva. Eu entendia que poderia ser frustrante não fazer parte das Pinax, mas que culpa eu tinha de ter conquistado um sonho? Não era minha responsabilidade, mas Caroline pensava que sim.

Caroline não era tímida e nem reservada, ela gostava de deixar bem pontuado o ódio que sentia por mim. Estávamos na sala de estar da casa da minha amiga, e ela se aproximou de mim, segurando um copo de suco.

— Que coragem aparecer vestida desse jeito, Michelly. Que roupinha mais basiquinha! Essa blusinha até parece ser de site de lojas de um dólar.

Eu nunca tinha ido a um *date* coletivo antes, então me vesti da maneira que achei correta. Não iria me produzir toda, queria reservar esse momento para o baile. Então coloquei uma roupa básica e confortável.

Parei por um momento para analisar Caroline. Ela usava um vestido curto, amarelo, até bonito. Mas isso não lhe dava o direito de vir zombar da minha roupa.

— Ah, que bom que você gostou do meu look! — disse, tentando não cair na provocação dela, mas também não deixando barato. — E essa blusinha é da *Shein*! Deve ter custado um dólar mesmo, sei lá. Se você quiser, depois eu te passo o código para você comprar uma igual. É muito linda, né? — disse balançando as plumas que havia na manga.

Abri um sorriso enorme; não deixaria que Caroline me ferisse. Avistei minhas amigas um pouco perto de onde eu estava. Isabel estava excluída em um canto, meio pensativa.

— Enfim, com licença, Caroline.

Ela revirou os olhos.

— Vai lá, líder de torcida!

Exatamente. Tudo o que você não é, pensei imediatamente. Mas decidi segurar a língua. Não queria brigar com Caroline — ela segurava um copo de suco, vai saber o que faria com o líquido.

Caminhei em direção a Isabel, perto da lareira da casa. Não olhei para trás em nenhum momento.

Notei que Isabel estava um pouquinho triste.

— O que houve, Isabel?

— Não é nada de importante... — respondeu, tristonha, tentando dar um sorriso.

Não confiei muito na resposta.

— Só de olhar para você eu sei que você não está bem.

Ela arrumou os óculos. Claramente estava chateada.

— É simples — choramingou. — O Julian não se decide! Tem hora que ele fala que vai passar na minha casa para me levar ao baile, tem hora que fala pra eu me virar, que ele não vai me buscar. Eu não sei o que eu faço...

Ah, não. O Julian de novo?

— Entendi. — Retirei o olhar de Isabel, procurando por algum rosto conhecido entre os convidados. Encontrei Julian na sala de estar, em uma roda de amigos, conversando e sorrindo. — Julian! — gritei por ele. — Vem aqui!

Julian virou o rosto com um sorriso aberto, mas, quando me viu, desmanchou-o na hora. Sem dizer nada, caminhou até onde eu estava.

— Oi, Michelly — disse de forma séria. — O que foi?

— Oi, Julian! Tudo bem? — cumprimentei como se fôssemos grandes amigos. Ele abriu a boca para responder, mas o interrompi. — Não! — fiz um gesto com as mãos. — Não precisa responder! Perguntei se você está bem porque sou educada! Mas eu não quero ouvir a sua resposta! — Pisquei. — Então, a Isabel está aqui me dizendo que você não sabe se vai buscá-la ou não para o baile. Confuso isso, né?

Ele olhou para mim e depois para Isabel, sem saber o que responder. Continuei:

— Você está vendo essa menina aqui? Ela tem quinze anos. — Julian, na época, deveria ter entre dezesseis e dezessete anos. Estava naquela fase terrível em que os garotos pensam que mandam e desmandam no mundo. — Ela está longe da família, dos amigos, de tudo o que ela conhece. Mas ela não está sozinha. Eu estou aqui! Porque é como se ela fosse a minha irmã mais nova! E com irmã não se mexe! Se você não quiser levá-la ao baile, me fala, que ela vai comigo. Só decida o que você quer da sua vida. Será que você teria essa maturidade para se resolver? Porque, afinal de contas, o baile vai ser hoje à noite!

Julian coçou a bochecha, fazendo uma careta. Mais uma vez, ele deu uma olhada para Isabel e depois para mim.

— Não, Michelly. Não foi isso. A Isabel entendeu tudo errado! — desculpou-se no mesmo segundo. — É claro que vou buscá-la.

— Que ótimo! — Sorri para minha amiga. — Está vendo, Isabel? Ele vai te buscar. — Me virei para ele. — Você não é obrigado a gostar dela, mas seja gentil! Será que isso é possível até o final do baile? Depois você volta a ser o mesmo babaca de sempre.

— Claro, claro! Totalmente possível.

— Ok, obrigada.

Não esperei por mais nada, segurei a mão de Isabel e a levei para conhecermos a casa juntas. De algum jeito, ela estava agradecida. Enquanto saíamos de perto dele, só deu tempo de ouvir Julian resmungar:

— Espera aí! — pediu Julian. — Eu não sou babaca!

Isabel e eu trocamos um olhar que apenas nós duas entendemos.

Ah, sim. Com certeza ele era um babaca, mas não precisei dizer nada, porque Julian facilitou a nossa vida ao completar:

— É, talvez eu seja um pouco, sim.

CAPÍTULO 16
Decore uma casa comestível ao lado de um príncipe

Depois da conversa com Julian, fomos almoçar. Minha colega serviria um almoço especial em homenagem ao baile. Achei fofo que os meninos não entraram na fila. Primeiro, esperaram todas as meninas se servirem para somente depois fazerem seus pratos. Achei muito educado da parte de todos, inclusive do Julian.

Depois do almoço, organizaram uma competição para enfeitar casinhas de gengibre — casinhas comestíveis, feitas especialmente em épocas festivas de fim de ano.

A competição era feita por casal, e ganhava quem conseguisse enfeitar a casa mais bonita em menos tempo. Eu e Logan escolhemos uma vilinha de casas, eram quatro casinhas no total, muito fofas. Com minha total inexperiência, dei a ideia de começarmos pela casa menor, e Logan, sempre muito educado, concordou.

Mas foi um grande erro. Enquanto todos estavam na frente com as casas grandes, estávamos empacados na casa pequena. Ainda passamos a vergonha de precisarmos enfileirar nossa casinha ao lado das demais. Todas grandes, bonitas e decoradas, e a nossa? Minúscula e mal feita.

— Tudo bem, vai. É pequeninha, mas é fofa! — eu disse para Logan, tentando animá-lo. A animação não durou muito, porque, naquela mesma hora, uma parede da casinha desmoronou, cheia de chantilly. — Acho que essa brincadeira já deu pra nós, melhor irmos embora.

Logan concordou ao dar um pequeno sorriso. Ele era tão gentil, que não diria a verdade sobre a nossa casa de gengibre, mesmo que fosse óbvio.

Neste momento, Caroline se aproximou, seus olhos atentos à minha casa.

— Nossa, Michelly! — exclamou, cínica. — Que casa mais... mais... eu nem tenho palavras para descrever!

Eu queria ser com Caroline da mesma forma que era com Julian. Mas, na realidade, quem ficava sem palavras era eu. Julian até tinha motivo para eu ser "rude" — como Jane gostava de dizer. Caroline me odiava de forma gratuita e precipitada.

Mas toda paciência tem limite, não é?

— Ah, você está sem palavras? Que pena, pois eu tenho muitas para você! Eu tenho até uma frase inteira, se você quiser. Essa é muito usada no Brasil, inclusive! Que tal: cuida da sua vida que eu cuido da minha, Caroline.

Ninguém disse mais nada. Talvez, eu até tivesse surpreendido Caroline com uma resposta melhor do que apenas abaixar a cabeça e fingir que ela não me atingia. Algumas pessoas ao nosso redor deram risada, mas não passou disso. Ninguém se intrometeu, e Caroline não revidou — mas queria. Tenho certeza de que voaria no meu pescoço se pudesse.

O clima já estava pesado. Era constrangedor ser alvo de tantos olhares. Logan tocou no meu braço, delicado. Era visível que estava incomodado com a situação.

— Vamos embora?

— Sim, já deu por hoje! — concordei, virando as costas para Caroline.

Ele ficou parado no mesmo lugar.

— Já deu? O que quer dizer "já deu"?

Às vezes, eu falava algumas coisas nada a ver para a língua dos americanos. Virei-me de volta para explicar.

— "Já deu" significa que acabou! Que não tem mais o que fazer aqui, que é melhor ir embora. Entendeu?

— Ah, entendi. — Ele tentou sorrir, orgulhoso de ter compreendido. — Bom, pessoal, vocês ouviram a Michelly. *Já deu*.

Jane, que não tinha ouvido a minha explicação, olhou para Isabel sem entender e lhe perguntou:

— O que é "já deu"?

*

Depois do desastre do *date* coletivo, eu estava no meu quarto me arrumando para o tão esperado Baile de Inverno. Decidi esquecer tudo sobre Caroline, Julian ou aquelas pessoas que fingiam que eu não existia. Me concentraria em quem gostava de mim de verdade.

Eu estava muito feliz em vivenciar tudo aquilo, a começar pelo meu vestido. Era lindo e azul, no estilo da Cinderela. Eu queria que ele tivesse a minha cara e que representasse a minha felicidade em estar em Westfield. Por isso, escolhi um modelo com brilhos e que cintilasse muito, igual às estrelas do céu do deserto do Arizona.

Eu mesma tinha feito as minhas unhas, meu cabelo e minha maquiagem. Estava tudo do jeitinho que eu sempre sonhei.

A única coisa que me preocupava era que, enquanto eu me arrumava, a chuva da tarde tinha se transformado em uma tempestade. Desde o momento em que coloquei meus pés em Westfield, não tinha chovido tanto. Mas bem no meu dia especial, o mundo decidiu desabar na cidade?

Quando finalmente a chuva parou, descobri mais um problema: a frente da minha casa estava alagada. Ou eu arranjaria um barco para ir ao baile, ou iria nadando.

Tentando ignorar esse "pequeno" detalhe, desci as escadas da casa da minha família. Todos estavam na sala me esperando: Adam, Emily, Steve, Stephanie e Josh. Quando fiz a minha entrada perfeita, pronta para o meu primeiro baile, todos ficaram quietos por alguns segundos.

— Como estou? — perguntei, dando uma rodopiada com aquele vestido longo, me sentindo uma princesa.

— Você está muito linda!! — disse Stephanie, toda contente.

— Parece a Cinderela! — minha *host* mãe disse emocionada.

— Linda como sempre! — disse Adam.

— Eu gostei, Mih! — acrescentou Steve.

Sem querer, olhei para Josh, esperando sua opinião.

— Nossa... — ele disse antes de completar: — Você está horrorosa!

Surpresos com aquele comentário, todos se viraram para ele.

— Como? — perguntei, sem acreditar.

— É isso mesmo. Eu disse que você está muito feia — ele repetiu com um sorrisinho no canto da boca.

Stephanie deu uma olhada de reprovação nele.

— Não liga para ele! — aconselhou. — Você tá linda!

De qualquer forma, continuei olhando para Josh. Eu sabia que ele queria apenas me provocar, mas não deixei barato:

— Eu sei que estou linda demais! Você que não quer admitir, Josh.

— Eu não quero admitir? Eu só estou falando a verdade para te ajudar.

Pensei em mostrar o dedo do meio para ele, mas tenho certeza de que a família inteira se assustaria com a minha atitude. Mas quase fiz, viu? Meu dedo já estava se levantando, mas me salvei da situação ao ouvir a buzina do carro de Logan.

Não tinha como caminhar até o carro de Logan, porque parecia que tinha um rio na frente da casa. E não tinha como Logan descer também. Seu carro nem estava de frente para a minha casa, mas sim do outro lado da rua, para sua total segurança. Caroline adoraria me ver naquela situação desesperadora.

— E agora? — estava prestes a chorar.

Eu tinha me arrumado inteira, escolhido o vestido perfeito para a ocasião, estava com um cara incrível me esperando, e meus amigos deveriam estar no baile a essa hora. Eu não iria? Era isso?

— Eu vou dar um jeito, Michelly!

Sem esperar por mais nada, meu querido *host* pai me pegou no colo. Ele atravessou a lama e a água até o carro de Logan, me colocou segura no chão, sem se preocupar.

— Obrigada — agradeci a Adam, cheia de felicidade. Ele estava salvando o meu sonho.

Ao entrar no carro, sempre muito educado, Logan comentou:

— Você está linda!

— Muito obrigada! Você está muito bem também.

Ele estava usando um terno preto e uma gravata azul-claro para combinar com o meu vestido.

No meio da conversa descobri que ele não tinha rede social. Nada. Nenhuma.

— Como assim você não tem rede social? — era a única pergunta que eu conseguia fazer. Eu tinha até pensado em gravar alguns stories dentro do carro com ele, mas até desisti.

Nervosa, dei uma risadinha bem sem graça.

— É que meus pais odeiam a internet. Odeiam as redes sociais, então eles não querem que eu esteja em nenhuma rede social para não ter muita exposição.

— Ah — respondi.

Pensei que seria um ótimo momento para desaparecer e evaporar do carro dele.

CAPÍTULO 17

Estou dentro de um filme! (por favor, não me acorde)

Assim que coloquei meus pés na entrada do baile, meu mundo se iluminou por inteiro. A decoração do Baile de Inverno era linda e delicada, com faixas brancas penduradas nas paredes simulando as cores sóbrias da estação. Também havia espaço para balões brancos com glitter. Tenho certeza de que meus olhos brilharam a noite toda.

Logan e eu ficamos em uma fila para poder entrar. Eu fiquei encantada que todos tinham levado a sério a ideia de se produzirem demais. As meninas tinham estilos diferentes, mas todas, sem exceção, estavam maravilhosas.

Quanto aos meninos, todos usavam terno, e alguns usavam botas de *cowboy*, aqueles cintos com fivelas gigantes e chapéus de rodeio. Tenho certeza de que a escolha de David para aquele dia foi exatamente essa.

Na porta da entrada, me surpreendi ao perceber que tínhamos que fazer um teste de bafômetro. Vocês não leram errado. Teste. De. Bafômetro. Só podia entrar quem não tivesse consumido álcool, e na festa não haveria nada de bebidas alcoólicas, o que era o certo, afinal, todo mundo ali era adolescente.

Quem controlava o teste era ninguém mais, ninguém menos, do que o próprio diretor da escola. Mas quem disse que eu conseguia fazer este teste? De primeira, eu não sabia qual a intensidade certa para soprar aquele negócio, então dei uma assoprada curta. Não deu certo.

— Tem que soprar por mais tempo e com mais força — orientou o diretor, um pouco impaciente.

Eu nunca tinha feito aquele teste na vida. Ele poderia ter dado um desconto, não é? Então, com toda a minha força, assoprei da maneira que pensei ser correta. Até me faltou o ar. Não demorou para que eu começasse a tossir.

Percebi que Logan estava ficando meio sem jeito. Ao dar uma olhadinha para trás, percebi que a fila estava interminável e que a minha demora em concluir o teste estava atrasando a entrada dos outros alunos.

— Tenta soprar entre o fraco e o forte… — o diretor pediu mais uma vez.

— Ah — concordei com a cabeça, já confusa. — Claro, entendi. Entre o forte e o fraco. Sei. Pode deixar.

Fiz o que o diretor mandou, mas acho que não pensei direito na força. Assoprei bem fraco dessa vez.

Totalmente impaciente, ele fez um gesto para que entrássemos:

— Deixa para lá, menina. Pode entrar.

Dei um sorrisinho educado e envergonhado. Não sei até hoje se ele confiou que eu não tinha consumido álcool ou só queria sair daquele cargo o mais rápido possível. Mas não insisti em ficar ali. Feliz e animada, caminhei ao lado do Logan até a entrada do baile.

Meu Deus.

Que sonho estar ali, vivendo um filme na vida real. Jamais me imaginei vivendo tudo o que eu queria. Naquele mesmo ano, eu estava no Brasil, sofrendo ao redor dos meus colegas de sala. E, em pouco tempo, lá estava eu, sendo líder de torcida, com um perfil bombando no *YouTube* e no *TikTok*, uma *host family* que me adorava e um cara incrível e fofo ao lado em um Baile de Inverno. Eu poderia querer algo a mais?

Observei o espaço do baile com bastante atenção, querendo gravar cada memória de uma vez. Tinha um DJ num canto, comandando a pista. As paredes foram decoradas com muitas cortinas com brilho. Havia uma mesa com bebidas nos famosos copos vermelhos dos filmes. Não tinha muita opção de comida, mas isso não fazia muita diferença. Eu estava feliz demais por estar lá.

Admirada em como tudo era organizado, olhei para Logan. Ainda não tínhamos colocado a flor no meu pulso e no terno dele. Geralmente, os casais colocavam as flores antes do baile e iam para algum lugar tirar fotos juntos. Mas, por conta da chuva, não deu para fazermos nada daquilo.

Uma curiosidade: quem deve comprar as flores para o casal é a menina também, assim como quem fazia o convite. Era uma tradição interessante. Com muito cuidado, peguei a caixinha com as flores e disse:

— Chegou a hora mais importante da noite!

Logan abriu um grande sorriso. Ele sorria muito.

Ele concordou e pegou a flor da caixinha, sem entender por que aquela simples flor no pulso seria o momento mais importante do baile. Mas, sem contestar, fez o que pedi.

Estiquei o braço para ver melhor. Era a coisa mais linda do mundo. Naquele momento, me senti pronta para aproveitar o baile de verdade. Flores colocadas, tanto a minha no pulso quanto a dele no terno, decidi encontrar minhas amigas. Estavam todas lindas e felizes.

Tiramos mil fotos e fomos dançar. Aliás, um detalhe diferente do Brasil: eles não dançam, eles pulam. Pulam para tudo e para todas as músicas. Confesso que achei estranho no começo. Por que ficar pulando? Mas não resisti. Entrei na onda e pulei mais do que todos.

Agora que tudo passou, posso falar que o que menos gostei do baile foi a enxurrada de tradições que eu deveria seguir. De acordo com Jane e outras garotas das Pinax, se o meu parceiro queria sentar, eu deveria acompanhá-lo. Tudo o que Logan queria fazer, eu deveria ir atrás. Mas não era assim que eu pensei que seria meu baile.

Eu queria conversar, rir, dançar, andar de um lado para o outro. Não queria, de jeito nenhum, ficar seguindo Logan para todos os lados. Era lógico que queríamos coisas diferentes naquele baile, mas decidi fazer o que me aconselharam.

Então, quando Logan decidiu passar um tempo da festa sentado, conversando com alguns amigos, tive que ir também. Fiquei chateada em ver a festa inteira passar diante de mim, mas não tinha o que fazer. Eu não queria ser rude.

Poucas pessoas dançavam na pista. Em segundos, o ritmo da música mudou de agitada para mais romântica. Era a hora da valsa.

Logan e eu nos olhamos na mesma hora. Meu coração começou a bater muito forte. Ele se levantou da cadeira ao meu lado e estendeu a mão para mim.

— Vamos dançar, Michelly?

É claro que eu dançaria com ele!

Mas, por um momento, pensei melhor e senti um frio na barriga. Apesar de nos conhecermos já há algum tempo, não tínhamos muita intimidade, e dançar valsa com ele significava ficarmos coladinhos, cara a cara.

Antes de aceitar, olhei ao redor, meio nervosa. Todos os pares das minhas amigas estavam fazendo o mesmo que Logan, as chamando para dançar. Todos menos Julian.

Me virei e meu olhar se encontrou com o da Isabel, que estava sentada numa cadeira do outro lado da mesa. Ela estava muito triste, sozinha, provavelmente querendo chorar. Julian dava risada com os amigos, totalmente sem lembrar que ela existia.

— Michelly! — Logan me chamou de novo, sacudindo a mão para que eu a visse. — Vamos dançar?

— Ah, claro. Desculpe. Vamos dançar, sim. Mas antes, você me dá só um segundinho?

Me levantei com ajuda de sua mão, mas logo a soltei. Ele não entendeu nada, claro. Mas me acompanhou com o olhar, na direção que eu seguia de forma tão decidida.

Apareci perto de Julian e cutuquei seu ombro. Ele virou em poucos instantes, desinteressado.

— Por que você não está dançando com a Isabel?

— Sei lá... — respondeu com pouco caso.

Ele tinha respondido "sei lá"?

Era isso mesmo?

— Sei lá? "Sei lá" não! — Iniciei mais uma discussão. Não era possível que eu tivesse que ficar no pé dele para tudo. — Você vai chamar ela para dançar agora! Todo mundo dançando e a única deixada de lado é ela! Você acha isso justo? Vai lá agora. Se dançar com ela, eu prometo que te deixo em paz.

Julian arregalou os olhos, interessado no que eu dizia.

— Promete? — quis saber, quase sorrindo. — Promete mesmo que me deixa em paz para sempre?

— Eu prometo! Nem minha voz você vai escutar mais tão cedo. Agora vai logo!

Ele não falou mais nada e, da mesma maneira de sempre, seguiu o que eu mandava. Fiquei parada no mesmo lugar, assistindo Julian convidar Isabel para a valsa. Vi quando minha amiga aceitou a mão de Julian e me procurou logo em seguida, com o olhar. Ela parecia agradecida ao sorrir para mim.

Retornei para perto de Logan, que estava no mesmo lugar.

— Agora podemos ir — avisei. Sorri e lhe estendi a mão.

Ele aceitou de imediato e, de mãos dadas, fomos até o centro do salão.

Quando chegamos no meio da pista de dança, comecei a prestar atenção na música. A canção que tocava não era valsa, mas sim um pop romântico. Música de casal, daquelas com letras bonitas.

Quase travei de novo. Eu nunca tinha dançado uma música romântica com ninguém.

Logan pegou em minha mão, notando meu nervosismo.

— Vamos, Michelly. Você consegue!

E me deu uma rodopiada. Gostei mais desse ritmo de música. Eu amava dançar músicas alegres e assim, sem pensar, me entreguei na dança, misturando os passos deles e alguns brasileiros. Todo mundo ficou muito feliz.

Muitos garotos continuaram ali próximos dos seus pares.

Eu adorava o Logan, mas se no auge da festa ele decidisse sentar com os amigos para conversar, ele que me desculpasse. Eu fingiria que não veria nada e continuaria dançando. Percebi que as tradições de Sadie Hawkins no Baile de Inverno não faziam muito sentido. A garota era responsável por tudo, mas, no fim, quem decidia a maneira que se divertiria era o cara? Ah, não. Eu queria aproveitar tudo o que tinha direito. O baile acabaria meia-noite, enquanto no Brasil duraria a madrugada inteira.

No meio de uma música, eu já não estava mais aguentando o meu salto. Estava me incomodando demais. Não tive dúvidas em tirá-lo. Quem estava ali ao meu redor até parou de dançar:

— O que você está fazendo? — perguntou Jane, espantada.

— Como assim? — respondi de volta. — Tirando os sapatos para ficar mais confortável!

— Mas... — Anna se intrometeu, enrugando o rosto. — Vai sujar seus pés.

— E daí? — perguntei já descalça.

Todas ficaram de boca aberta, chocadas. Eu esqueci por um momento que quase tudo o que eu fazia era diferente. Então, tirar o sapato no meio do baile parecia a mesma coisa que cometer um crime.

Logan ficou meio sem atitude. Não disse nada, mas só pela cara dele dava para notar que estava me achando fora do padrão americano.

Não tinha mais o que fazer, eu já tinha tirado e, com certeza, não machucaria meu pé apenas para seguir o que *eles* queriam.

A educação brasileira tem limite!

CAPÍTULO 18
É o fim... né?

Depois de tanto dançar, chegou o momento de me despedir de uma das noites mais divertidas que eu tinha tido no ano. Fim de baile. Muitas pessoas tinham ido embora, a música tinha até parado, e os funcionários da escola começavam a organizar o salão.

Eu e Logan caminhávamos rumo ao estacionamento.

— E então? Você gostou da experiência de ir em um baile americano?

— Eu amei! Foi muito divertido — eu respondi, já cansada, mas sempre com os olhos brilhando de felicidade.

Paramos de andar e ficamos um de frente para o outro, perto do carro dele.

— Muito obrigada por ter aceitado o meu convite e por ter sido meu par.

— Obrigado você por ter me convidado — respondeu sorrindo.

Dei um sorrisinho meio constrangido em resposta. Este tipo de conversa não existia no Brasil. Não sabia como agir.

— Meus pés ainda estão doendo! — disse sem ter o que dizer.

— Você quer que eu te carregue no colo? — Logan se ofereceu, todo solícito.

— Não precisa, muito obrigada! — recusei.

De repente, o celular dele fez um barulhinho. Ele deu uma olhada, passando a ler a mensagem que havia acabado de receber.

— São meus amigos... — guardou o celular e me perguntou: — Você quer ir no Dennis?

— Quem é Dennis? É seu amigo? Eu acho que não conheço...

Ele riu, se controlando para não gargalhar. Eu fiquei olhando sem entender o que eu tinha dito de tão engraçado. Ele ria do mesmo jeito que sempre se expressava quando eu dizia algo fofo e engraçado.

— Você é divertida, Michelly — disse, apontando para o carro dele. — Vamos, então? Dennis é um restaurante.

*

Fomos a este restaurante com nome de gente. E estava lotado, todo mundo tinha saído do baile e ido para lá.

Os amigos do Logan — dois casais que também estavam no baile — eram até legais, mas não tínhamos nenhum nível de amizade. No fim, acabavam conversando entre si e eu fui ficando totalmente de lado. Eram assuntos que eu não conseguia nem tentar interagir, e, na real, eles não se esforçaram para tentar me integrar na conversa.

Logan, ao ver essa situação, até tentou puxar conversa comigo. Mas eu já estava cansada, pé doendo, sono, maquiagem incomodando, vestido longo. Eu queria muito ir embora.

Não demorou muito e Logan me levou para a casa da minha *host family*. Descemos do carro e ele fez questão de me acompanhar até a porta. Aquele monte de água na frente da casa já tinha quase desaparecido.

— Entregue! — ele disse sorrindo na frente da porta.

— Muito obrigada, Logan. Foi uma noite incrível! — Dei um passo para frente e o abracei. — Você não imagina como sonhei com esta noite!

Americanos não eram muito de abraços e beijos, então eu pude sentir Logan meio desconfortável com a nossa proximidade. Me afastei quando notei que poderia estar o incomodando. Mas ele continuou me olhando, me olhando demais.

Se ele fosse me beijar, o momento ideal era aquele. Mas, no fundo, eu sabia que não ia acontecer. Jane namorava um cara que, por seis meses, ainda não tinha beijado. Se fosse assim comigo e com Logan, ainda teria tempo. Porém, tive uma pequena esperança. Será que Logan não dava a mínima para os seis meses restantes?

Como ele não sabia o que fazer ou o que falar, resolvi finalizar a noite agradecendo de novo.

Era isso.

Ele não me beijaria.

— Obrigada mais uma vez, Logan! — Me despedi ao acenar.

— Tchau, Michelly! — ele respondeu baixinho.

Dei mais uma olhadinha para trás e vi que Logan havia se virado também. Quem sabe, se ele tivesse continuado lá, as coisas não teriam sido diferentes? Nossos olhares se encontraram e, sem dizer nada, abri a porta e entrei.

Por alguns minutos, fiquei encostada na porta. Estava totalmente exausta, todo o meu corpo doía, igual ao treino das Pinax. Suspirei alto, morrendo de sono e olhei para a flor no meu pulso.

Eu guardaria aquela flor para sempre. Toda vez que eu a olhasse, eu ia me lembrar que a realização dos meus sonhos era possível. Eu não estava triste em não ter beijado o Logan ou qualquer coisa parecida. Beijá-lo não era um sonho, e eu estava ocupada demais realizando o que verdadeiramente importava.

*

Depois do tão sonhado Baile de Inverno, as aulas voltaram ao normal, assim como os treinos das *cheerleaders* e as nossas apresentações durante os jogos de futebol americano.

Os meninos estavam indo muito bem. Tinham conseguido ir para a semifinal do campeonato. E, se ganhassem o jogo, estariam na final do Campeonato Estadual. Isso nunca tinha acontecido na história da nossa escola. Todos estavam muito empolgados com a semifinal, que seria exatamente naquela noite.

Para demonstrar todo apoio e torcida, era costume na escola, durante todo o período de aula, os jogadores irem com a camisa de jogo e nós, *cheerleaders*, com nosso uniforme e até com os pompons. Na hora do intervalo, nós e os jogadores iríamos desfilar pela escola inteira com todo mundo aplaudindo por onde passássemos.

O tão esperado intervalo chegou.

Eu estava muito ansiosa e até emocionada para viver essa experiência. Nem nos filmes eu tinha visto uma cena igual a essa. Os jogadores iam na frente e nós atrás deles, balançando os pompons. Fomos passando por todos os corredores de toda a escola, pelo refeitório, cafeteria, e por onde passássemos, todos os alunos, professores e funcionários batiam palmas!

Esse momento, com certeza, é um dos mais inesquecíveis do meu intercâmbio. Ver todos unidos, batendo palmas, vibrando. Senti como se fôssemos da mesma família e que estávamos ali, todos juntos, torcendo e lutando pela vitória que não seria apenas do futebol americano, mas de todos nós. Muito legal esse sentimento de união e de cumplicidade. Mágico até.

Depois de desfilarmos por toda a escola, paramos em um determinado lugar do gramado na parte externa. Os meninos ficaram em um canto e nós, líderes, muito próximas a eles. A grande maioria jogava conversa fora enquanto bebia água em copos descartáveis.

Vi o Logan e nossos olhares se cruzaram. Ele sorriu para mim e eu sorri de volta. Senti uma conexão muito grande naquele momento. Apesar de ele ser do futebol e eu, do time das líderes — categorias bem diferentes —, senti que estávamos ligados pelo mesmo objetivo.

Eu estava muito feliz, bebendo uma água bem geladinha, quando ouvi um dos jogadores que parecia um brutamonte falando:

— Eu não suporto essas *cheerleaders*! Elas atrapalham a gente, no jogo então nem se fala...

— Verdade! — concordou outro trouxa. — Ficam gritando, fazendo dancinhas que não acrescentam em nada... E até hoje, num dia que é só pra gente, elas estão aqui ofuscando nosso momento.

— Pois é. Nada a ver elas desfilarem com a gente! Quem está indo para a semifinal somos nós e não elas!

Quando ouvi aquilo, todo aquele sentimento de time perfeito, que todos estávamos juntos, unidos pelo mesmo objetivo, simplesmente ruiu.

— Vocês ouviram? — me virei para as meninas. — Que bando de babacas! Estão falando mal da gente!

— Não liga, Michelly! — disse Jane. — Não seja rude, por favor.

Respirei fundo, mas ouvi mais absurdos. Foi então que um copo descartável atingiu a cabeça de um deles. Mas ninguém me viu.

E eles bem que mereceram.

— Que bando de babacas! — disse Keity, com raiva ao saber do que aconteceu.

Com um sorriso, prometeu:

— Hoje à noite, eles terão uma grande surpresa!

CAPÍTULO 19

A trilha sonora perfeita para a revolução

Era a hora do jogo, a arquibancada estava cheia.

Daquele mesmo jeito de sempre; todos gritando e pulando, ansiosos pela semifinal. Em demonstração que seria uma noite intensa, os fogos de artifício já estavam colorindo o céu, mesmo sem a partida ter começado.

Eu e as líderes estávamos em um cantinho esperando o momento da nossa entrada. Todas, além de mim, estavam inquietas. Mesmo que tivéssemos feito por três meses, ainda era incrível fazer parte de tudo aquilo.

Depois de mais alguns minutos aguardando, as *cheerleaders* do time adversário entraram correndo, com os pompons para o alto. Sorridentes e gritando pelo time que representavam.

Quando encerraram a pequena apresentação, era a nossa hora. Das Pinax. Nos olhamos brevemente, um pouco nervosas, mas certas do que íamos fazer.

Sem correr, como sempre fazíamos, fomos caminhando até o campo, em frente da torcida da nossa escola, mas, dessa vez, com um grande diferencial. Não aparecemos cheias de energia ou com sorrisos imensos, entramos com os pompons abaixados. Caladas, sem sorrir, sem festejar e torcer.

O efeito foi quase que imediato. Alguns torcedores das arquibancadas acharam estranho, até mesmo incomum. Vi uma pessoa sussurrando para a outra: "Cadê a alegria das *cheerleaders*?".

Nem a gente sabia.

O time rival teve seu novo momento de glória. Quando foram anunciados, os jogadores e as líderes se animaram, focados em vencer. Mas quando o time da minha escola foi anunciado, continuamos do mesmo jeito. De costas, sem alegria, com os pompons abaixados e silenciosas. Não demos nem um pio.

O time continuou entrando em campo, correndo e acenando. Mas, quando perceberam que eram os únicos ali, se entreolharam confusos. Com a dúvida gerada, seguimos com o plano: nos abaixamos e deixamos os pompons no chão e caminhamos até a arquibancada. Em outras palavras: sim, estávamos de greve!

Não era isso o que eles queriam, afinal? Já que não somos necessárias, que sempre atrapalhamos, não iríamos fazer falta, correto?

Foi um momento de muita cumplicidade, porque a maioria de nós retirou os laços dos cabelos. E vocês lembram o que eu disse lá no começo? Isso mesmo. Um laço no cabelo de uma líder de torcida é como uma coroa. É importantíssimo. Sem ele, não nos sentimos pertencentes. Juntas, fomos em direção à arquibancada, não sem antes olhar para Keity. Ela estava encostada em um pilar próximo ao banco e piscou para nós, discretamente.

Eu já admirava a Keity, mas naquele dia passei a considerá-la uma das pessoas mais corajosas que conhecia. A rebelião poderia ser um problema, mas ela estava disposta a correr o risco apenas para nos proteger e dar uma lição no time de futebol americano.

Todos, além do time, ficaram sem reação ao nos ver saindo do campo sem dizer uma única palavra. Nos sentamos em uma área dos bancos da arquibancada, como se fôssemos simples torcedoras.

Mesmo sem a gente por perto e mesmo sem entender, o jogo começou e os meninos do time pareciam meio desnorteados. Sem a nossa animação, nossa garra e força, não demorou muito para o time adversário marcar pontos em cima de nós.

Pode parecer uma atitude egoísta, eu sei. Não queríamos que o nosso time perdesse. Doía muito não estar em campo. Mas por outro lado, precisávamos dar um basta na maneira em que éramos tratadas.

Nos levantamos, caminhamos até o campo, pegamos os nossos pompons e fomos embora. Não tínhamos mais nada o que fazer ali.

Talvez sofreríamos uma grande punição.

Talvez meu grande sonho de ser *cheerleader* acabaria ali.

Talvez seríamos odiadas por toda a escola e mais ainda pelos jogadores.

Mas quem quer mudar o que está errado, não pode aceitar qualquer tratamento. Keity nos incentivava com uma música linda. A letra de *Golden Hour* dizia que tínhamos nascido para brilhar.

E quem nasce para brilhar, não abaixa a cabeça para qualquer um.

*

Nos dias que se seguiram, a conversa geral era sobre a revolta das *cheerleaders*, claro.

Por onde passávamos os alunos nos olhavam. Alguns reprovavam, outros apoiavam. Teve até um grupo de meninas que nos aplaudiram:

— Corajosas, hein. Eu faria igual!

— Parabéns, meninas! Vocês foram ótimas!

Outros já diziam:

— Elas são loucas, deveriam fazer o trabalho delas e pronto!

— Tinham que ser expulsas, isso sim!

— Foi um absurdo ver aquilo!

Absurdo ou não, a verdade é que conseguimos dar um grande grito sem abrir a boca.

No final das contas, os meninos tinham conseguido ganhar e iriam para a grande final. Apesar de alguns jogadores não merecerem, fiquei feliz pela vitória e de chegarem mais pertinho de serem campeões estaduais. Era um título muito importante para a nossa escola.

Ainda não sabíamos se a nossa greve continuaria ou não.

Eu, Jane e Isabel estávamos andando plenas pelo corredor da escola, rumo ao refeitório, quando demos de cara com aquele jogador de três metros de altura — aquele brutamonte que estava falando muito mal das Pinax — e mais uns outros quatro jogadores. Eles estavam bem em frente da porta do refeitório.

Eu olhei para Jane, que olhou para mim e para Isabel. Eles estavam com cara de muito bravos. Não vou mentir, tive vontade de correr. Além de bravos, eram musculosos e grandes. Pareciam uns titãs. Eu queria preservar a minha vida, né?

Mas para a nossa surpresa, eles abriram um sorriso, meio forçado na verdade, mas muito educados abriram a porta para que passássemos.

— Por favor, meninas. Podem passar! — disse o grandão, o brutamonte.

Ficamos nos entreolhando, muito surpresas com aquela atitude muito gentil e ao mesmo tempo, repentina.

— Ah, certo. Obrigada.

Agradecemos desconfiadas, passando pela porta.

Fiquei olhando para trás, desconfiada. Será que nos dariam uma voadora quando não estivéssemos olhando?

Mas nada disso aconteceu. Continuaram parados, ainda educados e sorrindo. Sorrimos bem sem graça de volta. O que eles queriam?

— Será que eles se arrependeram? — Jane perguntou baixinho.

— Sei não. Pra mim é puro fingimento — respondi.

Mal acabei de falar e demos de cara com Anna, que segurava dois ou três pacotinhos de cookies.

— Olha que fofo, meninas! — disse Anna, bem animada. — Ganhei de uns jogadores — continuou, sacudindo os pacotinhos para que víssemos. — Eu acho que eles querem fazer as pazes com a gente. Teve um que até me pediu desculpas e ainda disse que jogo sem as *cheerleaders* é um jogo apagado!

— Acho que a greve deu certo... — Jane disse o que todas estavam pensando.

Ficamos sérias por um momento. Será que tinha dado certo mesmo? Foi bem gentil mesmo terem aberto a porta para nós e terem presenteado Anna com cookies — ela os amava e sempre comia um cookie depois do almoço. Mas até que ponto eles estavam sendo sinceros?

Nos olhamos por um momento antes de rir alto, só havia um porém.

— E a nossa greve? — perguntou Isabel arrumando os óculos. — Vamos continuar?

CAPÍTULO 20
O manifesto das líderes de torcida

A noite da grande final chegou e com toda alegria e garra entramos em campo, balançando os pompons, berrando e torcendo como nunca.

No nosso ponto de vista, não fazia mais sentido a greve continuar. Os garotos já haviam aprendido uma grande lição e não poderíamos nos negar a participar da grande final do Campeonato Estadual, seria loucura.

A arquibancada nos recebeu de volta muito bem; gritavam e acenavam para nós com toda a energia do mundo. Aquela mesma vibração de união que eu tanto amava se formou na hora de cantarmos o hino nacional dos Estados Unidos.

Depois do hino, o time das *cheerleaders* adversárias passou bem na nossa frente, com os narizes empinados. Eu juro que elas até jogaram o cabelo para o lado para nos intimidar.

— É impressão minha ou elas passaram pela gente querendo nos provocar? — eu perguntei na hora.

— Não é impressão, não — disse Jane — É final de campeonato! Elas querem nos desestabilizar!

— Nos desestabilizar? Se alguém vai sair desestabilizada daqui, vão ser elas!

E, assim que o jogo começou, não tinha apenas uma batalha entre os jogadores, tinha também entre as líderes de torcida.

Elas queriam gritar bem alto? Nós gritávamos mais ainda!

Elas levantavam a torcida? Nós levantávamos mais!

Foi se criando um clima tão pesado de provocação que mais um pouco era capaz de todas nós sairmos nos tapas. Vi nossa treinadora conversando com a treinadora da outra escola. Não parecia ser um debate amigável. Assisti com bastante atenção quando Keity pegou o apito e assoprou bem forte, chamando a nossa atenção. As duas fizeram um sinal com a mão para que os dois times fossem até elas.

Naquela hora, todas nós, incluindo elas, seguimos para perto das treinadoras, sem muita coragem. As duas colocavam medo em qualquer pessoa.

— Lá vem bronca... — disse baixinho para Jane.

— Nós estamos ferradas... — concordou uma menina do outro time passando pela gente.

De cabeça baixa, fizemos um grande círculo, e as duas treinadoras no meio. As duas estavam com a mão na cintura, olhando para cada uma de nós com o semblante cheio de estresse.

— Pelo que estou vendo vocês querem fazer um desafio — Keity disse, ainda bem séria. — É isso? — ela perguntou de novo. Nenhuma de nós teve coragem de responder. Não queríamos um desafio, na verdade, queríamos sair no tapa. Mas não diríamos aquilo para ela nem mortas. — Certo, então vocês farão um desafio!

Eu não fazia ideia do que seria um desafio no meio do jogo, e pela forma que todas se encaravam, era preocupante. Mas, ao contrário do que pensávamos, não era um desafio para nos destruir e, sim, para nos integrar. As treinadoras sabiam que a competitividade era importante, mas tinha um limite. E eu já tinha notado que naquele universo das *cheerleaders*, prezava muito pela união e pelo respeito.

Continuamos no círculo, mas um pouco mais posicionadas para a arquibancada poder assistir. Em conjunto, erguemos os pompons para nos animarmos e uma líder desafiava a outra para dançar no meio do círculo.

Exatamente. A final do jogo rolando e as duas equipes de *cheerleaders*, dançando sem parar.

De certa forma os meninos tinham razão: nós roubávamos mesmo a cena!

Quando chegou a minha vez, uma *cheerleader* do time adversário parou na minha frente, me convocando para um desafio. O que eu poderia fazer que fosse legal e que chamasse a atenção?

Muito simples, na verdade. Eu adorava dançar — e ainda por cima, sou brasileira — resolvi fazer um quadradinho. Um dos passos mais famosos do funk nacional.

Talvez o passo fosse ousado demais para aquela escola tão tradicional — não apenas a escola, mas a cidade em que eu estava. Mas eu fiz. Me diverti bastante com todos os olhares; de choque, de aprovação e de curiosidade.

— Meu Deus! — Ouvi muitas falarem.

— Como que você faz isso? — perguntou outra.

— Espero que minha mãe não tenha visto — desejou a que estava do meu lado, preocupada e olhando para a arquibancada.

*

Com os ânimos menos à flor da pele, aquele clima de querer voar no cabelo das outras *cheerleaders* já não existia mais. Elas eram legais e divertidas. Isso mesmo. Mudei rápido de opinião, mas juro que estou contando a verdade.

E estar em frente da arquibancada do time adversário só mostrava que os objetivos de todas cheerleaders era o mesmo: animar, motivar, superar, cair e levantar. E tudo isso com um sorriso no rosto.

Com o decorrer do jogo, nosso time de futebol americano fez uma sequência de pontos. Todos estavam muitos animados com a possibilidade de sermos campeões estaduais pela primeira vez na história. Como todo jogo emocionante que já vi na vida, viramos apenas nos segundos finais. Aquela sensação de dever cumprido começando a se estabelecer em cada um de nós. E, quando o último jogador do nosso time cruzou o campo, com a bola nas mãos para marcar um *touchdown*, eu sabia que tínhamos vencido.

E vencemos!

Os jogadores se abraçaram, muito felizes e chorando. Não aguentei e chorei também. Aquele momento foi tão extraordinário, que tudo de ruim tinha ficado para trás. Eles invadiram nosso espaço de torcida para nos enfiar no meio de uma confusão de gritos.

Não me importei com o que tinha acontecido no passado. Foi chato e, com certeza, me magoou, mas tínhamos vencido. Éramos campeãs! Decidi deixar tudo de lado e comemorar ao lado de todos.

Naquela confusão de pulos e gritos, vi que Logan sorriu para mim, muito feliz. Eu sorri de volta, tão realizada com a vitória quanto qualquer pessoa que tinha visto nosso time dar duro naquele ano.

Na entrega do troféu aos jogadores, chorei mais ainda. Era emocionante. Significava que meu tempo nas Pinax estava sendo precioso e valia muito, muito a pena.

Bem no fim, porém, quando eu estava tentando encontrar a minha amiga Jane, que me daria uma carona, para comemorarmos do nosso jeito, ouvi alguém dizer:

— Olha! É a brasileira do Logan!

CAPÍTULO 21
Perfeitinho até demais

Quando me virei, pensei que poderia ser mais uma colega de turma da escola que não gostava de mim, mas não era nada disso. Era uma senhora cercada por outros torcedores do time. Sem esperar por um convite, ela se aproximou de mim, sorrindo. Parecia ser bem simpática.

— Oi, Michelly — ela me cumprimentou, ainda toda sorridente. — Eu sou a mãe do Logan. Lembra? Meu nome é Daisy.

Congelei no mesmo minuto. Eu não pensei que depois daquela noite tão frenética de jogos e apresentações, eu ainda conheceria a mãe do Logan.

— Meu Deus, olá! É um prazer conhecer a senhora — respondi super sem graça. Ao responder, percebi que minha voz estava rouca de tanto gritar pelo time.

Mas ela não percebeu ou não estava se importando com o meu constrangimento.

— O prazer é meu. — Ela continuou com um largo sorriso. — Deixa eu te apresentar... Esse é meu marido. — Apontou para um senhor alto ao lado dela. — Essa é a tia do Logan. — Ali, comecei a entender o motivo dela estar cercada de tantas pessoas. Eram os Cooper. A família do Logan. — Essa é a prima...

E continuou a numerar todos eles, fazendo questão de que eu soubesse quem era quem.

Qual o sentido de me apresentar para a família inteira?, pensei, sem dizer uma palavra. Mas cumprimentei todos da forma mais educada que encontrei ao estar tão cansada.

Será que Daisy pensava que eu estava em um relacionamento com Logan? Não era difícil deduzir isso. Uma simples conversa um pouco mais séria significava muitas coisas para os americanos. Se eu tinha o convidado para o Baile de Inverno, talvez Daisy pensasse que estávamos apaixonados um pelo outro.

— Você é tão gentil, Michelly! — ela me elogiou e, por um momento, virou o rosto pelo campo, procurando por algo ou por alguém. — Ah, lá está o Logan. Logan! — berrou, chamando pelo filho. — Venha cá!

Logan estava conversando com os amigos, comemorando a vitória feito um príncipe no centro das atenções. Mas quando ouviu a voz de Daisy e virou o rosto até onde estávamos, foi nítido o constrangimento em seu rosto. Ele queria sumir dali o quanto antes. E eu também.

Sem graça e segurando uma mochila, ele caminhou até onde estávamos.

— Oi, Michelly... — ele me cumprimentou superconstrangido ao notar que a sua mãe estava me apresentando para sua família toda.

Sem saber o que lhe dizer, o parabenizei pela conquista do campeonato:

— Oi, Logan. Você foi muito, muito bem hoje! Parabéns pela vitória... — disse ainda bem rouca.

Ele arregalou os olhos.

— Nossa, você está quase sem voz. — O choque era tanto que ele nem percebeu que eu estava feliz pela sua conquista.

— Demais. É que eu gritei muito!

Eu sabia que tanto Daisy quanto o resto da família Cooper estavam nos assistindo conversar. Novamente, sem qualquer convite, Daisy se aproximou ao segurar o celular perto do meu rosto.

— Vamos tirar uma foto de vocês! Me dê sua mochila... — ela disse pegando a mochila das mãos dele, sem esperar pela resposta.

Com um clima pesado pela situação que a mãe do Logan estava causando, ficamos bem próximos para tirar a foto, lado a lado, sem mover um único músculo.

Mas, então, Logan me abraçou ao pousar o braço por cima dos meus ombros. Paralisei na hora. Naquela cidade, ninguém gostava de toques de carinho e nem de afeto. Era um choque para mim estar sendo abraçada justamente por ele. Fiquei com um sorriso congelado, porque a mãe dele não se entendia com a tecnologia do celular e estava demorando muito.

Depois de mais ou menos dois minutos — mas que para mim pareceram uma eternidade — ela finalmente tirou a foto. Estava contente e radiante.

— Pronto, mãe. Obrigada. — Logan disse pegando sua mochila de volta. — Pronto — ele repetiu, possivelmente para insinuar que não tiraria nenhuma outra.

Me despedi da família dele com um aceno de mão, e Logan e eu caminhamos um pouco para nos distanciarmos.

— Não liga para minha mãe. — Ele aconselhou, ainda tímido. — Às vezes, ela pode ser um pouco inconveniente.

— Jura!? Nem notei. — Respondi séria.

Ele também me olhou sério, mas em seguida começou a rir. Não aguentei e ri também.

Pelo menos a mãe dele foi legal e me tratou bem. Não eram todas as pessoas que me tratavam tão bem assim. A maior parte da cidade era muito religiosa, algumas ao extremo, e eu não sei se era impressão ou não, mas eu sentia que algumas pessoas não me viam com bons olhos. Eu sentia que muitos não me consideravam uma boa companhia. Não sei. Torcia para que fosse uma ilusão da minha cabeça.

Logan parou de sorrir e passou a mão em seu cabelo, quando disse:

— Bom, já era para ter te dito, mas pela correria, acabou não dando. — Ele fez uma pausa bem longa antes de continuar. — Eu queria que você soubesse que naquele dia que os outros jogadores ficaram fazendo piadinhas... Eu nunca compactuei com a opinião deles. E que sem vocês, nosso time fica incompleto. Sinto muito por tudo de ruim que vocês passaram... E eu sei que vocês sempre dão o máximo pela nossa vitória.

— É mesmo? Você sabe disso?

— Claro que sei! — Ele abriu um sorriso fofo. — Quer um exemplo? — perguntou. Eu concordei com a cabeça. — Você está sem voz de tanto que gritou por nós.

Ele tinha razão, claro. Não apenas eu, mas todas se entregavam o máximo que podiam. Achei legal tudo o que ele me disse. Mas nem deu tempo para pensar em algo para responder, porque Logan abriu a mochila e retirou uma barra de chocolate de lá de dentro.

— Comprei para você.

— Para mim? Jura?

Ele ficou vermelho como um tomate. Estava até meio tremendo, eu diria.

— Sim, para você. Você merece por tudo o que fez hoje.

Eu não sabia como agradecer além de sorrir e aceitar o presente.

Logan era, definitivamente, um cara muito gentil.

Não sei o motivo, mas logo pensei em Josh e no boné que havia me dado.

Olhei para a barra de chocolate na minha mão, ainda pensando no boné. Eram apenas dois objetos bem diferentes, vindos de pessoas completamente diferentes, mas que significavam muito.

Será que meu coração estava dividido?

CAPÍTULO 22
Feliz (quase) Natal, Michelly!

O Natal estava chegando, e os vizinhos começavam a enfeitar as casas e os gramados para o dia tão especial. Emily, minha *host* mãe, era fascinada por decorações. As outras pessoas da vizinhança poderiam decorar suas casas de um jeito bonito e diferente, mas nenhuma casa era como a nossa.

Emily levava o espírito natalino das decorações totalmente a sério!

Eram luzes para todos os lados: no telhado da casa, nas paredes e pelo jardim. Na frente, tinha um Papai Noel gigante. Nossa árvore contava até com um trem que andava de verdade. Eles estavam tão empolgados quanto eu. Era meu primeiro Natal longe de casa, então, para me sentir integrada, compraram uma meia de Natal com a inicial do meu nome e pijamas iguais para a família toda. Inclusive para mim!

Era quinze de dezembro, e adivinhem? Já era noite de Natal!

Eles tinham uma lógica bem diferente da do Brasil. Como comemorar com a família toda na véspera ou no dia de Natal seria um pouco difícil, então celebravam antes.

E eles comemoravam como se fosse o dia de Natal de verdade, com uma mesa cheia de comida, a casa lotada com a família toda reunida e a tão esperada troca de presentes. Ganhei muitos presentes, da família inteira para ser exata.

Em um momento da comemoração, Josh passou por mim e eu o encarei, sorrindo. Ele me olhou por uns instantes, sem entender o motivo do meu sorriso. Nem eu sabia por que eu estava sorrindo, na verdade. Talvez eu estivesse muito feliz em vê-lo, tanto que nem soubesse descrever.

Desde o dia do jogo da escola, eu estava pensando demais nele. E em Logan. Ficou um pequeno silêncio entre a gente. Para sair daquela situação constrangedora, falei a primeira coisa que veio na minha cabeça:

— Feliz Natal, Josh! Ho! Ho! Ho!

Sério. Eu disse isso mesmo.

Alguém me explica por que eu imitei a risada do Papai Noel?

Nessa hora, eu estava vermelha de tanta vergonha. Quis tentar me explicar:

— Sabe o Papai Noel? — eu quis saber. Ele fez sinal que sim, balançando a cabeça. Eu continuei: — Eu tentei fazer a risada dele!

Ele ficou alguns segundinhos tentando processar a informação.

— Certo — concordou com a cabeça de novo. — E por que você imitou a risada dele?

Pensei em sair correndo. Seria mais fácil do que manter aquela conversa.

— Deixa para lá... — sorri de um jeito sem graça e busquei o lugar mais distante de Josh naquela celebração.

Olhei para Isabel, que estava sentada no sofá, e caminhei até onde estava. Ela passaria o Natal conosco, e eu estava muito animada em recebê-la na casa da minha *host family*. Percebi que Isabel mexia bastante no celular.

— Sabe, Isabel... — eu disse me sentando ao seu lado. — Às vezes, até eu tenho vergonha de mim mesma.

Ela me olhou, sem realmente me ouvir.

— Acho que vou ter que ir embora. Minha *host* mãe acabou de me dizer que está muito triste comigo...

— Sério? Por quê?

Ela tirou os óculos, e notei que estava chorando.

— Porque estou passando o Natal com vocês... Ela disse que está muito chateada comigo porque ela gostaria muito que o meu primeiro Natal no intercâmbio fosse com eles e não com outra família.

Mas nem era Natal de verdade. Era quinze de dezembro! Isabel passaria o dia vinte e cinco com eles.

— Não estou entendendo todo esse drama dela, Isabel. Ela disse que você poderia estar aqui.

— Às vezes, ela me diz que você me influencia muito...

— Eu? Eu faço exatamente o quê? Eu apenas te convidei para passar uma data especial. E vou repetir: nem é Natal de verdade!

As lágrimas de Isabel escorriam pela bochecha.

— E tem mais... — continuou, fungando. — Ela quer que eu saia da aula de dança.

— Sair da aula de dança? Como assim? Por quê?

— Porque dança não é coisa de Deus.

Ah. Entendi tudo. Isabel estava com uma *host family* religiosa ao extremo.

— Então ela quer que você pare a dança. Mas o que você quer?

— O que eu quero não importa. — respondeu bem desanimada.

— Isabel, o que você quer importa sim, e muito! Você está aqui para fazer intercâmbio, certo? Então a experiência de intercambista é sua! O que você vai estudar ou não, é problema seu. Não da sua *host* mãe! Ela não pode te proibir de fazer as matérias ou as atividades que você mais gosta. Ainda mais em nome de Deus! O que tem de tão errado nas aulas de dança que não são de Deus? Sabe do que mais? Ela está te manipulando!

Falei tudo o que eu estava sentindo. Era um absurdo, em nome de Deus, proibir alguém de fazer coisas que não tinham nada a ver com religião e que nem imorais eram.

Minha *host* mãe se aproximou, segurando um copo de refrigerante, e começou a prestar atenção na conversa. E eu continuei:

— Eu sei que a gente deve respeito à família, mas a família também tem que nos respeitar. E se você estiver vivendo uma situação que não está sendo legal, você pode até mudar de família. Já não é a primeira vez que você reclama deles!

— Está tudo bem com a Isabel e com a *host family* dela? — Emily quis saber.

— A *host* mãe da Isabel quer que ela saia das aulas de dança porque não é coisa de Deus. — Contei, muito nervosa.

— Meu Deus. Ah, não! — Emily disse, incrédula.

Isabel abaixou a cabeça, muito triste. Isabel era incrível e um doce de pessoa, mas estava sofrendo desde o momento em que tinha pisado naquela casa com sua *host family*. Eles eram cruéis e não se importavam com o bem-estar dela, apenas em suas convicções e pronto.

Enquanto olhava para Isabel e para Emily, tive uma grande ideia.

— Eu sei que quando o intercambista não está se dando bem na casa da *host family*, pode pedir para trocar de casa — comecei a dizer, animada. — E se a Isabel viesse morar aqui? — Olhei para a minha *host* mãe, cheia de esperança. — Você a aceitaria, Emily? Por favor!

Emily ficou surpresa com o meu pedido. Ela tinha se preparado para receber apenas uma adolescente. Se ficasse com Isabel, sabia que teria um pouco mais de gastos. Mas eu adorava Emily e Adam. Eu os conhecia há muito tempo para saber que jamais negariam ajuda a uma pessoa.

— Bom, não estava nos meus planos aceitar outra intercambista, mas sim, claro! Desde que a organização do intercâmbio concorde, para mim não teria problema. — Ela sorriu para Isabel, mas logo me encarou. — O único problema é que você teria que dividir o quarto com ela!

Dividir o quarto podia ser difícil. Eu estava sempre gravando e editando meus vídeos para manter minhas redes sociais ativas. Com outra pessoa por perto, poderia ser complicado, mas não impossível. Eu queria tanto o bem da Isabel que não me importava:

— Por mim, tudo bem!

Isabel ficou bem feliz, parou de chorar no mesmo instante.

— Você não existe, Michelly! Ia ser um sonho ficar com vocês aqui!

Me animei no mesmo minuto.

— Sim! Faríamos brigadeiro todos os dias!

— E poderíamos ensaiar as sequências das Pinax juntas! — acrescentou, com os olhos brilhando de empolgação.

Emily ria bastante de nós e de nossos planos. Eu nem ao menos sabia como agradecer por ser tão legal e caridosa comigo e com Isabel. Ela se afastou por um momento, para nos dar privacidade. Mas eu sabia que ela não tinha dito ou aceitado a presença de Isabel da boca para fora. Se minha amiga precisasse, as portas de nossa casa estariam sempre abertas.

— Minha *host* mãe já tá chegando — Isabel disse, conferindo o celular após vários segundos de pura felicidade. — Tenho que ir.

Me levantei também e segurei em suas mãos:

— Se ela brigar com você, me conta que eu vou lá brigar com ela... — Nós duas sabíamos que eu faria tudo para protegê-la e ajudá-la. — Eu estou do seu lado! Vai dar tudo certo, você vai ver.

Trocamos um abraço forte e fraternal. Isabel também me considerava uma irmã, dava para notar pela maneira que sempre recorria a mim sobre sentimentos bons e ruins.

Soltei-a do abraço, mas segurei em suas mãos com muita força.

— E se ela continuar te coagindo a fazer o que você não quer, você vem morar com a gente. Vamos dividir o mesmo quarto! Vai ser incrível! — a abracei de novo. O espírito natalino tinha me consumido. — Vai dar tudo certo, minha irmãzinha querida!

CAPÍTULO 23
A host mãe de Isabel é um fantasma malvado (tenho certeza!)

Era o último treino das *cheerleaders* daquele ano. E de aula também.

Depois disso, toda a escola teria miniférias por conta do Natal e do Ano-Novo, e voltaríamos à programação normal no dia dois de janeiro.

O treino estava quase no fim, e estávamos em um momento de descontração com a treinadora. Todas estavam felizes, sorridentes. Como sempre, eu era a mais palhaça. A que mais falava, a que mais gesticulava. Alguém falou alguma coisa muito engraçada — deveria ser uma piada sobre o fim de ano, algo assim — e eu ri muito.

Nesta hora, percebi que estava sendo observada pela *host* mãe da Isabel, que devia estar ali por um bom tempo e eu não tinha notado. Ela tinha uma cara de quem tinha acabado de chupar limão. Uma expressão fechada. Azeda mesmo.

Me senti um pouco constrangida, não entendi aquele olhar de reprovação. Será que era porque eu estava falando alto demais? Ou por causa da possível mudança de casa de Isabel?

Com todo aquele olhar e expressão fria, eu parei de rir. Isabel olhou para a *host* mãe e depois para mim.

— Vamos, Michelly — ela disse, pegando a mochila e apoiando-a no ombro. — Minha *host* mãe chegou.

Naquele dia, eu tinha aceitado uma carona que Isabel me ofereceu, mas não sabia que a *host* mãe dela estaria junto. Ela se chamava Mary, o que deveria lhe agradar bastante. Mary é um nome bíblico, e tudo o que a *host* mãe de Isabel mais gostava, além de julgar, era fazer parte da área conservadora de Westfield.

— Ah... — dei o sorriso mais forçado da minha vida. — Você tinha me dito que era a sua *host* irmã que viria te buscar...

— Sim, acho que as duas mudaram os planos... — Isabel comentou bem baixo. — Mas vamos, a Mary não se importa em te dar uma carona.

Eu não queria pegar carona com a *host* irmã de Isabel, muito menos com a *host* mãe. Sem saber o que fazer ou o que falar para sair daquela situação, peguei minha mochila, dei um aceno geral para as meninas e segui Isabel. Mary acompanhou todo o meu andar até ela, como se eu estivesse prestes a ofendê-la de algum jeito.

De frente com aquela mulher, a cumprimentei:

— Boa tarde, sra. McLaughin.

Ela não me respondeu, apenas conferiu se Isabel estava bem com o olhar e seguiu caminhando, sem olhar para trás. Eu e Isabel a seguimos caladas.

Quando chegamos no carro, me acomodei no banco de trás junto com Isabel. Percebi que havia uma senhora de idade no banco da frente do passageiro.

— É minha *host* avó — Isabel respondeu quase sussurrando, enquanto Mary entrava no carro.

A *host* avó se virou para trás, ergueu as sobrancelhas ao me ver. Não parecia simpática também. Aliás, raramente um deles tinha sido legal comigo.

— Então... — ela começou a dizer, do mesmo jeito que Mary falava comigo. — Você que é a Michelly?

A pronúncia do meu nome na voz dela carregava veneno puro.

— Sim, sou eu. Muito prazer! — respondi simpática, com um sorriso, estendendo a mão.

Assim como esperado, ela não me respondeu. Ignorou a minha mão estendida. Se virou e olhou para frente como se eu não existisse. Meu sorrisinho congelou e, muito sem graça, abaixei a mão. Era o que me restava.

Mary deu partida no carro e, em seguida, começou a puxar assunto:

— Isabel me contou que você grava vídeos para a internet. Aliás, não só Isabel, como meus filhos, meus sobrinhos e até meus vizinhos comentaram sobre a sua vida *online*.

Fiquei chocada. Todo mundo sabia da minha vida? Ao mesmo tempo que era estranho, queria dizer que eu estava fazendo sucesso, não é?

— Sim, gravo sim.

— Hum! Sei! — Mary não parecia muito convencida de que eu tinha um trabalho de verdade. Era perceptível que não aprovava a ideia de fazer a mesma coisa que eu. — E que tipo de vídeos você grava?

Era um interrogatório completo.

— Então, eu gravo sobre minha vida, sobre o meu dia a dia. Conto sobre o intercâmbio também. É o que dá mais engajamento, as pessoas adoram me acompanhar. Mas às vezes publico vídeos descontraídos, fazendo trends ou dançando.

A *host* avó arregalou os olhos quando ouviu a palavra "dançando". Quase se engasgou até. Parecia ofendidíssima ao ouvir aquilo.

— E grava para onde? — Mary quis saber, trocando um olhar sério com a mãe.

Olhei para Isabel, buscando ajuda, mas ela abaixou a cabeça sem saber como poderia me salvar daquilo. Não era uma conversa comum, era uma entrevista, basicamente.

— Eu gravo e posto no *Instagram*, *YouTube*, *TikTok*.

Mary apertou o volante com força e trocou outro olhar com a mãe. As duas estavam enojadas em ouvir tudo aquilo. Dançar já era extremamente malvisto para elas, então posso imaginar que escutarem que minha vida era pública deve ter as assustado ainda mais.

— Eu nem sei o que é tudo isso. Nunca ouvi falar de *TikTok*!

— É apenas uma rede social de vídeos rápidos — expliquei de forma resumida.

— Em casa ninguém tem isso, não.

Eu amava ter redes sociais. Tinha conquistado muitos sonhos e metas com todo o amor, carinho e engajamento que meus seguidores me davam e ainda dão. Mas eu sabia que Mary não queria entender. Ela queria me menosprezar.

Então deixei que ficássemos em silêncio, apenas para seguirmos viagem até a minha casa. Mas a entrevista não tinha acabado:

— Você é brasileira, né?

Só com essa pergunta simples, eu sabia onde aquilo pararia: xenofobia.

— Sou, sim — respondi com muito orgulho. — Eu sou muito feliz de ser brasileira.

— Ah, claro! — Mary abriu um sorrisinho irônico. — Eu imagino... Os brasileiros são tão... tão alegres... — Não parecia um elogio de verdade, e sim uma acusação. — Eu percebo o quanto você é alegre.

Resolvi ficar calada. Se eu continuasse a dizer algo, certamente devolveria com alguma resposta atravessada para Mary. E para a *host* avó, que parecia adorar o que a filha estava fazendo comigo. Estava me sentindo muito desconfortável e constrangida com aquela conversa. Para uma mulher que era muito temente a Deus, ela era muito crítica às pessoas que eram diferentes do que ela julgava ser certo.

Decidi que o silêncio seria a minha resposta. Eu preferia cinco minutos de caminhada do que um segundo perto de Mary.

— É hoje o passeio de Natal noturno, não é? — Ela continuou a dizer. — Você vai, Michelly?

Esse passeio seria bem legal. Seria na cidade vizinha. Eu, meu primo Steve e minhas amigas íamos andar num ônibus turístico — que não tem o teto — pelas ruas da cidade, ouvindo músicas de Natal, passando pelas ruas iluminadas, vendo as casas enfeitadas.

— Vou, claro que vou. Isabel me disse que irá também. Além de outras amigas e da minha *host family*. Eu tenho certeza que vai ser um passeio incrível!

Ela estacionou de frente para a casa da minha *host family*, mas parecia ter algo a mais a dizer. Mary me olhou pelo retrovisor, o sorriso debochado continuava estampado no rosto dela. Então disse:

— Sim. E eu tenho certeza que você vai se divertir muito nesse passeio, Michelly! — ela respondeu com um meio sorriso no rosto.

Era irônico, claro que era. Tudo o que eu representava era algo que Mary queria manter seus filhos longe, mas, ainda assim, senti que o deboche havia ultrapassado algo.

Até senti um pressentimento de que o passeio não seria nada bom.

CAPÍTULO 24
Recompensas de uma irmã mais nova

Apesar do episódio nada legal com a *host* mãe da Isabel, a Mary, eu estava bem animada para aquele passeio de Natal. Ouvir as músicas do Jão enquanto me arrumava me deixava ainda mais feliz. Ninguém atrapalharia a minha alegria, ainda mais porque, no dia seguinte, eu finalmente conheceria a neve pela primeira vez.

Estava no meu quarto à noite, me maquiando e escolhendo a roupa perfeita para o passeio. Tinha passado o dia gravando vídeos e dançando, cheia de energia, ansiosa para encontrar Steve e minhas amigas. Mas, no meio de tanta euforia, dançando e cantando sozinha, ouvi o som de notificação no celular. Era uma mensagem de Isabel.

Abaixei o volume da música e conferi o que ela tinha me mandado. Meu sorriso desapareceu assim que li a mensagem.

O choque foi tão grande que deixei o celular cair. Me abaixei para pegá-lo e, sem forças, fiquei no chão. Reli a mensagem, sem acreditar.

— "Michelly, não vou mais no passeio de hoje. Aliás, não irei mais a nenhum lugar que você esteja! A Mary não quer que eu fale com você nunca mais, porque você não é uma pessoa adequada. E ela tem razão: você é uma péssima influência para mim! Vou sair de todas as aulas que tenho com você. Não quero te ver nunca mais."

Minhas mãos tremiam, as lágrimas desceram sem controle e senti que não conseguia respirar. Aquelas palavras ecoavam na minha cabeça.

— "Você não é uma pessoa adequada... péssima influência..." — li quase num sussurro.

Naquele momento, o mundo perdeu todas as cores. Comecei a digitar uma resposta, pedindo explicações, mas recebi outra mensagem logo em seguida:

— "Você não é adequada para ser minha amiga. Adeus."

E então, Isabel me bloqueou.

Fiquei imóvel. Bloqueada? Por ela? Uma pessoa que eu considerava como uma irmã mais nova?

Chorei ainda mais. As perguntas se acumulavam: o que significa ser "inadequada"? Por que eu seria uma "péssima influência"? Por causa dos meus vídeos? Do meu jeito alegre? Do fato de ser brasileira?

Me senti discriminada por algo que eu não podia controlar: quem eu era.

— Eu não sou adequada... — murmurei, encolhida no chão do quarto.

Uma batida na porta me trouxe de volta à realidade. Era Steve. Ele parecia animado com o passeio.

— Mih! Você esqueceu do passeio? Vamos, o Papai Noel está com pressa... ou melhor, o vovô! — disse, rindo.

Tentei esconder o choro, mas estava arrasada. Não queria estragar o passeio deles, afinal, eles estavam falando disso há semanas, e meu *host* pai seria o Papai Noel.

— Já estou indo, Steve... Só me dá um minutinho.

— Ok, estamos te esperando lá embaixo! Anda logo, vai ser divertido!

Me levantei com esforço e fui até o banheiro. Olhei no espelho e comecei a chorar de novo. Meu rosto estava inchado, a maquiagem arruinada, e eu me sentia impotente.

— Por que ela fez isso? — perguntei ao reflexo no espelho.

Respirei fundo, lavei o rosto e tentei consertar a maquiagem. Precisava colocar um sorriso no rosto, mesmo que fosse falso. Eu não queria que minha *host family* percebesse o quanto estava magoada.

*

Sorrindo, cumprimentei Jane e Anna de frente ao ônibus que faria o tour pela cidade.

Sorrindo, olhei para Steve ao subir os degraus que nos levariam até o topo do ônibus.

Sorrindo, acenei para minha *host* mãe e *host* pai — eles não participariam do passeio, pois Adam se arrumaria com a roupa do Papai Noel, enquanto Emily ficaria para ajudá-lo. As fotos com o Papai Noel seriam depois do passeio.

Sorrindo apenas por fora, porque por dentro eu estava arrasada.

Me sentei ao lado de Steve e das minhas amigas.

— Michelly, você sabe por que a Isabel não veio? — Jane me perguntou.

Naquele momento, tive que usar toda a força que não tinha para não chorar.

— Não, eu não sei. — Respondi com falsa naturalidade.

Jane e Anna se entreolharam. Com certeza acharam estranho eu não saber, já que eu e Isabel éramos muito unidas. Forcei ainda mais o meu sorriso e apontei para uma casa bem enfeitada, enquanto as músicas natalinas tocavam no ônibus:

— Olhem. Que casa linda! — disse tentando desviar o assunto.

O ônibus seguiu pelas ruas, todos encantados com a beleza das casas iluminadas e enfeitadas. Alguns cantarolavam as músicas natalinas, outros riam. Até tentei me divertir, mas a minha vontade era pegar o primeiro voo de volta para o Brasil de uma vez por todas. Em silêncio, coloquei um fone no meu ouvido e ouvi a música *Monstros*, do Jão. "Como essa música se encaixa comigo!", pensei.

Olhei para meu *host* priminho. Ele me olhava sério e, apesar de ser apenas uma criança, Steve era muito observador. Acho que percebeu que eu estava triste e retraída. Ele colocou a mão no meu ombro.

— Está tudo bem, Mih? — ele perguntou.

Eu não consegui nem falar. Fiz um "não" com a cabeça e, sem conseguir manter mais aquela encenação, chorei na frente dele e das minhas amigas. Eu sabia que nenhum deles entendia o que estava acontecendo, mas não importava. Só queria colocar toda aquela dor para fora.

*

Depois de chorar, não consegui fingir nenhum sorriso. As lágrimas pararam, mas não estava em um dos meus melhores momentos.

Meu *host* pai estava bem fofo de Papai Noel. Todo mundo estava tirando fotos com ele, e as crianças estavam encantadas. Minha *host* mãe estava ao lado, conversando com algumas amigas.

Olhei ao redor mais uma vez. Aquela sensação de Natal tinha deixado todos muito felizes. A única triste parecia ser eu.

Emily e eu trocamos mais alguns olhares. Como se fosse minha mãe de verdade, ela notou que eu não estava nada bem.

*

Chegamos em casa algumas horas depois. Senti que não tinha aproveitado nada do passeio ou do momento de Adam como Papai Noel.

Na sala, Stephanie estava nos esperando. A notícia de que eu não estava bem já devia ter corrido. Ali estavam as pessoas mais queridas que conheci no meu intercâmbio. Me sentei no sofá e não consegui olhar para nenhum deles. De alguma forma, senti que tinha estragado toda a experiência de um Natal perfeito ao lado deles.

— Steve me mandou mensagem, disse que você não estava bem, Michelly. O que aconteceu? — Stephanie perguntou, preocupada.

Eu estava me controlando para não chorar de novo.

— Foi coisa boba. Melhor deixar para lá — respondi baixinho.

Emily se sentou ao meu lado e me abraçou muito forte. Sem conseguir me segurar, chorei mais uma vez. Estando cercada pelas pessoas que mais me amavam naquele país, decidi ser sincera:

— A *host* mãe da Isabel, a Mary, não quer que Isabel ande comigo na escola. Ou em qualquer lugar. — Falei entre soluços. — Ela disse que eu não sou adequada.

Emily e os outros não entenderam.

— Como assim, não é adequada? — Emily perguntou.

— Eu não sei... — Disse limpando as lágrimas. — Não sei. Passei a noite me perguntando isso.

Stephanie ficou nervosa.

— Que absurdo! Temos que ir lá e falar umas verdades para essa mulher! Isso não pode ficar assim.

Era uma boa ideia, mas não sabia se seria uma boa solução. Me encolhi no abraço de Emily um pouco mais.

— Por que será que ela tomou essa decisão tão repentina? — Emily perguntou.

— Não sei se foi porque incentivei Isabel a continuar nas aulas de dança, por causa do Natal que ela passou aqui ou por causa das minhas danças na internet. Só sei que Isabel me bloqueou.

Todos ficaram em silêncio, e agradeci por isso. Era insuportável ser julgada por não atender às expectativas de Mary. E o que mais doía era o fato de Isabel ter me deletado tão facilmente.

Emily tocou nos meus ombros e disse, carinhosa:

— Não se preocupe, Michelly. Amanhã eu mesma vou ligar para a Sra. McLaughin.

— Isso mesmo! — concordou Stephanie. — E, na verdade, a gente já sabe o que aconteceu. Isso é preconceito. Essa mulher se diz tanto de Deus, mas é uma tremenda hipócrita!

Steve se aproximou e me deu um lencinho para limpar as lágrimas.

— Vai ficar tudo bem, Mih — disse ele, fofo como sempre. — Pensa que amanhã você vai ver a neve. Vai ser bem legal!

Com tanta dor e tantas lágrimas, eu já tinha até me esquecido da neve. O passeio seria outro sonho realizado.

Por ser quem eu sou, estava na casa de Emily e Adam, cercada por pessoas que me respeitavam como eu era.

E isso importava mais do que qualquer opinião que Mary ou Isabel tivessem de mim.

CAPÍTULO 25

Espero que o Brasil tenha vencido o país de Isabel em alguma Copa do Mundo

Naquela noite, eu não consegui dormir direito. Em algum momento apaguei, mas o sono foi inquieto. Quando percebi, já era manhã. A claridade do sol entrava pela janela, incomodando os meus olhos.

Eu deveria ter levantado há pelo menos uma hora para me arrumar para ver a neve, mas não tinha forças ou energia para fazer nem o básico. A tristeza e a decepção me consumiam, e nada parecia capaz de amenizar o sentimento.

A ideia da minha *host family* era ir de carro até uma das montanhas ao redor de Westfield, mas, assim como quando fui dormir, não conseguia sair da cama. Permaneci deitada, olhando para o teto, enquanto a saudade do Brasil me esmagava.

Ainda debaixo das cobertas, ouvi uma batida na porta. Era minha *host* mãe.

— Pode entrar — disse, sem me mexer.

Emily abriu a porta com cuidado, colocando a cabeça para dentro. Ela me analisou, confusa.

— Você não está pronta? — perguntou ao me ver deitada. — Pensei que estivesse ansiosa para conhecer a neve! — comentou, preocupada.

Fiquei em silêncio. Não sabia o que responder.

— Está tudo bem?

— Estou sentindo muito frio. — respondi, ainda enrolada no cobertor.

Emily não parecia convencida. Entrou no quarto e se aproximou, parando ao lado da cama. Colocou a mão na minha testa e arregalou os olhos.

— Michelly! — exclamou, quase gritando. — Você está queimando de febre!

Rapidamente, ela foi até a gaveta, pegou o termômetro eletrônico e confirmou: eu estava com trinta e nove graus de febre.

— Vou pegar um remédio, espera aí — disse, saindo apressada.

Continuei deitada, olhando para o teto que girava diante dos meus olhos. Suspirava profundamente. A situação com Isabel e Mary não saía da minha cabeça. Meu psicológico estava destruído, e agora meu corpo começava a cobrar a conta.

Fechei os olhos, sentindo a cabeça latejar. Tentei ignorar o peso no peito, mas a única verdade era que a neve teria que esperar. Não fazia sentido sair para um passeio tomando remédios e prestes a chorar a qualquer momento.

*

Os dias se arrastaram, e eu não conseguia sair da cama. Talvez parecesse bobeira para alguns, mas ser chamada de "não adequada" e "má influência" mexeu profundamente comigo. Eu me sentia traída, injustiçada e descartada. O pior: tudo isso veio de Isabel, que eu considerava uma irmã.

No entanto, eu sabia que precisava me reerguer. Já tinha caído antes, já tinha me levantado. Precisava fazer isso de novo, mas parecia impossível.

Peguei o celular e liguei por vídeo para minha mãe. Ela já sabia do que havia acontecido e estava furiosa.

— Mãe! — chamei assim que ela atendeu. — Por favor, mostra o Pompom!

Pompom, meu chinchila amado, era meu porto seguro. Sempre me animava nos momentos difíceis. Só de olhar para ele, eu já me sentia um pouco melhor.

Minha mãe posicionou o celular em frente à gaiola. Meu querido Pompom estava dormindo em sua toquinha, só com o rostinho aparecendo. Ele parecia ainda mais fofinho do que eu lembrava.

— Pompom, que saudade! — exclamei emocionada.

A verdade era que eu sentia falta de tudo: dele, da minha família, dos meus amigos e do meu Brasil.

Mesmo com o meu apelo, Pompom não parecia disposto a abrir os olhos. Chinchilas têm aquele sono profundo durante o dia. Mas, para minha surpresa, ele abriu os olhos devagar e saiu da toca, caminhando até a câmera e olhando para a tela.

— Parece que ele sabe que é você... — comentou minha mãe, encantada.

E ele sabia. Meu bebezinho sabia que era eu. Lágrimas escorriam enquanto eu sussurrava:

— Ele sabe que sou eu... Meu amorzinho...

Mal tive tempo de me despedir do meu Pompom. Uma notificação de mensagem apareceu no celular, e era da Jane. Encerrei a chamada, curiosa, e li o texto com pressa, meu coração acelerando.

> Michelly, você não vai acreditar!

Jane me disse que a mãe dela, por acaso, encontrou Mary no mercado. As duas começaram a conversar e ela descobriu que Mary apenas proibiu a Isabel de conversar comigo e ser minha amiga por culpa da própria Isabel, que contava TODAS as nossas conversas para a *host* mãe na mesma hora. Todas as conversas mesmo!

A Isabel ainda disse que jamais vai abandonar a *host family* dela por minha causa, e falou que eu tentava fazer a cabeça dela. Ainda disse que EU a pressionava para fazer aulas de dança e que ela não queria.

— Eu não acredito! — disse, irritada, me levantando — Aquela vaca! Aquela falsa! Eu achando que ela era boazinha e ela fazia a minha caveira para a *host* mãe dela!

Furiosa, liguei para Jane imediatamente. Assim que ela atendeu, desabafei sem filtro:

— Meu Deus! Eu não acredito que ela fazia isso comigo!

— Difícil de acreditar. Mas ela fazia, sim. Eu acompanhei muitas conversas de vocês duas e nunca vi nada disso! Ela inventou e aumentou só para sair de boazinha e você de... de...

— De bruxa! — completei, tremendo de raiva. — No final, ela ficou como a intercambista santinha e eu a intercambista do mal, que fazia a cabeça dela para fazer coisas que ela nem queria.

— Verdade. E ela já pediu na escola para sair de todas as aulas que faz junto com você. Ela quer sair da sua "má influência".

Gritei mais uma vez. Não era possível escutar uma coisa dessas!

Como eu era burra, não é? Sofrendo por quem não merecia minha amizade! Por conta de tudo o que tinha acontecido, eu não conseguia nem me levantar da cama.

Estava de férias da escola e não tinha curtido um único dia. Com tanta, mas tanta raiva, até comecei a pensar que, talvez, Julian não fosse tão vilão assim.

Com muita raiva, entrei no banheiro e lavei meu rosto para tirar qualquer lágrima que ainda pudesse existir. Em seguida, tomei um bom banho. Daqueles que lavam até a alma. Enrolei meu cabelo em uma toalha e fiz uma make bem simples, mas poderosa. Sequei o cabelo, enrolei e passei um batom vermelho — o batom da superação. E desci.

Vi meu *host* pai no sofá. Ele olhou para mim, um pouco confuso, porque sabia que eu tinha ficado doente por alguns dias, mas eu não expliquei nada. Eu precisava desabafar.

— Você não sabe! — comecei, sem rodeios. — A *host* mãe da Isabel é uma preconceituosa, mas a Isabel também não fica atrás. Contou coisas que só eu e ela sabíamos e inventou muitas outras.

— Ela fez isso mesmo? — Adam perguntou, indignado.

— Fez! E fez tudo escondido, porque queria sair como a boazinha. — Apertei as mãos com força. Sempre que eu lembrava disso, ficava ainda mais brava. — Mas ela que me aguarde. Depois do Ano Novo, as aulas voltam e ela vai ver o dela...

Continuei falando, falando, falando.

Não tinha acabado meu desabafo. Agora era a vez da minha *host* mãe me ouvir. Sentada na cadeira da cozinha, ela escutava atentamente enquanto eu falava, agitada:

— Pois é! — disse, arregalando os olhos, inconformada. — Ela contou pra *host* mãe dela que eu queria tirá-la da casa dela e trazer ela pra cá. Como a *host* mãe dela ficou sabendo disso? Porque a Isabel contou! E você viu! Eu nunca quis tirar ela de lugar nenhum... só dei a ideia porque ela mesma reclamava da *host* mãe. Agora eu sou a culpada de tudo.

Depois, foi a vez de Stephanie.

— Então, Stephanie, eu não sou adequada porque eu gravo pra internet, porque não é coisa de Deus! A pessoa ser preconceituosa, discriminar os outros, é o quê? Eu quero me socar! Eu fiz tudo por essa garota! Fui pedir pra treinadora para ela ser líder de torcida, fazia brigadeiro pra ela, ajudei com o problema do Julian, estava sempre por perto! Que raiva de mim mesma!

E depois foi a vez do Steve.

— Eu estava sendo uma idiota! E o pior: eu não consegui ver a neve! E você sabia que eu nunca vi neve e que era meu sonho! Mas eu tive até febre. E por quem? Por quem não merece! Que burra que eu sou! Eu gostava dela!

Steve balançou a cabeça e pegou o controle do videogame para jogar, mas eu o interrompi imediatamente.

— Não! Não joga, não. Presta atenção aqui em mim.

Alguém abriu a porta da sala. Era o Josh que acabava de chegar. Todos se viraram para ele. Steve abriu um sorriso:

— Que bom que você chegou! Senta aqui — disse, se levantando e quase correndo para longe.

Eu saquei rapidamente o que Steve estava fazendo. Até duvidei se estava sendo repetitiva, mas precisava desabafar com quem estivesse por perto.

Josh caminhou até o sofá, meio desconfiado.

— Está. Tudo. Bem?

— Mais ou menos! Mas vai ficar. Senta aí — pedi, apontando para o lugar ao lado.

Ele se sentou. Era mais um para me ouvir. Ótimo!

— Então, eu estava toda triste por quem não merecia. Você sabia que eu sou péssima influência? Isso mesmo! Péssima influência! Eu até briguei com o menino que levou ela para o Baile de Inverno! Eu forcei o garoto a levar a Isabel para o baile. E pra quê? Ela me bloqueou. Eu não estava conseguindo nem me levantar da cama, sem comer ou me arrumar! Que ódio!

Josh só balançava a cabeça, concordando com tudo.

— Mas ela vai ver o que é dela! — continuei, com determinação. — Dia dois de janeiro está chegando. As aulas vão voltar. Eu não vejo a hora! Vou dizer umas verdades para ela. Ela vai ver. Pode esperar. E deixei de ver a neve! Que absurdo! Fiquei até doente! Como eu pude ficar com febre? Eu sou muito burra.

A verdade era que eu falava demais. E, em um momento como aquele, precisava falar mais do que o normal.

Aposto que minha *host family* nunca teve uma experiência como essa antes. Tenho certeza de que, depois que eu fosse embora, eles passariam alguns dias aproveitando o silêncio de não me ter por perto.

CAPÍTULO 26

A melhor vingança é aquela depois de ver a neve

Os dias se passaram, e eu tentei aproveitar ao máximo. E, sim, calma, eu finalmente vi a neve. Foi simplesmente encantador. Uma das experiências mais maravilhosas da minha vida. Ver toda aquela paisagem branquinha e gelada foi como estar dentro do filme *Frozen*.

Continuei gravando os meus vídeos, comemoramos o Ano Novo, e o tão esperado dia dois de janeiro chegou. O dia em que eu ia reencontrar a Isabel e dizer umas boas verdades para ela.

Eu sabia que deveria simplesmente deixar isso para lá e seguir em frente. Mas, para seguir em frente, eu precisava falar tudo o que estava engasgado.

Uma outra amiga, da Europa, me disse que o mais inteligente seria esquecer. Fácil para uma europeia dizer isso, porque eles são mais frios e centrados. Mas querer que uma brasileira, latina, sangue quente, deixasse para lá, era pedir o impossível.

Me arrumei naquele dia sem pressa. Escolhi uma das minhas melhores roupas e acessórios. Chegando à escola, no decorrer das aulas, percebi que, de fato, Isabel não estava mais nas mesmas classes que eu. Bom, nisso ela não tinha mentido, não é?

Mas também percebi outra coisa: ela estava fugindo de mim. E nem tentava ser discreta.

Enquanto eu estava no corredor dos armários, Isabel apareceu à distância. Assim que me viu, virou as costas e saiu correndo como se sua vida dependesse disso. Fechei a porta do meu armário e fui atrás, mas ela desapareceu. Evaporou como água.

Por que fugir? Quem não deve, não teme!

Descobri que, apesar de ter saído das aulas que tínhamos juntas, ela continuava no time das *cheerleaders*. Ah, isso podia, né?

Muito bem! Então seria no treino das líderes de torcida que eu iria resolver essa história.

*

Estávamos todas na cafeteria, aguardando o início do treino. As *cheerleaders* estavam espalhadas, muitas sentadas nas cadeiras, conversando e rindo alto, enquanto outras faziam um pequeno aquecimento. A rotina de sempre.

Menos para mim, que estava com o coração quase saindo pela boca, ansiosa pela chegada da Isabel.

Ela apareceu uns minutos depois.

Quando a vi, não pensei duas vezes e caminhei até ela no mesmo instante. Uma amiga dela estava ao lado, talvez como guarda-costas, temendo o que eu pudesse fazer. Engraçado como as coisas funcionam, não é? A pessoa te provoca, te magoa, quebra seu coração da pior forma, e, quando você tenta estabelecer um limite, é você quem se torna o problema?

Olhei ao redor. Todas as líderes pararam de falar para ver o que estava prestes a acontecer.

— Eu quero falar com você, Isabel.

— Eu não tenho nada para falar com você... — respondeu ela com ousadia.

Olha só! Até outro dia, mal conseguia falar "oi". Se encolhia sempre que alguém dirigia a palavra a ela. Agora, estava cheia de atitude.

— Não é problema meu, mas eu tenho algo a dizer. Porque, não sei se você se lembra, mas você falou tudo o que queria e depois me bloqueou. Então, eu não tive a mesma chance que você. Agora, você vai me ouvir!

— Se é assim, então fala...

Estão vendo? *Desaforada, desaforada...*

— Pensei que fôssemos amigas. Eu te tratava como uma irmã! Mas você me descartou tão fácil. Por quê, Isabel? Quero saber por que eu sou inadequada. E por que você contava tudo o que conversávamos para a sua *host* mãe, inventando e aumentando histórias? Eu tentando te ajudar, e você me pintando como a vilã da história. O que eu fiz de tão errado para ser uma péssima influência para você? Me fala!

Ela ficou me olhando, visivelmente perdida, mas acabou respondendo:

— Por vários motivos te acho uma pessoa inadequada. Você me incentivou a continuar na aula de dança, mas minha *host* mãe não queria. Então, você ficava insistindo, causando brigas entre mim e ela. Eu tenho que fazer o que ela acha melhor para mim!

— O quê? — meu sangue ferveu. — Você é uma idiota que não consegue tomar as próprias decisões?

— Como? — ela perguntou, surpresa.

— Idiota! — repeti, quase soletrando.

— Não entendi!

Eu não sabia se ela não tinha entendido por que a chamei de idiota ou se realmente não compreendia o que eu queria dizer.

— Idiota! Deu para entender agora? Não, espera. Idiota não. Talvez você seja um filhotinho. Porque você faz tudo o que sua *host* mãe quer, como se fosse um filhotinho de cachorro! Aliás, pior. Nem cachorro obedece a tudo o que o dono manda. Cachorros têm personalidade, Isabel.

O nariz dela começou a ficar vermelho, um claro sinal de que as lágrimas estavam prestes a cair. Ela saiu correndo, tentando se segurar, e não participou do treino naquele dia.

Eu ainda tinha muito a dizer, mas não tive mais oportunidade naquele dois de janeiro. Mesmo assim, me senti um pouco mais leve. Pelo menos ela tinha ouvido o principal: que era uma pessoa manipulável.

*

Cheguei em casa e, ao abrir a porta, me deparei com minha *host* mãe no celular. Só de olhar para ela, percebi que algo ruim tinha acontecido.

Ela estava vermelha e dizia apenas:

— Ok! Ok! Ok.

Pelo tom de voz, percebi que estava nervosa. Meu coração gelou. Ela se despediu da pessoa e desligou o celular. Então, me encarou.

— O que você fez?

Ela não perguntou em tom de braveza, mas como se quisesse entender o que estava acontecendo antes de reagir.

— Eu? Só conversei com a Isabel e disse umas verdades para ela.

Emily colocou uma das mãos na cabeça, como se precisasse digerir o que acabara de ouvir.

— Era melhor ter deixado essa história da Isabel para lá!

Tirei a mochila das costas, sentindo meu corpo inteiro tremer.

— Mas por quê? O que aconteceu?

Ela suspirou fundo antes de responder:

— Ela e a *host* mãe fizeram uma denúncia contra você para a organização do intercâmbio.

Meu mundo parou. Até me deu uma tontura tão forte que precisei me escorar em um móvel.

— Elas o quê? Como assim?

— A Isabel reportou para a organização que você deu um soco no rosto dela!

Pisquei várias vezes, sem conseguir reagir. Soco? Eu deveria ter dado um soco, sim. Mas não tinha feito nada disso. Pelo contrário, me controlei muito.

— O quê? Um soco? Não! Mentira!

— Ela disse que vocês discutiram e que, depois, você foi no banheiro atrás dela e deu um soco no rosto dela.

— No banheiro? Eu não fui ao banheiro atrás dela! Eu não fui! Tudo o que eu tinha para falar, eu disse na cafeteria, na frente de quem quisesse ouvir!

Emily suspirou, preocupada.

— A Isabel escreveu um e-mail para a organização, e agora eles estão pensando na possibilidade de te expulsar do intercâmbio.

O desespero, a raiva e o ódio tomaram conta de mim. Eu ia ser expulsa. E por uma mentira!

Desabei no sofá, incrédula. Meu Deus! Aquela menina que parecia tão inofensiva, tão desamparada, acabaria com o meu sonho do intercâmbio. Ainda era janeiro; eu tinha tantas coisas para viver. O que eu falaria para minha família no Brasil? Para os meus seguidores? "Fui expulsa porque fui acusada de dar um soco na cara da europeia." Mas eu não tinha dado soco nenhum — deveria ter dado, mas não agredi a Isabel.

— Agressões não são toleradas no intercâmbio — Emily explicou.

Me levantei sentindo meu rosto arder de raiva e desespero. Eu era inocente, e seria muito injusto ser expulsa por algo que não fiz.

— Mas eu não agredi, eu juro! Eu juro! Eu conversei com ela na cafeteria, na frente das outras *cheerleaders*! — Minha voz saiu alta, quase um grito, tamanha era a minha aflição. — Ela está mentindo! Eu posso provar! É só perguntar para quem estava perto ou ver nas câmeras! Eu juro! Eu não fui ao banheiro atrás dela!

Emily cruzou os braços e disse com cuidado:

— Ela também disse que você a chamou de filhotinho de cachorro e de idiota...

Bom, isso era verdade. Chamei mesmo. E não foi só uma vez.

— De filhotinho? — perguntei, tentando parecer surpresa.

— Sim. A coordenadora da organização achou um absurdo.

Respirei fundo.

— Ah, ela achou um absurdo eu chamar a Isabel de filhotinho? — perguntei com sarcasmo, cada vez mais indignada. Emily apenas assentiu. — É mentira! Eu não chamei ninguém disso!

Agora, quem estava mentindo era eu. Que minha *host* mãe me perdoasse se algum dia lesse este livro e descobrisse a verdade. Mas eu estava tão acuada e desnorteada que menti.

Eu juro que nunca dei um soco no rosto da Isabel. Isso era a mais pura verdade.

Emily me encarou.

— A coordenadora quer uma reunião com você e comigo. *Online*. Agora. Ela quer ouvir o que você tem a dizer antes de tomar qualquer decisão sobre sua expulsão.

Nem entendi direito o que Emily disse. Meus pensamentos estavam uma bagunça, ecoando apenas as palavras: soco, filhotinho, idiota, expulsa e reunião com a coordenadora.

Quando percebi, já estava sentada no sofá, olhando para a tela do celular, pronta para a reunião *online* com a coordenadora do intercâmbio.

Ela apareceu com uma expressão bem séria. Mas, aos poucos, seu semblante foi mudando enquanto eu explicava tudo desde o início. Ela achou absurdo eu ser considerada uma má influência por gravar vídeos ou por incentivar a Isabel a continuar nas aulas de dança. Mas a questão não era essa. A questão era o que Isabel havia reportado: o soco e os xingamentos.

Jurei pela minha vida que não fiz nada daquilo. Sim, eu menti sobre os xingamentos para não ser expulsa. Devia ter dado o soco na cara da Isabel. Se era para ser expulsa, que fosse por um motivo verdadeiro, não é?

Mas, por sorte, não tinha feito nada disso. Era fácil provar: bastava puxar as imagens das câmeras. Veriam que eu nem cheguei perto do banheiro.

A coordenadora disse que, mesmo que eu provasse minha inocência, a denúncia não seria apagada do sistema. Eu precisaria de depoimentos para reforçar minha defesa e continuar no intercâmbio. E ela foi clara: se houvesse outra denúncia contra mim, seria expulsão imediata e automática, sem direito a defesa.

Assim que a ligação foi encerrada, olhei para Emily, desolada.

Naquele momento, me senti péssima por estar mentindo para ela e por toda a confusão que eu tinha causado. Ela era tão maravilhosa e carinhosa comigo; não merecia passar por esse estresse.

Emily também parecia com pena de mim. Ela me conhecia bem o suficiente para saber que eu não tinha partido para a agressão.

No fim do dia, ficamos em silêncio, apenas sentadas no sofá. Estávamos magoadas, mas sem palavras. Então, ela me abraçou, e eu me aconcheguei.

Respiramos fundo.

Tudo daria certo.

Tinha que dar.

CAPÍTULO 27

Nunca menti na vida... a menos quando é preciso!

Preciso dizer: mentir não é a escolha certa. Com certeza, naquele momento, me arrependi de não ter contado toda a verdade para a Emily. Mas estou sendo sincera com vocês. Pode não parecer, mas eu também tenho defeitos, como qualquer outra pessoa. Não quero que sigam meu exemplo, mas eu precisava lutar pelo meu intercâmbio, da mesma forma que lutaria por qualquer outro sonho.

No outro dia, estava caminhando pelo campo da escola, rumo às salas de aula. Andava bem apressada e distraída. Eu tinha que arranjar duas pessoas que estivessem na hora da confusão com a Isabel para escreverem uma carta comprovando que eu não tinha dado um soco na cara daquela mentirosa e nem a xingado. Dependia dessas cartas para não ser expulsa e continuar no intercâmbio.

A situação estava tão séria que a organização do intercâmbio americano chegou a ligar para os meus pais no Brasil.

Vi alguns meninos treinando futebol americano, mas eu estava tão perdida em meus pensamentos que mal prestei atenção.

— Michelly!

Quando me virei, vi que era o Logan. Ele correu até mim.

— Oi, Logan!

— Oi! Está tudo bem com você?

Suspirei pesado. Não sabia nem o que responder.

— Está tudo péssimo! Estou quase sendo expulsa do intercâmbio!

— Ah, eu fiquei sabendo...

Ficou sabendo? Como assim?

Só então prestei atenção ao meu redor. Vi que havia rodinhas de estudantes cochichando e olhando para mim. A história já estava correndo solta fazia horas.

— Meu Deus do céu! Já estou na boca do povo. — Falei mais para mim mesma do que para ele.

Logan me olhou, meio confuso, sem entender.

— Olha, eu não dei um soco na Isabel. Se bem que ela merecia, mas eu não fiz isso! — Continuei. — Eu tenho que ficar! Ainda tenho muita coisa para fazer aqui.

— E muita coisa para gravar também — ele disse de repente. — Eu vi os seus vídeos. Você é muito boa no que faz! É alegre e espontânea.

Ele tinha visto os meus vídeos? Meu rosto queimou de vergonha. Ele provavelmente viu o vídeo em que o convidei para o Baile de Inverno. Aquele que estava cheio de comentários amorosos sobre nós dois.

— Obrigada — agradeci, sem graça.

— Vi que você grava tudo da sua vida.

— Sim, minha vida é praticamente um *reality show*. Uma pena que não posso gravar o que estou passando agora. Porque, se eu gravar, aí sim vou ser expulsa.

Logan riu baixinho.

— Até quando você está brava, você é engraçada. Talvez esse seu jeito espontâneo tenha irritado a *host* mãe da Isabel.

Eu também achava isso, mas fiquei em silêncio. Nesse momento, um garoto do time de futebol americano jogou uma bola em Logan e fez sinal para ele voltar ao treino.

— Enfim, nos vemos por aí, Michelly. Tenho que voltar.

— Tudo bem — concordei. Ele começou a se afastar, mas o chamei de volta quando lembrei de algo. — Logan, um dia desses você disse que não tinha rede social. Você baixou?

— Não, eu vi os seus vídeos no celular de um amigo. Mas, se meus pais deixarem, vou baixar e te seguir com certeza!

Se os pais deixarem? Meu Deus.

*

Era muito difícil saber que, para permanecer no intercâmbio, eu dependia do que as pessoas escreveriam. Eu tinha que provar que era inocente.

Já Isabel não tinha que provar nada. Mesmo que eu conseguisse comprovar que ela estava mentindo sobre a agressão, nada aconteceria com ela. O sistema de denúncias do intercâmbio dava preferência a quem fazia a denúncia primeiro. Mesmo que fosse injusto, eram as regras.

Cheguei à sala de aula, e todos se viraram para me ver entrando. Nitidamente, eu era o assunto do momento. Pelo menos, se eu fosse expulsa, iam sentir minha falta. Querendo ou não, eu agitava os dias naquela escola.

Fiquei uns segundos parada na porta, hesitando. Queria sair correndo dali. Estava muito triste e preocupada, sem cabeça para estudar.

— Michelly! — disse um daqueles meninos que sempre fazia perguntas idiotas sobre o Brasil. Era o Kyle. — Acende a luz da sala.

— Como é? — perguntei, sem entender.

Outro colega ao lado dele reforçou:

— Luz! Acende a luz!

Kyle sussurrou para Cody, mas alto o suficiente para que eu ouvisse:

— Coitada! Será que onde ela mora não tem luz?

— Você sabe o que é luz? Na sua casa do Brasil tem luz? — perguntou Cody, rindo.

Respirei fundo, tentando me controlar para não dar uma resposta mal-educada. Eu não podia me envolver em mais nenhuma confusão. Quieta, acendi a luz e me sentei em uma das cadeiras.

Eles se entreolharam, surpresos com o meu silêncio.

De repente, alguém colocou uma carta em cima da minha carteira. Olhei para cima e vi que era minha amiga Anna, que estava próxima na hora da conversa com Isabel.

— Aqui está a sua carta. Se depender de mim, você não vai ser expulsa!

Não consegui me controlar. Me levantei, soltando gritinhos e abraçando Anna no mesmo instante.

— Ah, Anna! Muito obrigada, muito obrigada! Vou fazer brigadeiro para você todos os dias!

— Eu vou cobrar, hein. — Ela riu e se afastou. — Sem abraços, Michelly. Lembra?

*

Já tinha uma carta. Eu precisava de mais uma. Querendo ou não, eu tinha que pedir para a nova amiga da Isabel me ajudar. Anna poderia ser uma boa testemunha, mas era ela que estava por perto o tempo todo. Em um dos intervalos, fui atrás de saber seu nome. Era Sidney.

— Escrever uma carta sobre o que aconteceu? — Sidney me questionou, desconfiada.

— Sim. A Isabel disse que eu dei um soco nela. Você estava do lado dela o tempo todo e tenho certeza de que não viu soco algum.

Sidney segurava seus livros, pronta para ir à próxima aula. Pela sua expressão, dava para notar que não queria conversa comigo.

— Certo, Sidney? Pode fazer isso? — insisti, pressionando um pouco. — Você me viu socando a Isabel?

Sidney suspirou.

— Não, eu não vi.

— Então você acha justo eu ser expulsa do intercâmbio por algo que não fiz?

Ela estreitou os olhos, como se quisesse me desafiar.

— Você pode não ter batido nela, mas a chamou de filhotinho de cachorro. Isso eu vi!

Aí estava o problema. Isso era o que estava me ferrando. O que eu podia fazer para sair daquela situação?

— Não! Eu não a chamei disso, não! — afirmei, tentando passar convicção, como se falar aquilo mudasse o passado.

Se Isabel dizia que eu tinha socado sua cara, e eu sabia que não tinha feito isso, por que não poderia fazer o mesmo e negar o "filhotinho de cachorro"? As duas estariam mentindo e, assim, essa história acabava de uma vez.

— Como assim não? — Sidney franziu a testa, confusa. — Chamou, sim. Eu vi. Eu estava lá!

— Não! Não coloque palavras na minha boca! Eu não a chamei disso! E, mesmo que tivesse chamado, você acha que isso é uma ofensa? Ser chamada de filhotinho? Ainda mais de cachorro! Poxa vida, cachorros são tão fofos. Isso é até um elogio!

Sidney não parecia convencida, mas também não parecia entender aonde eu queria chegar.

— Mas...

— Cachorros são fiéis! Não tem como isso ser um xingamento — continuei, determinada a sustentar a minha narrativa. O bom é que essa discussão sobre "filhotinho de cachorro" estava sobrepondo o fato de eu tê-la chamado de "idiota". — Então, por favor, Sidney! Você pode escrever uma carta falando que eu não bati e nem xinguei a Isabel?

Ela me encarou como se estivesse me analisando.

— Ok, eu faço — concordou, balançando a cabeça.

Fiquei surpresa. Tinha certeza de que ela não concordaria.

— Sério? — perguntei, ainda sem acreditar. Ela realmente faria isso? Isabel e Sidney tinham se tornado melhores amigas! Achei que Sidney jamais faria algo parecido.

— Sim, sério. — Ela deu de ombros. — Isabel disse que você bateu nela, mas eu sei que isso não aconteceu, porque estive com ela no banheiro o tempo todo. Agora, você me disse que não a chamou de filhotinho, mas eu sei que chamou. Mesmo assim, acho que uma denúncia de agressão é mais séria do que apenas um xingamento. Então, vou escrever a carta a seu favor, sim.

Era isso. Era exatamente o que eu precisava ouvir.

Adorei que Sidney, que até então era uma desconhecida, estava se mostrando alguém centrada e honesta. Depois de saber da carta, Isabel poderia até ficar brava e deixar de ser amiga dela, mas Sidney parecia determinada a fazer o que era certo.

Que menina corajosa!

— Eu... eu nem sei como te agradecer, Sidney. Posso te abraçar?

Sidney arregalou os olhos. A ideia de se aproximar de mim parecia absurda.

— Me abraçar? Não! — disse ríspida, saindo e me deixando sozinha.

E depois a "rude" era eu.

CAPÍTULO 28
A um passo de viver o Sonho Americano das líderes de torcida

Estávamos no ginásio da escola, passando pelos testes para participarmos do Campeonato Estadual das *Cheerleaders*. Era a primeira vez que minha escola ia participar, e todo mundo estava muito ansioso com essa oportunidade. Das vinte e cinco *cheerleaders*, apenas dez seriam escolhidas para formar o time principal. Eu estava surtando só de pensar nessa possibilidade.

Vi Isabel num canto. Fingi que não a vi.

Eu tinha provado minha inocência, mas ainda assim, não podia sequer falar com ela. Caso contrário, poderia ter problemas com o intercâmbio. Então, eu tinha que fingir que ela não existia. E, para ser honesta, estava sendo fácil. Sou assim: quando amo, amo de verdade. Mas, quando sou magoada e ferida, tenho facilidade em esquecer que a pessoa existe.

Ignorando a presença dela, foquei totalmente na seletiva para o time principal. As treinadoras nos dividiram em grupos de três meninas.

— Grupo cinco!

Um frio tomou conta da minha barriga. Era o meu grupo.

Respirei fundo, coloquei um sorriso no rosto, arrumei os ombros e segui em frente. A treinadora colocou a música escolhida pelo meu grupo, e ali dei o máximo de mim. Era a minha chance. Ficar no top 10 era um sonho que parecia quase impossível. Todas tinham mais tempo e experiência do que eu, mas não custava tentar.

Os testes passaram voando. Quando percebi, as treinadoras já tinham todos os resultados em mãos. Estava ao lado de Jane e Anna, minhas parceiras de grupo. Nenhuma de nós parecia confiante, mas mantínhamos o sorriso no rosto, porque era isto que fazia uma líder de torcida: acreditar até o último segundo e incentivar umas às outras.

Keity, a treinadora principal, segurava a lista e começou a anunciar os nomes. Um a um.

Estava quase perdendo as esperanças quando ouvi:

— Michelly!

Eu estava entre as dez selecionadas!

Berrei de alegria, tanto que gritei no ouvido de Anna sem querer. E chorei. Chorei como um bebê.

Depois de um começo de ano tão difícil, complicado pelos problemas com Isabel, ser escolhida para o time principal era como uma luz no fim do túnel. Uma confirmação de que eu estava no caminho certo, conquistando algo tão significativo para mim.

As líderes se aproximaram, levantando as mãos para eu bater. Fui caminhando até todas, chorando muito. Olhei para o lado e vi que Isabel não tinha sido escolhida. Isso me deu a certeza de que não fui selecionada por ser intercambista ou por favoritismo, mas sim pelo meu esforço.

No total, cinquenta e cinco equipes tinham se inscrito no Campeonato Estadual. Nossa escola nunca tinha participado antes. Ser as primeiras carregava um peso enorme, uma responsabilidade que exigiria muito mais de nós.

Sabia que a rotina seria pesada, mas estava preparada para encarar horas e horas de treino.

Ou pelo menos, achei que estava preparada.

Porque, ao contrário do que eu imaginava, os treinos não eram apenas cansativos — eram exaustivos ao ponto de parecerem impossíveis.

Nada podia dar errado. Nada mesmo.

Se cometêssemos um erro, por menor que fosse, havia consequências. Se uma *flyer* (a garota que é lançada no ar) não fizesse a descida perfeita, por exemplo, todas tínhamos que pagar por isso.

— Não acredito que vocês erraram nisso! — gritou a treinadora. — Vão! Não quero nem olhar para vocês. Corram! Corram até eu enjoar da cara de vocês!

E, no vocabulário da Keity, "correr" não significava dar uma ou duas voltas no ginásio. Nem dez. Nem vinte. Era correr por uma hora ou mais.

— Vamos, vamos, meninas! Nada de corpo mole!

Se errássemos um passo, o apito estridente da treinadora soava imediatamente:

— Flexões! Quero flexões! Agora!

Parávamos tudo e íamos para o chão. Flexões intermináveis.

Os treinos duravam entre quatro e seis horas. Em um dos dias, chegamos a treinar por sete horas seguidas.

Deitadas no chão, aproveitando um raro momento de folga, eu e Anna trocamos olhares de puro cansaço.

— Estou morta — ela murmurou.

— Eu acho que morri — respondi, quase sem forças para falar.

Meu corpo doía inteiro. Minhas pernas e braços estavam cheios de hematomas. Até meu nariz estava dolorido, depois de levar uma joelhada acidental de uma das colegas. Era tudo menos fácil.

Chegava em casa tão exausta que, às vezes, dormia no sofá enquanto conversava com minha *host* mãe e meu *host* pai. Fora isso, ainda tinha lições, provas e, claro, minhas redes sociais.

Quem quer engajamento tem que postar.

Então, mesmo cansada, eu me levantava, colocava um sorriso no rosto e gravava vídeos, editava, postava stories.

Eu nunca consegui entender por que algumas pessoas não encaravam as apresentações de *cheerleaders* como um esporte. A rotina era tão desgastante quanto qualquer outro.

Infelizmente, o estigma de que líderes de torcida só serviam para "dar uns gritinhos" ainda existia. Mas, para mim, aquilo era um esporte perfeito: uma combinação de esforço físico, superação, quedas, lágrimas e obstinação.

Só quem está realmente preparado chega ao pódio.

E, por isso, as treinadoras estavam certas ao exigir o máximo de nós.

CAPÍTULO 29

3, 2, 1 e...

Passamos semanas e dias intermináveis treinando, sempre depois das aulas. Eu estava começando a me sentir esgotada, mas a possibilidade de vencer o campeonato ao lado das Pinax me enchia de energia. Com tanto esforço, o grande dia finalmente chegou. Era hora de irmos para a competição.

O torneio seria em outra cidade, e ficaríamos pelo menos um dia e uma noite por lá.

Fui para a escola sozinha, levando comigo os lanches que Emily e eu havíamos preparado na noite anterior. Quando cheguei, notei que todas as *cheerleaders* já estavam lá, acompanhadas por suas famílias.

Enquanto procurava por Jane e Anna, olhei ao redor, esperando encontrar uma grande festa de despedida e incentivo por parte dos alunos ou, pelo menos, algo especial vindo da minha *host family*. As famílias de Jane e Anna estavam presentes, vibrando e animadas.

Naquele momento, comecei a desconfiar que Emily e o restante da minha *host family* não encaravam ser líder de torcida como algo relevante. Nunca tinham dito isso diretamente, mas a ausência deles ali me fazia pensar.

Procurei e procurei, mas não havia ninguém além das famílias das minhas amigas. Fiquei um pouco decepcionada. Na verdade, muito.

Esperava que a escola em peso estivesse lá para nos desejar sorte, como acontecia em outras competições esportivas. Sempre que os times de futebol ou basquete competiam, os alunos gritavam, aplaudiam e lotavam as arquibancadas. Mas nós, que torcíamos por todos o ano inteiro, não recebemos nada disso.

Sacudi a cabeça, decidindo que não ia deixar isso me abalar. Animada com a ideia de finalmente andar em um ônibus escolar amarelo, caminhei até ele, pronta para realizar mais um sonho. Mesmo que nunca tivesse usado esses ônibus para ir à escola, só de estar dentro de um deles para uma competição já era especial.

Entrei toda feliz, com as outras meninas ao meu redor, e me sentei perto da janela. Jane veio logo atrás e se sentou ao meu lado.

Sorrimos uma para a outra, sorrisos enormes, nem conseguíamos nos conter. Era minha primeira viagem sem a *host family* por perto, e eu estava emocionada. Mas a falta de apoio da escola e da minha *host family* ainda me incomodava.

— Está tudo bem? — Jane perguntou, percebendo minha expressão de decepção.

— Está sim! — menti, forçando um sorriso. — Só achei que os outros alunos viriam nos apoiar, sabe?

Ela olhou pela janela também e suspirou.

— Sei, sim. Eu também pensei nisso. Acho que talvez estejam ocupados.

Era uma desculpa. Nós duas sabíamos que aquilo era pura injustiça.

O ônibus deu partida, começando a se afastar da escola.

— Que triste! — Anna disse do banco de trás. — Não veio ninguém mesmo. Acho que eles não se...

Anna não conseguiu terminar a frase. O ônibus virou uma esquina e passou em frente à fachada da escola, onde havia uma multidão frenética.

Não era só de alunos, mas também de funcionários da *Williams High School*. Eles seguravam cartazes com nossos nomes, mensagens de apoio, gritavam e batiam palmas. Tudo exclusivamente para nós!

Meu Deus, eu não podia acreditar!

Sorrimos umas para as outras e corremos para as janelas do ônibus para ver melhor. Gravei cada detalhe daquele momento.

Fiquei tão emocionada que, ao mesmo tempo que sorria, precisei me segurar para não chorar.

Nos sentimos queridas, valorizadas. Ali, desejei com todo o meu coração que conseguíssemos uma boa classificação e deixássemos toda a escola orgulhosa de nós.

*

Primeiro dia de competição.

Se conseguíssemos uma pontuação boa, iríamos para a final no dia seguinte. Se não, era simples: tchau e bênção. E voltaríamos para casa.

Estávamos todas lindas, uniformizadas, com os cabelos impecáveis e os laços no topo do rabo de cavalo. O estádio estava lotado, repleto de outras equipes de *cheerleaders*. Cada uma com seus uniformes, laços e pompons coloridos.

Aquele momento era mágico. Me fez lembrar dos comentários nos meus vídeos:

> Você vive um filme!

> Você vive um sonho!

> Seu intercâmbio é perfeito!

E eles tinham razão. Nem nos meus melhores sonhos, imaginei viver algo tão perfeito.

Tudo estava lindo e incrível, até tudo começar a desandar...

As Pinax estavam reunidas perto da área de apresentação, quando a treinadora Keity chegou, agitada.

— Vamos ter que retirar parte da apresentação! — anunciou aflita.

Eu pisquei, sem entender nada. Como assim? Retirar parte da apresentação?

— Acabei de ficar sabendo que têm passos proibidos pelos juízes, e se apresentarmos vamos nos prejudicar! — explicou rapidamente. — A organização do campeonato não passou essas regras pra gente. É nossa primeira vez, e eles esqueceram disso. Teremos que cortar agora!

A apresentação estava prestes a começar, e tínhamos que refazer os passos.

Jane ficou desesperada:

— Como vamos tirar e o que vamos colocar no lugar?

— Vamos ser desclassificadas! — Anna disse, quase chorando.

— Eu não acredito! Lutamos tanto! — Jane continuou.

O pânico tomou conta de todas. Eu, paralisada, tentava me concentrar.

— Calma, meninas! Calma! — tentei pedir, mas ninguém me ouviu.

Então gritei:

— Calem a boca!

Todas pararam e me olharam. Algumas pareciam assustadas, mas pelo menos consegui a atenção.

— Se continuarmos assim, já estamos eliminadas sem nem tentar. Precisamos nos acalmar. Tenho certeza de que as treinadoras vão encontrar uma solução.

As meninas se viraram para Keity, que claramente não tinha nenhuma solução pronta.

— Ok, certo, vai dar certo! — ela disse, tentando passar confiança. — Vamos fazer as mudanças. Confio que vocês vão decorar a nova sequência. Nosso objetivo é ficar entre as dez.

Não parecia que ela acreditava nisso de verdade, mas foi o suficiente para nos colocar de volta nos trilhos.

Depois de exatos vinte minutos de ajustes e nervosismo, estávamos posicionadas, esperando nos chamarem para a apresentação. Eu me sentia como se estivesse em uma Olimpíada. O estádio estava lotado, a bancada cheia de juízes, e a sensação de ansiedade e expectativa tomava conta do ambiente.

— E agora, com vocês, o time de *cheerleaders* da *Williams High School*, as Pinax! — anunciou o locutor no microfone.

Entramos com energia, chacoalhando os pompons e gritando o nome da nossa escola. A música começou, e fizemos o nosso melhor para dar um show, mesmo com as mudanças de última hora.

Graças a Deus, nenhuma das *flyers* caiu. Isso, com certeza, teria sido o fim da nossa participação.

Não sei como conseguimos, mas transformamos o pânico de longos vinte minutos em uma apresentação linda, cheia de força, foco e determinação.

Saímos do tablado exaustas, mas eufóricas. A ansiedade era palpável enquanto aguardávamos a nossa classificação. Se ficássemos entre as dez melhores equipes, avançaríamos para a grande final. Mas, se ficássemos em décimo primeiro, voltaríamos para casa.

De mãos dadas, ficamos esperando pelo anúncio do resultado. Fechei os olhos e desejei com toda a minha força:

— Por favor! Décimo lugar! Por favor!!

O locutor começou a anunciar:

— Em sexto lugar...

O momento foi de pura tensão. Ele disse o resultado em menos de cinco segundos, mas, para todas nós, pareceu uma eternidade.

— *Williams High School*!

Nós conseguimos! Passamos para a grande final!

De verdade, nem nós podíamos acreditar. Entre cinquenta e cinco equipes inscritas, estávamos entre as dez melhores — e ainda em sexto lugar!

Tínhamos chegado tão longe. A certeza de que ficaríamos entre as últimas foi completamente esmagada pela realidade: o impossível é possível para quem acredita.

E, mais importante ainda: para quem treina, treina e treina.

CAPÍTULO 30
Apenas relaxe e faça o quadradinho!

Depois de todo o estresse da competição, finalmente chegou o momento de relaxar no hotel que a escola havia reservado para o nosso time. Detalhe importante: tudo pago pela escola.

Aproveitamos cada segundo: jantamos em um restaurante maravilhoso, depois fomos para a piscina, e, no fim da noite, nos reunimos em um dos quartos para jogar conversa fora. Estávamos radiantes e, entre risadas e histórias, Jane fez um pedido inesperado:

— Ensina a gente a fazer o quadradinho de novo! Por favor!

— Isso! Ensina! — reforçou Anna, empolgada.

— Mostra para a gente! — pediram as outras meninas, rindo.

Como não atender aquele pedido? Afinal, dançar funk e ensinar o quadradinho era uma das minhas partes favoritas. Peguei o celular e coloquei uma música funk. Assim que o som começou, os gritos e risadas preencheram o quarto. Elas reconheceram as batidas e ficaram ainda mais animadas.

Mostrei rapidamente como fazer o quadradinho, usando o quadril e a coluna. A histeria foi geral. Elas riam, batiam palmas e até gritavam.

— Como você faz isso? — perguntou Anna, olhos arregalados e cheios de admiração.

— Quero aprender! — disse Jane, posicionando-se ao meu lado.

Entre risadas, elas tentavam reproduzir o movimento.

— Tem que deixar o corpo mais solto... — expliquei, ainda rindo.

— Você está dizendo que eu sou dura? — Anna perguntou, fingindo ofensa.

— Sim, muito dura! — respondi, provocando.

Anna me lançou um olhar desafiador e, com um sorriso travesso, pegou um travesseiro e me acertou.

— Ah, Michelly! Não seja rude! — disse, rindo alto.

Claro que eu não deixei barato e joguei outro travesseiro nela. Em segundos, uma guerra de travesseiros começou. Almofadas voavam pelo quarto enquanto algumas meninas pulavam nas camas.

Parecíamos crianças?

Sim!

Mas quem poderia nos culpar? Momentos como aquele eram pura felicidade.

*

Segundo dia de competição.

As arquibancadas estavam ainda mais lotadas. Líderes de torcida de várias equipes ocupavam o estádio, exibindo uniformes de todas as cores. Era um espetáculo incrível.

Estávamos recebendo instruções da treinadora quando algo chamou minha atenção. Olhei para as arquibancadas e senti meu coração acelerar. Aquele grupo de adolescentes... Eu os conhecia!

De repente, eles abriram um cartaz com o nome da nossa escola.

— São da nossa escola mesmo! — falei, surpresa. Olhei ao redor e vi mais alunos chegando, seguidos por outros. O estádio parecia encher com os rostos familiares da nossa escola.

— Deus do céu... — murmurei, misturando português com inglês.

— O que foi, Michelly? — perguntou Anna, confusa.

Apontei para as arquibancadas, e ela virou para olhar. Logo, todas as meninas estavam olhando também. Ficamos de boca aberta. A escola inteira parecia ter saído da nossa cidade, viajado por horas, só para nos apoiar.

Eles realmente se importavam conosco. Não era apenas a gente que torcia por eles. Eles também estavam lá por nós.

A treinadora Keity também ficou emocionada. Aproximou-se com um sorriso de orgulho e apontou para os alunos:

— Acho que ninguém esperava que fôssemos passar para a final. Vamos dar o nosso melhor. Vamos lá, timeeee!

Colocamos nossas mãos no centro, uma sobre a outra, enquanto gritávamos em uníssono:

— PINAX! PINAX! PINAX!

*

Quando chamaram o nosso time, seguimos o ritual do dia anterior: corremos para o tablado, chacoalhando os pompons e gritando o nome da nossa escola.

Muito concentradas e com a ansiedade à flor da pele, a música começou. Seguimos a coreografia com precisão, exibimos as placas com as iniciais da nossa escola e sorrimos o tempo todo. O mais importante: ninguém caiu.

Graças a Deus, fizemos uma apresentação impecável.

No entanto, não podíamos ignorar um detalhe: éramos o único time na final sem meninos para impulsionar as *flyers*. Todos os outros times tinham essa vantagem, e isso poderia impactar as notas. Achei injusto estarmos na mesma categoria que equipes que usavam meninos para lançar as *flyers* tão alto. Eles tinham mais força física, e isso era uma diferença enorme.

Mesmo assim, saímos do tablado sob aplausos. Era difícil não sentir uma pontinha de confiança. Pelo menos um terceiro lugar parecia possível, e isso já significaria levar um troféu para a nossa escola.

O locutor começou a anunciar as classificações. Segurei as mãos das outras meninas e fechei os olhos, desejando com todas as forças:

— Por favor, terceiro lugar. Por favor...

O décimo lugar foi anunciado. Não era a gente.

Nono lugar, oitavo lugar... Não éramos nós.

— Quinto lugar — anunciou o locutor. A tensão no ar era quase insuportável. — *Williams High School*!

O sorriso desapareceu dos nossos rostos. Ficamos paralisadas, olhando umas para as outras, incrédulas. Algumas começaram a chorar.

Olhei para a arquibancada e vi nossos colegas, que haviam vindo torcer por nós, sentarem-se lentamente. Eles também estavam decepcionados.

As equipes vencedoras comemoravam com troféus nas mãos, enquanto a gente tentava processar o que tinha acontecido.

— Isso é muito injusto... — desabafei.

As meninas me olharam, e fiquei esperando a frase de sempre: "Não seja rude, Michelly!". Mas, dessa vez, ninguém disse nada. Anna balançou a cabeça, concordando comigo.

— A Michelly está certa. O time que ficou em terceiro lugar levantou as placas de ponta cabeça. Como elas ficaram na nossa frente?

— E todos os outros times tinham meninos para lançar as *flyers*. Deveríamos estar em outra categoria. — Jane acrescentou, frustrada.

Keity, nossa treinadora, nos reuniu em círculo e disse:

— Meninas, vocês foram incríveis. Para mim, vocês são as verdadeiras campeãs. Terminar em quinto lugar, de cinquenta e cinco equipes, na nossa primeira participação é uma grande vitória. Estou muito orgulhosa de vocês!

Ela continuou falando, mas eu não conseguia ouvir direito. Meus olhos estavam marejados. Eu sabia que ela tinha razão, mas não podia evitar o gosto amargo da decepção. Aquele era meu primeiro e último campeonato. O próximo seria daqui a um ano, e eu já estaria no Brasil.

Mesmo assim, quando olhei para as meninas ao meu redor, todas unidas e emocionadas, percebi o quanto éramos fortes. Não precisávamos de um troféu para saber disso. Nós éramos campeãs por tudo que havíamos conquistado.

No fim, eu só conseguia pensar em uma coisa: eu amava aquelas garotas.

CAPÍTULO 31
Siga em frente e não olhe para o lado

Depois do fim do campeonato, a vida tinha que seguir em frente. Decepcionada ou não, eu ainda tinha quatro meses de intercâmbio pela frente. Com o encerramento dos jogos de futebol americano, nossas apresentações passaram a acontecer nos jogos de basquete masculino.

Era bem diferente torcer numa quadra fechada. No campo aberto, havia mais espaço e liberdade. Mas, por outro lado, nos jogos de basquete, era impossível não me sentir dentro de "High School Musical".

Os meninos do basquete estavam arrasando: vitória atrás de vitória. E, a cada conquista, nós continuávamos torcendo, tão animadas quanto nos jogos de futebol americano.

A união da escola era incrível. As famílias enchiam as arquibancadas, torcendo cheias de entusiasmo. Era bonito de ver.

Descobri que os alunos podiam participar de mais de um time. Ou seja, Logan também fazia parte da equipe de basquete. Naquele dia, ele marcou uma cesta de três pontos que levou todos ao delírio.

No fim do jogo, nos reunimos com as treinadoras na quadra enquanto os jogadores conversavam do outro lado. Torcedores circulavam, tirando fotos e conversando.

Duas mulheres, que pareciam mães, aproximaram-se do nosso grupo e começaram a falar com Keity. Elas apontaram para mim.

— É ela que é a brasileira, né?

Keity olhou para mim e assentiu. Na mesma hora, eu retribuí o olhar, sentindo uma onda de desconforto.

Eu nunca entendia essas situações. Sempre acontecia. Eu ficava sem saber se a curiosidade delas era por eu ser intercambista, por eu estar no time de líderes sem ter feito teste, ou, pior, se tinha a ver com os boatos da *host* mãe da Isabel me considerar uma "má influência".

Isabel também era intercambista, mas ninguém perguntava nada sobre ela. Talvez porque fosse completamente apagada. Falava baixo, obedecia sem questionar e vivia com a cabeça baixa. Eu era o oposto.

As duas mulheres não disseram mais nada. Fiquei com aquela dúvida me incomodando, mas a vida continuava.

Terminei de guardar minhas coisas quando meu celular vibrou. Era uma mensagem do Logan.

Achei estranho. Ele nunca me mandava mensagem. Olhei para a tela, depois procurei por ele na quadra. Lá estava ele, rindo com os amigos.

Abri a mensagem na hora:

> Amanhã é dia dos namorados. Quer ir em um date comigo?

Fiquei surpresa. Logan era tão tímido, nunca imaginei que me convidaria para um encontro. Sem saber o que fazer, decidi não responder nada.

*

De volta ao meu quarto, sentada no chão em meio à bagunça, eu não sabia o que responder.

Vocês que me acompanharam até aqui devem entender minhas dúvidas, certo? Logan era o garoto perfeito, mas o problema dos garotos americanos é que eles demoram demais para tomar uma atitude.

Se esse convite tivesse vindo logo após o Baile de Inverno, eu teria aceitado na hora. Mas já haviam passado dois meses. E em dois meses muita coisa pode mudar. O sentimento esfriou. E Logan não parecia interessado em fazer nada antes da data mais romântica do ano.

E tinha outro detalhe. Se eu aceitasse um *date* no Dia dos Namorados, sabe o que significaria? Casamento. Pelo menos naquela cidade, só de conversar a sós com um menino, já era namoro. Imagina um encontro no dia mais romântico do ano?

Sei que estou exagerando, mas naquele contexto, aceitar significava muito mais do que um simples "sim". Era quase um compromisso sério.

E a verdade? Eu estava confusa. Outros olhos azuis estavam mexendo comigo — os do meu *host* irmão Josh.

Logan era incrível. Perfeito, educado, atencioso. Os meus seguidores surtariam se soubessem que eu poderia ter um namorado jogador de futebol americano e de basquete. Mas eu não podia aceitar um *date* só para gerar engajamento.

Comecei a digitar uma resposta:

> Oi, Logan! Muito obrigada pelo convite, mas amanhã não tenho como sair. Estou cheia de lição de casa e tenho uma prova difícil na semana que vem. Me desculpa!

Era uma desculpa horrível, mas eu precisava de tempo para organizar meus sentimentos.

*

E como foi o meu Dia dos Namorados? Bom, você deve estar se perguntando isso.

Começou bem, mas acabou com a maior vergonha da minha vida.

Achei lindo como essa data nos EUA não era exclusiva para casais. Amigos, famílias e professores também trocavam chocolates, flores e cartões. Você presenteava as pessoas de quem gostava.

Ganhei muitos chocolates, flores e cartões. Me senti especial. Quando cheguei em casa, meus *hosts* pais me deram um ursinho de pelúcia e mais chocolates. Eu amava aquele clima de celebração.

Estava ajudando Emily a preparar o jantar quando Stephanie chegou com um presente escondido.

— Comprei para você! — disse sorrindo, me entregando um pacote em forma de coração.

— Ah, que lindo! — respondi, encantada.

— É só uma lembrancinha, para você saber que é muito especial para mim.

Abracei-a com força. Eu sabia que levaria aquela amizade para sempre.

Logo depois, Josh chegou carregando vários ursinhos de pelúcia.

— Feliz Dia de São Valentim! — disse, entregando os presentes.

Quando me entregou o meu, agradeci animada:

— Amei, Josh! É muito fofo!

Ele nem me olhou. Continuou organizando os presentes para as crianças. Aquilo me irritou.

Emily, então, soltou:

— A Michelly foi convidada para um *date*!

Josh e Stephanie me olharam, curiosos. Tenho certeza de que fiquei vermelha.

— Jura? — Stephanie perguntou. — Quem é o sortudo?

Josh, sem nem me dar atenção, disse:

— Aposto que ele desistiu quando descobriu que ela é chata, desastrada e falante.

Aquela implicância dele me tirou do sério.

— Pois saiba que eu vou ao *date* sim! Ele é incrível, me acha maravilhosa e não tem nada a ver com sua opinião!

Uma buzina soou do lado de fora. Aproveitei para continuar a provocação:

— Deve ser ele!

Claro que não era o Logan. Era Jane e Anna, que tinham combinado de sair comigo. Mas decidi manter a mentira.

— Tá vendo? Ele está com pressa! Tenho que ir! — disse, pegando minha bolsa.

Emily e Stephanie me desejaram boa sorte, mas Josh continuou implicando:

— Tá feia.

Mostrei os dois dedos do meio. Ele riu.

— Você está evoluindo, Michelly. Agora com os dois dedos!

— Falta você evoluir um pouquinho, né? Igual um pokémon.

— O quê? — ele perguntou, confuso.

Abri a porta e saí rápido, correndo em direção ao carro das meninas. Se alguém olhasse pela janela, saberia que era tudo uma farsa.

Entrei no carro apressada.

— Vamos, Jane! Acelera!

— Como assim? — perguntou, confusa.

— Só vai! Ninguém pode nos ver!

E assim saímos. Eu estava salva... pelo menos daquela mentira.

CAPÍTULO 32
Dia das Amigas Sem Namorados

O combinado era que eu e minhas amigas comeríamos em uma lanchonete da cidade, nada muito especial. Lá estávamos nós, sentadas, comendo hambúrgueres e bebendo milkshakes. Um programa bem americano para uma noite de Dia dos Namorados.

A lanchonete estava cheia de casais ocupando a maioria das mesas. E... nós quatro. *Cheerleaders* completamente descompromissadas.

— Você é doida! — disse Anna. — Não entendo por que você mentiu que ia ter um *date*.

— E detalhe: mentiu sobre um *date* que poderia estar acontecendo de verdade! — completou Jane. — Por que você fez isso?

Nem eu sabia direito.

— Por quê? Porque eu fiquei com raiva! — respondi, rindo. — Do jeito que o Josh disse, parecia que o Logan estava feliz por não ter mais um encontro comigo.

— Continuo não te entendendo. — Jane disse, tomando um gole do milkshake. — Eu daria tudo por um *date* no Dia dos Namorados.

Eu também não me entendia. Só sabia que tinha me dado uma vontade enorme de mostrar para o Josh que tinha alguém interessado em mim.

— Eu prefiro mil vezes estar aqui com vocês e nos divertirmos juntas! — falei, tentando animá-las.

— Ah, não! — Jane rebateu, rindo. — Você me desculpa, mas eu trocaria esse encontro com vocês por um *date* com o Rick!

— Aquele cara é um babaca, Jane! — comentei, rindo.

— Não fala assim. Ele é fofo!

Eu não sabia como estava o relacionamento dos dois, mas era estranho Jane estar disponível na noite do Dia dos Namorados se tivesse algo sério com Rick.

Mas resolvi não me meter. Sempre que eu fazia isso, elas não gostavam do que eu tinha para falar.

Ainda rindo, nossos celulares apitaram ao mesmo tempo. Conferimos na hora.

— Oh, meu Deus! — soltou Anna, espantada.

— Eu não acredito! — quase gritou Jane. — Eu não acredito! Fomos convidadas para outro campeonato estadual!

— Meu Deus! — foi a minha vez de gritar.

Todas se levantaram, eufóricas.

— Eu não acredito!

— Não pode ser!

As pessoas na lanchonete se viraram para ver o que estava acontecendo. Estávamos causando um pequeno tumulto na noite dos casais apaixonados.

— Por favor, meninas! Menos barulho! — pediu uma garçonete.

Nos sentamos de volta, tentando nos controlar.

— Uma nova chance! — disse Anna, terminando de ler a mensagem. — A treinadora explicou que, por conta do nosso desempenho, a organização do campeonato nos convidou para outro evento!

Eu estava muito feliz. Aquela oportunidade não era apenas uma forma de mostrar nosso valor, mas também uma nova chance para mim no meu último ano como líder de torcida.

— Que incrível! Eu não consigo acreditar! — falei, empolgada. Mas minha animação morreu quando vi quem havia acabado de entrar na lanchonete. — Ah, não. Meu Deus, não!

— O que foi? — Anna perguntou, preocupada.

— Eu tô ferrada... tô ferrada! — sussurrei ao ver Josh e meu *host* priminho, Steve, entrando no local.

Josh não podia me ver ali de jeito nenhum. Eu tinha dito que estava em um *date*. Como eu ia explicar que estava com minhas amigas?

Sem pensar muito, escorreguei do sofá para debaixo da mesa.

— Michelly! O que você tá fazendo? — perguntou Anna, incrédula.

Eu também não sabia o que estava fazendo. Era um comportamento no mínimo estranho.

— Ele não pode me ver! — expliquei, tentando controlar o desespero.

Debaixo da mesa, vi que Josh e Steve estavam na fila para fazer os pedidos.

Por que eles não ficaram em casa para comer o macarrão com queijo da Emily? Por que tinham que vir a esta lanchonete?

Jane, educada como sempre, levantou a mão e acenou para Josh.

— Jane! — quase gritei. — O que você tá fazendo?

— Ele estudou com o meu irmão. Se eu não desse oi, ia parecer mal--educada!

Para o meu desespero, Josh começou a caminhar em nossa direção.

— Ele tá vindo! — anunciou Anna.

— Não, não, não! — eu disse, me encolhendo ainda mais debaixo da mesa.

Mas era inevitável.

— Olá, Jane. Olá, meninas! — cumprimentou ele, todo educado.

Por um momento, pensei que ele fosse embora. Mas sua atenção se desviou para debaixo da mesa.

— Ah, claro. E olá, Michelly!

Sem saída, levantei a cabeça e forcei um sorriso.

— Ah! Oi, Josh! — voltei para o meu lugar, tentando parecer natural. — Meu celular caiu... aqui debaixo da mesa.

— A Michelly... — tentou Anna. — Ela é muito desastrada!

— Muito! Demais! — concordou Jane.

Josh sorriu de lado, sem tirar os olhos de mim.

— Pensei que você estivesse num *date*.

O sorriso desapareceu do meu rosto. O que dizer?

— Ah, mas eu estava... só que... ele passou mal! É, veja só que triste! E eu acabei ficando aqui com as minhas amigas...

Josh obviamente não acreditou.

— Ah... entendi. Bom, eu e Steve vamos comer um hambúrguer. Hoje ele vai dormir na casa da Emily. Se quiser, posso te dar uma carona. A não ser que o garoto do *date* se recupere e volte para te levar pra casa.

Eu concordei, sem saber o que dizer. Ele se despediu e voltou para a fila.

Eu tinha sido pega no pulo.

*

Do lado de fora, Josh e Steve me esperavam no estacionamento.

— Michellly, vai na frente que eu quero jogar no celular — disse Steve, abrindo a porta de trás.

Mesmo querendo evitar Josh, entrei no banco da frente.

— Eu coloco a música — sugeri, tentando parecer descontraída.

— Não deixa não, Josh! — disse Steve. — Essa daí só coloca Taylor Swift e Bruno Mars. Sempre as mesmas!

Olhei para trás, rindo.

— Você fala isso, mas eu sei que adora minha playlist!

Dentro do carro, Josh me olhou sério.

— Michelly...

Por favor, não seja sobre o *date*.

— É sobre o *date*, né? Eu sei o que você está pensando...

— Michelly! — ele me interrompeu. — Não, não é sobre o *date*. Queria te mostrar umas músicas boas.

Suspirei, aliviada.

— Claro, mostre!

Ele começou a tocar algumas músicas.

— Não. Essa não. Essa também não! — fui rejeitando uma a uma. — Nenhuma é boa! Vou colocar minha playlist mesmo!

E, sem esperar, coloquei *You Belong With Me*, da Taylor Swift.

— Essa música é a que eu e as *cheerleaders* cantamos quando estamos felizes. Ou quando estamos tristes e queremos ficar felizes — expliquei.

— Que legal! Uma música com significado... — Josh comentou bem-humorado.

— Sim. Uma música com um significado marca pra sempre a nossa vida! — depois de observá-lo, concluí — Sinto que você não tem uma música com um significado especial em sua vida. Vamos fazer assim: quando você tiver, deixo tocá-la inteira no seu carro. — disse, sorrindo.

E, sem pedir, aumentei ainda mais o volume da música e passei a cantar como uma louca.

— Josh! — gritou Steve — Será que dá pra voltar e devolvê-la na lanchonete?

CAPÍTULO 33

Atletas mais do que fofoqueiros

Depois do caos da noite anterior, eu e minhas amigas das Pinax caminhávamos pelo gramado da escola rumo à sala de aula. Ríamos da cena que protagonizei debaixo da mesa, tentando justificar meu comportamento dizendo que tinha deixado o celular cair. O constrangimento inteiro parecia surreal agora.

Enquanto andávamos, dois jogadores do time de futebol americano passaram por nós. Um deles era o brutamonte de quase três metros, aquele mesmo em quem joguei o copo descartável. Ele falava alto com o amigo, gesticulando de um jeito que deixava claro que queria que ouvíssemos:

— Foi um fiasco, cara! — disse, rindo. — Você tinha que ver. Todo mundo foi pra lá, outra cidade, horas de carro... E para quê? Para ver aquelas *cheerleaders* ficarem em quinto lugar! Agora ouvi dizer que vão participar de outro campeonato. Deve ser mais um vexame!

Meu sangue ferveu.

— É impressão minha ou esse cara tá falando da gente? — perguntei às meninas.

— Melhor a gente ignorar — sugeriu Anna, sempre calma.

Olhei para o grandalhão, encarando-o com determinação.

— É complicado ignorar quando gente babaca decide agir como gente babaca! — falei, alto o suficiente para ele ouvir.

Ele parou na hora, virando-se para mim.

— Por acaso você está falando isso de mim?

Congelei.

— Eu? Eu? — gaguejei, tentando disfarçar.

— Sim, você!

Tentei sorrir, nervosa.

— De jeito nenhum! Que isso? Eu jamais chamaria alguém como você de babaca.

Ele pareceu satisfeito, deu de ombros e voltou a caminhar com o amigo. Observei sua postura confiante, como se fosse invencível. Mas, antes que pudesse me controlar, abri a boca novamente:

— Quer saber? Além de babaca, você também é bem burro!

Ele parou imediatamente, girando o corpo na minha direção com olhos de puro ódio.

— O que foi que você disse?

Minha vontade era correr, mas me obriguei a parecer corajosa.

— Michelly, pelo amor de Deus... — ouvi Anna murmurar, aflita.

— Eu disse que além de babaca, você é muito burro! — repeti, enfrentando-o. — Só um homem burro tenta intimidar mulheres com o tamanho que você tem. Não tem vergonha de ficar falando mal de um time de meninas que se esforçou tanto para chegar até a final? Ridículo! Mesmo que tivéssemos ficado em último, quem é você para dizer alguma coisa?

Ele parecia surpreso, talvez até impressionado.

— Você... — disse ele, apontando o dedo para mim. — Você tem toda razão!

— É? — perguntei, chocada. — Claro que eu tenho razão!

— Foi mal, mesmo. Nada a ver eu ficar falando mal de vocês. Eu sei o quanto é difícil competir. Vou me policiar pra não falar besteira. Me desculpe!

Ainda tentando processar o que estava acontecendo, murmurei:

— Verdade...

Ele se afastou, mas antes de sair, virou-se mais uma vez:

— Ei! Mas pensando bem, você também me deve desculpas.

Coloquei a mão no peito, surpresa.

— Eu?

— Sim! Por ter jogado um copo descartável na minha cabeça.

Negaria até a morte:

— Eu? Que isso, garoto? Eu jamais faria isso! Quem te disse um absurdo desses?

Ele deu de ombros:

— É fácil. Só fazer por exclusão. Qual seria a única *cheerleader* capaz de jogar um copo na cabeça de alguém?

Olhei para as meninas ao meu redor. Realmente, a resposta era óbvia.

— É... — dei de ombros, resignada. — Desculpa aí, grandão! Foi mal também.

Ele sorriu, deu uma risadinha e foi embora.

Anna balançou a cabeça, incrédula:

— Michelly! Você é louca! Admitiu que jogou o copo nele! E se ele te denunciar?

Na sala de aula, eu estava inquieta, incapaz de me concentrar. Ele parecia ter sido compreensivo, mas eu sabia que mudanças repentinas não eram raras. A qualquer momento, eu seria chamada na diretoria.

E não demorou. Uma funcionária do diretor apareceu na porta da sala:

— Michelly.

Senti o chão sumir.

CAPÍTULO 34
Tenha um plano B

Na secretaria, sentei encolhida, esperando que me levassem direto para a diretoria. A secretária, uma senhora de aparência séria, me olhava com a paciência de quem não tinha nenhuma.

— Muito bem! Eu te chamei aqui porque... — ela começou.

Meu coração disparou. Com certeza era sobre o brutamonte. Eu já me preparava para me desculpar por tudo — até pelo que eu não fiz.

— Quando você chegou aqui, escolheu a opção de esportes no time de softbol. A nova temporada vai começar agora. Os treinos começam amanhã. — Ela me entregou um papel. — Esteja no campo de softbol no horário indicado.

Suspirei de alívio.

— Era só isso?

Ela apenas me lançou seu olhar impaciente.

Bom, graças a Deus, né?

*

Ok, muitas coisas para explicar neste momento.

Primeiro, quando cheguei, tive que escolher um esporte, mas não havia vagas disponíveis. Fui informada de que participaria no próximo semestre, que começava em fevereiro. Eu já tinha me esquecido completamente disso. Estava tão envolvida com os treinos das *cheerleaders* que esse detalhe passou batido.

Segundo, o que é softbol? Já ouviu falar em beisebol? É aquele jogo em que os jogadores tentam rebater uma bolinha com um taco, enquanto o time adversário tenta eliminá-los pegando a bola com luvas. O softbol é uma variação do beisebol, mas destinado às mulheres.

Terceiro, por incrível que pareça, eu já joguei tanto beisebol quanto softbol quando era criança. Isso mesmo, no Brasil! É um esporte muito popular entre os descendentes de japoneses, e como meu pai é descendente, comecei a praticar desde os dois anos e meio.

E, em quarto lugar: graças a Deus — não, o brutamonte não me denunciou. Felizmente, a chamada para a secretaria era apenas sobre o esporte.

Ufa!

*

Aliviada, voltei para casa e, ao contar a novidade para minha *host family*, vi que todos ficaram muito animados com a minha entrada para o time de softbol da escola.

Meu *host* pai estava tão empolgado que parecia prestes a abrir uma champanhe.

— Softbol, sim! Isso que é esporte! Estou muito orgulhoso por você entrar para o time da escola — disse, eufórico.

— Você vai amar! É um esporte bem americano. Tenho certeza de que você vai se dar muito bem! — comentou Emily, igualmente animada.

Stephanie, que mais parecia um membro da família do que uma vizinha, também adorou a novidade:

— Que ótimo, querida! Tenho um monte de material de softbol que vou te dar. Eu também jogo na minha escola. Inclusive, vou te dar uma chuteira novinha. Estou muito feliz por você!

Percebi que o softbol era muito mais valorizado do que ser *cheerleader*. Para muitas pessoas, *cheerleading* era visto apenas como um passatempo, algo meio bobo e sem muita importância.

Mas não vou negar: fiquei empolgada. Era um esporte que eu conhecia e onde poderia me sair bem.

— Vai dar para conciliar com os treinos de *cheerleader*? — perguntou minha *host* mãe.

Os treinos de softbol viriam primeiro, e depois eu teria que correr direto para os treinos das *cheerleaders*. Seria exaustivo, especialmente com o novo campeonato se aproximando, mas daria um jeito.

Com essa expectativa, chegou o dia do meu primeiro treino.

Amarrei o cabelo em um rabo de cavalo, coloquei uma calça apropriada e calcei a chuteira que Stephanie havia me dado. Quem me visse, provavelmente pensaria que eu tinha muita experiência com softbol, só pelo visual.

Ao chegar, vi um grupo de meninas em uma roda. Entre elas, Caroline. Lembram dela? Aquela que me odiava porque achava errado uma intercambista ser *cheerleader*.

Que droga!

Estar no mesmo time que Caroline seria um pesadelo. Fingi que não vi sua cara de poucos amigos.

— O que essa garota tá fazendo aqui? — ouvi Caroline sussurrar para suas companheiras.

Percebi que todas da roda me encaravam.

Ignorei a recepção nada acolhedora e fui direto até o treinador, Howard, para me apresentar. Além dele, havia quatro auxiliares — dois homens e duas mulheres. Todos me trataram muito bem.

Howard explicou que queria avaliar meu nível de habilidade. Tentei controlar o nervosismo e aceitei o desafio. Fazia anos que eu não jogava, e a insegurança me consumia.

O auxiliar começou a lançar bolinhas para eu rebater. Peguei o taco e, para minha surpresa, consegui rebater todas — muitas delas indo para o fundo do campo. Não sei se foi sorte ou se ele estava jogando as bolas com pouca velocidade.

As auxiliares se empolgaram e até bateram palmas.

— Nossa! Até que você conseguiu rebater bem — disse Howard, surpreso. — Agora quero te testar na defesa.

Me deram uma luva de softbol e me colocaram em uma das principais posições defensivas, onde o objetivo era pegar a bolinha o mais rápido possível para eliminar o jogador que rebate.

Preciso confessar: sou uma pessoa abusada. Se estou sendo *cheerleader*, dou meu melhor. No softbol, não seria diferente. Me jogava no chão, mergulhava para pegar as bolas — o que fosse necessário.

No início, o treinador lançava as bolas com força moderada, mas logo aumentou a velocidade. Quando percebi, ele já havia tirado o boné, claramente impressionado.

Algumas jogadoras ficaram maravilhadas. Outras, perplexas. Caroline, porém, me olhava com puro ódio.

— Até a minha posição essa ladra de lugar veio roubar! — ela gritou, jogando a luva no chão e saindo nervosa.

Por coincidência, a posição em que me saí melhor era a posição que Caroline jogava. Não me senti bem com isso. Nunca quis tirar o lugar de ninguém.

— Você é muito boa! Vai jogar no time principal e no reserva! — disse o treinador, animado, apontando para mim. — Entendeu? Você vai jogar no time A e no time B! Tem potencial para ser a estrela do time!

Estrela?

— Verdade... Ela vai ser a estrela do time! — concordou uma das auxiliares.

Eu fiquei sem palavras. Enquanto os auxiliares se aproximavam eufóricos, comecei a me perguntar: será que eu era tão boa assim ou o time era muito fraco?

Também não sabia se ter ido bem no primeiro treino tinha sido uma boa ideia. Não queria criar confusão com as outras jogadoras, muito menos com Caroline.

Mas, pelo jeito, a confusão com Caroline já estava armada.

Desde o dia em que ela descobriu que eu existia.

CAPÍTULO 35
Mais uma vez, sem palavras...

No dia seguinte, eu caminhava pelos corredores da escola — na área dos armários — e, quanto mais passava entre os alunos, mais percebia os olhares. Se pudessem, teriam até batido palmas.

Eu ouvia coisas como:

— Parabéns! Fez sucesso no time de softbol!

— Entrou nos dois times! No principal e no reserva, hein!

Alguns até levantavam a mão para eu bater de volta. Era impressionante como participar do time de softbol parecia ser algo incrível aos olhos de todos, muito mais do que ser *cheerleader*.

Já quase chegando na minha sala, dei de cara com Logan.

— Oi, Logan!

— Olá! — respondeu, parecendo surpreso com o encontro inesperado.

Era a primeira vez que nos víamos desde que eu recusei o convite para o *date*. Ficou um silêncio meio constrangedor.

— Eu queria te pedir desculpas por não ter ido no encontro com você... — disse com sinceridade. Eu realmente gostava dele e não queria que ficasse chateado comigo.

Logan, sempre muito branquinho, ficou vermelho imediatamente.

— Para mim também ia ficar corrido. Precisava estudar para matemática — respondeu, meio sem jeito. Depois mudou de assunto: — Ah! Fiquei sabendo que você entrou para o time de softbol...

— Sim, entrei. Estou impressionada como as notícias voam... Mal coloquei os pés na escola e todo mundo já sabia.

Ele riu baixinho, e começamos a caminhar juntos em direção às salas.

— Numa cidade pequena como a nossa, as notícias se espalham rápido. Fiquei sabendo também que você joga muito bem!

— Bom, aí eu já não sei...

— Joga, sim! Primeiro dia de treino e já está no time A e B. Você é um sucesso! Estão falando que o técnico está impressionado com o seu potencial. — Logan parou de andar e me olhou de frente. — Se bem que é muito fácil se impressionar com você — completou, num tom mais baixo.

Ele me olhou bem no fundo dos olhos, como se esperasse uma resposta minha.

— Como?

— Outro dia eu te explico.

E, envergonhado, sumiu pelo corredor.

*

Seja lá o que Logan quis dizer, não tive tempo de pensar muito. Minha vida estava uma verdadeira loucura.

Acordava às cinco da manhã, me maquiava, corria para a escola, ia para o treino de softbol, depois para o treino das *cheerleaders*. Se tivesse jogo de basquete à noite, me apresentava com o time. Chegava em casa e ainda gravava para as minhas redes sociais, editava os vídeos e fazia os stories. E, claro, precisava estudar para as provas e fazer as intermináveis lições de casa.

Apesar da correria, estava gostando dos treinos de softbol. A cada dia me sentia mais integrada, embora nem todas as meninas fossem amigáveis. Caroline, por exemplo, só de me ver já virava a cara. Mas eu não me importava. Dava o meu melhor: corria, rebatia as bolas e defendia. O treinador e os auxiliares me adoravam, e isso já me deixava feliz.

Depois do softbol, corria para o treino das *cheerleaders*. Sempre chegava suada, descabelada e em cima da hora, mas nunca me atrasava. A treinadora estava mais exigente do que nunca por conta do campeonato que se aproximava.

Durante um treino, uma das meninas errou no salto e não conseguimos segurá-la corretamente. A treinadora perdeu a paciência:

— Correndo! Vão correr! Até eu cansar da cara de vocês!

Eu já tinha corrido mil voltas no treino de softbol e agora precisava correr outras mil no treino das *cheerleaders*. Notei que Keity e sua auxiliar estavam tensas, provavelmente pela pressão da competição.

Corremos, corremos e corremos. Depois voltamos para os passos coreografados, os gritos de guerra, os saltos. Já estava quase desmaiando quando o treino acabou. Havíamos treinado por mais de quatro horas.

Enquanto arrumávamos nossas mochilas, ouvi a treinadora me chamar:

— Michelly, venha aqui, por favor.

Parei imediatamente. Meu coração acelerou. O que ela queria comigo? Será que eu ia levar uma bronca por chegar toda suja e suada?

— Jane! Você também. Preciso falar com você.

— Comigo? — Jane perguntou, apontando para si mesma.

Keity assentiu. Nos olhamos sem entender o motivo, mas seguimos até ela. A treinadora parecia nervosa e não sabia bem como começar.

— Bom, meninas, estamos com um problema.

Só de ouvir "problema", meu coração gelou.

— Vocês sabem o quanto estamos treinando e o quanto esse campeonato é importante para o nosso time. Mas eu vou ter que cortar uma de vocês. A Sophia, que estava machucada, vai retornar. Ela é uma *flyer* muito importante.

Meu olhar encontrou o da Jane. Ambos refletiam puro desespero.

— Com a volta da Sophia, a organização exige que sigamos o número exato de atletas no time. Então, uma de vocês precisará sair. Quem for cortada não participará do campeonato nem dos jogos de basquete.

O mundo parou naquele instante.

Eu queria muito ficar no time. Era meu último campeonato e significava tudo para mim. Mas, ao olhar para Jane e ver seus olhos cheios de lágrimas, comecei a repensar minhas prioridades.

Respirei fundo e tomei a decisão mais difícil da minha vida.

— Pode me tirar do time, treinadora.

As duas me olharam, surpresas.

— Não, Michelly! — disse Jane, horrorizada.

Por mais que doesse, eu não tinha coragem de competir pela vaga com ela. Jane tinha sido minha maior incentivadora e merecia estar ali.

— Não, Jane — respondi, emocionada e segurando as lágrimas. — Sei o que estou fazendo. — Me virei para Keity: — Treinadora, com os treinos de softbol eu não estou me dedicando como deveria. Não acho justo disputar uma vaga com a Jane, que é *cheerleader* desde criança e merece isso mais do que eu.

As três estavam emocionadas. Jane me abraçou:

— Obrigada, minha amiga...

— Você merece — respondi, lutando contra as lágrimas.

Keity se aproximou:

— Eu sabia que você tomaria essa decisão, Michelly. Tenho certeza de que você vai brilhar no softbol!

Ela me surpreendeu ao me abraçar. Eu sabia que Keity não era fã de abraços, o que tornou o gesto ainda mais especial.

Quando me virei, vi todas as *cheerleaders* em lágrimas. Elas se juntaram e me deram um abraço coletivo.

— Meninas, não façam isso comigo! — disse, chorando.

Jane pegou minha mão.

— Você está bem? Jura?

Limpando as lágrimas, sorri.

— Eu estou bem. Juro.

No caminho para casa, me sentei em uma pedra perto de um cacto gigante. Lá, sozinha, pude chorar sem fingir que estava bem. Porque eu não estava.

Mas tinha esperança de ser feliz no softbol também. Pelo menos era o que eu imaginava.

Só que a minha vida é um livro — ou, como muitos seguidores gostam de dizer, um filme.

E a história ainda não havia terminado.

CAPÍTULO 36

Sou brasileira, sim! E com muito orgulho

Com a minha saída dos treinos das *cheerleaders*, meu foco passou a ser cem por cento nos treinos de softbol.

O técnico continuava animado com o meu desempenho e, sempre que podia, dizia algo como:

— Vamos lá! Concentrem-se como a Michelly! Façam como ela! Se joguem na bola!

Eu ficava feliz por ser uma referência positiva para o time, apesar de que, toda vez que ele me elogiava, Caroline revirava os olhos ou fazia piadinhas sem graça. No entanto, eu ignorava. O fato de o treinador Howard admirar meu jeito de jogar me incentivava a me esforçar ainda mais.

Mas essa admiração mudou da noite para o dia.

Estávamos treinando quando vi a senhorinha da secretaria se aproximar do treinador com alguns papéis. Ela entregou tudo a ele, que começou a analisar ficha por ficha. Quando chegou em uma delas, parou por um longo momento. Ele olhava para o papel e, depois, para mim. Não tinha como não ser a minha ficha.

— Michelly! — chamou, firme. — Vem aqui!

Meu Deus! O que era dessa vez? Juro que não havia feito nada. Nem jogado copo na cabeça de ninguém, nem respondido atravessado a quem quer que fosse. Me aproximei, tentando manter minha simpatia.

— Pois não, treinador?

— Você é... brasileira? — perguntou de forma seca.

Pelo tom de voz, parecia que ser brasileira era um problema.

— Sim, sou brasileira.

Ele me olhou como se não quisesse acreditar.

— Então você é brasileira mesmo? — repetiu, ainda mais enfático.

Será que, por causa dos meus traços orientais, ele tinha pensado que eu era japonesa, chinesa ou coreana? Não sei, mas seu olhar deixava claro que ele achava que eu era qualquer coisa, menos uma intercambista brasileira.

— Sim, treinador. Sou brasileira.

Ele fez uma expressão de desprezo, virou as costas e me deixou falando sozinha.

Não entendi ao certo o que aquilo implicava para ele, mas estava cansada de justificar minha nacionalidade como se fosse algo terrível. E, desde aquele momento, tudo mudou entre o treinador Howard e eu.

A partir daquele dia, eu não existia mais.

*

Com o início dos jogos se aproximando, os treinos de softbol ficavam cada vez mais intensos e em horários diferentes. Mas ninguém me informava nada.

Enviei uma mensagem para ele:

> Olá, treinador. Poderia, por favor, me dizer qual o horário do treino de hoje?

Sem resposta.

No dia seguinte, insisti:

> Bom dia, treinador, tudo bem? Por favor, poderia me colocar no grupo de mensagens do time? Sei que lá dá para saber os horários dos treinos.

Mais uma vez, sem resposta.
Tentei de novo:

> Oi, treinador. Por favor, hoje terá treino? Como os treinos estão em horários diferentes, eu não sei em qual horário ir.

Silêncio absoluto. Ele me ignorava por completo.

Para não perder os treinos, comecei a pedir, quase implorando, que outras meninas me informassem os horários. Enviei uma mensagem para Lucy em um dos dias e ela respondeu:

> Oi, Michelly! É chato você ficar me perguntando todo dia qual horário que vai ser o treino. Pede para o treinador te colocar no grupo.

Respirei fundo antes de responder:

> Eu tentei. Já mandei várias mensagens e ele nunca me respondeu. Já perguntei pessoalmente e ele virou as costas.

Lucy demorou um pouco para responder e, por fim, escreveu apenas:

> É. Situação complicada. Eu sinto muito.

Eu também sentia muito. Ser excluída daquela forma era devastador.

E eu ficava me perguntando: por quê? Por que comigo? Era por eu ser brasileira? No fundo, eu não queria acreditar que estava sofrendo xenofobia — mais uma vez. Mas estava muito claro que era exatamente isso. Até descobrir que eu era do Brasil, o treinador Howard me adorava.

Quando soube da minha nacionalidade, começou a me ignorar, a ser rude, a me excluir até mesmo dos treinos.

A verdade é que eu estava cada dia mais infeliz com aquela situação. Mas fingia para todos — inclusive para minha *host family* — que estava tudo bem.

— Como estão os treinos de softbol? — perguntou meu *host* pai durante o jantar.

Coloquei um sorriso forçado no rosto.

— Ah! Estão ótimos! — menti. Era o melhor que podia fazer naquele momento.

— É isso aí, garota! Você vai ser bem mais feliz jogando softbol do que sendo *cheerleader*.

Sorri novamente, ainda mais forçada.

— Com certeza... — concordei, sabendo que não era verdade.

A realidade era que eu sentia uma falta imensa dos treinos das Pinax. Lá, eu corria pelo campo até ficar sem fôlego, mas nunca sofri preconceito por ser quem eu era.

— Tudo vai ficar bem, tudo vai ficar bem... — repetia para mim mesma antes de entrar nos treinos de softbol, quando conseguia descobrir o horário, é claro.

O primeiro jogo estava a dois dias de acontecer. Eu queria dar o meu melhor e provar ao treinador que ele estava completamente errado em me tratar mal por causa da minha nacionalidade.

Mas, como sempre, ele colocava algum impeditivo.

— Vai se sentar! — gritava quando eu pegava o taco para rebater as bolinhas.

E, quando finalmente conseguia participar de alguma atividade, tudo o que eu fazia era criticado:

— Péssimo esse seu lançamento de bola! Péssimo!

Tudo o que eu fazia parecia errado aos olhos dele.

Em um determinado momento, ele reuniu todas as jogadoras em um grande círculo, ao lado dos auxiliares. Segurando uma prancheta, começou:

— Bom, daqui a dois dias será nosso primeiro jogo... — anunciou. — Os times A e B tiveram uma pequena alteração, mas nada que afete a eficiência dos times. Michelly! — gritou meu nome de repente.

— Pois não, senhor — respondi prontamente, tentando esconder o nervosismo.

— Te tirei do time A. Agora você vai jogar apenas no time B.

Isso mesmo. Ele me rebaixou do time principal para o time reserva, sem nenhuma justificativa. Era humilhante!

As meninas se entreolharam. Nitidamente, ninguém achou justa a mudança. Até Caroline, com toda a sua antipatia, parecia achar a atitude muito estranha.

Na minha escola, os alunos do último ano nunca ficavam fora do time principal. Mesmo que não jogassem, sempre ficavam no banco do time A, porque era a última chance de participar. Era quase uma tradição. Mas, claro, no meu caso, seria diferente.

— Mas, treinador... — uma das auxiliares tentou argumentar.

— Já está decidido. Michelly é do time B. — respondeu ríspido. — E tem mais: se prepare, porque é provável que você não jogue nem no time B.

— Mas ela é do terceiro ano. Ela deveria estar no time A, e... — insistiu a auxiliar.

— Algum problema? — interrompeu o treinador Howard, com grosseria.

A auxiliar abaixou a cabeça, sem mais palavras.

Eu me controlava para não chorar na frente de todos. Era evidente que ele estava me humilhando e me perseguindo. Assim que surgiu uma oportunidade, inventei que precisava ir ao banheiro.

Mas eu não fui. Fui até uma área telada, usada para rebater bolinhas, que estava vazia e escura. Me sentei no chão, encostei na parede e chorei como uma criança.

Queria entender por que ele me tratava assim. Queria entender os motivos de me excluir dos treinos, de não responder minhas mensagens, de me rebaixar sem razão. Sempre fui respeitosa, gentil, esforçada. Eu não tinha feito nada para merecer isso.

Ouvi passos se aproximando. Eu não queria que ninguém me visse naquela situação. Quando levantei os olhos, vi que era Caroline.

— Pelo amor de Deus! Vai embora daqui! — pedi, entre lágrimas.

Ela não respondeu e continuou se aproximando.

— Vai embora, Caroline! O que você veio fazer aqui? Me ver no chão? Destruída e humilhada? Pois parabéns, já viu. Agora saia e me deixe em paz! Sei que você deve estar muito feliz!

Ela permaneceu em silêncio e, para minha surpresa, se sentou ao meu lado.

Eu não podia acreditar. Já não bastava tudo o que eu estava passando?

— Eu não estou feliz — disse ela finalmente. — O que ele fez com você não foi justo! Ele é um babaca xenofóbico!

Fiquei surpresa com o que acabara de ouvir.

— O que você disse?

— Que ele é um babaca xenofóbico. — Ela repetiu, sem hesitar.

Eu a olhava, tentando entender por que ela estava dizendo isso. Ela me odiava, não odiava?

— Você não veio aqui para pisar ainda mais? Me humilhar?

— Não. — Caroline balançou a cabeça. — Eu vim aqui para te pedir desculpas.

Meus olhos se arregalaram.

— Pra dizer a verdade, eu odiei quando você entrou para o nosso time. Fiquei incomodada com o fato de você virar a estrela e tomar o meu lugar. Mas, depois, comecei a perceber o que o treinador fazia com você. Ele começou a te excluir, a te humilhar, só porque você é brasileira. E eu vi que eu estava fazendo o mesmo. Estava sendo tão babaca quanto ele. E me sinto péssima por isso.

Caroline respirou fundo e continuou:

— Porque, no fim, tudo bem você não ter feito teste para as *cheerleaders*. E daí? Você aproveitou a oportunidade. Das vinte e cinco líderes, você ficou entre as dez melhores! Você mereceu estar lá. Eu fui uma idiota. E sinto muito por tudo que esse cara fez com você.

Eu a olhei, ainda sem conseguir dizer nada. Era tudo o que eu queria explicar para ela desde o começo, mas nunca soube como.

— Não fica assim... — ela pediu, me abraçando.

Encostei meu rosto no ombro dela e chorei como criança nos braços da garota que mais me odiava.

CAPÍTULO 37
Eu vou desistir, sim!

Eu não queria mais fazer parte do time de softbol.

Sei que dizem que temos que superar os obstáculos, ser fortes e persistir, mas, para quê? Para quê ficar em um lugar onde eu não teria a menor chance de jogar? Onde, dia após dia, seria humilhada? Qual era o sentido? Eu tinha pouco tempo de intercâmbio, e não via por que viver os últimos meses nesse tormento. Algumas coisas simplesmente não valem a pena insistir.

Eu estava decidida: ia sair do time de softbol!

Já fazia dias que sofria com isso, e eu não queria mais continuar.

— Como vou falar isso para a minha *host family*? — perguntei, andando de um lado para o outro no meu quarto.

Eles estavam tão felizes por mim... Até mais do que quando eu fazia parte das Pinax. Será que entenderiam que eu estava infeliz? No fundo, eu sabia que não havia nada que pudessem fazer. O treinador Howard não deixaria de ser xenofóbico da noite para o dia. Enquanto pensava nisso, meu celular vibrou com uma mensagem. Era da Keity. Abri na mesma hora.

> Oi, Michelly, tive um problema com uma das meninas. Surgiu uma vaga. Você quer voltar?

Um grito saiu do fundo da minha garganta. Li a mensagem mais de uma vez, só para ter certeza de que era real. Era tudo o que eu mais queria — e no momento perfeito.

Enquanto ainda processava a mensagem, outra chegou:

> Mas eu tenho uma exigência. Você vai ter que desistir do softbol, porque eu quero todo o foco nos treinos para a competição estadual. Eu preciso da resposta ainda hoje. Estou fechando a lista das *cheerleaders*. Eu entendo se você não aceitar.

Me sentei no chão, chorando e rindo ao mesmo tempo. Não aceitar? Era exatamente o que eu mais queria na vida! E desistir do softbol seria um bônus.

Nem precisei pensar muito antes de responder:

> Keity! É claro que eu aceito!!!

Eu nem me importava de estar voltando porque havia surgido uma vaga. Estava tão infeliz com o treinador Howard que qualquer coisa seria melhor do que continuar naquele time.

Só não sabia como minha *host family* reagiria.

Na sala, depois do jantar, reuni coragem para contar minha decisão a Emily e Adam.

— Quero sair do time de softbol — anunciei, tentando me manter firme.

— Mas não faz sentido sair do time de softbol! — disse Adam, inconformado.

Ele não me entendia. Tentei explicar, pela milésima vez, o motivo da minha saída.

— Faz sentido, sim! O treinador é xenofóbico! Ele me humilha todos os dias!

— Eu nunca vi alguém começar um esporte e desistir no meio. Isso é uma vergonha! Ninguém desiste assim! Você vai ser a primeira! — ele respondeu, visivelmente irritado.

Senti vontade de retrucar que não me importava ser a primeira a desistir. Eu não ia suportar mais ficar perto daquele treinador horrível. Além disso, as Pinax faziam meu coração bater mais forte.

Nesse momento, Josh entrou na sala. Ao perceber o clima tenso, decidiu ficar quieto, sem fazer nenhuma de suas típicas brincadeiras.

Adam continuou expressando seu descontentamento:

— É um absurdo você sair do softbol!

— Mas, Adam, o treinador me exclui de tudo — insisti.

— Então, quando você tem um problema, desiste? — ele questionou, como se fosse algo imperdoável.

Sim, eu queria desistir. Disse isso a mim mesma, me sentindo uma fracassada. Respirei fundo e tentei argumentar:

— O que eu posso fazer? Ele me humilha o tempo todo! Não responde minhas mensagens, não me informa os horários dos treinos. Preciso implorar para alguém me dizer. Ele me tirou do time principal, me deixou no reserva e ainda disse que eu nem vou jogar no reserva!

Emily, que até então estava quieta, interveio:

— Eu nunca vi alguém do último ano não ser colocado no time principal. Isso não é normal, ainda mais no início da temporada.

— Tá vendo? Isso é uma humilhação! — eu disse, exasperada.

Todos ficaram em silêncio.

— Mas, querida... — Emily voltou a falar — Sei que você está sofrendo, mas acho que não deveria desistir. Aguente mais um pouco. Vá ao jogo daqui a dois dias e veja como se sente.

Não! Eu não queria ir a jogo nenhum. Queria sair daquele lugar o mais rápido possível. Estava acabando com minha saúde mental.

— Sair do time de softbol é um absurdo! E você vai fazer o quê? Voltar para as *cheerleaders*? — perguntou Adam, com um toque de desdém.

Era exatamente isso que eu faria, mas não quis dizer naquele momento.

— Tente aguentar um pouco mais no softbol — Emily pediu novamente.

— Estar num time de softbol é muito importante! — Adam insistiu, antes de sair da sala, ainda inconformado.

Não. Não era importante para mim.

Me sentei no sofá, com vontade de chorar. Ninguém parecia entender o que eu estava sentindo. Emily saiu atrás de Adam, me deixando sozinha com Josh.

— Michelly — ele disse, sentando ao meu lado.

Eu continuei olhando para o chão, arrasada. Se ele fosse dizer as mesmas coisas, eu não ia aguentar.

— O que você quer? Ficar ou sair do softbol? — ele perguntou, direto.

Levantei a cabeça e o encarei antes de responder:

— Sair.

— Então pronto. Você já tem a sua resposta.

Do jeito que ele falou, parecia tão simples. E talvez fosse mesmo.

— Mas... ninguém concorda com a minha decisão...

— Quem é que está sofrendo com isso? Você ou eles?

— Eu.

— Pois é! Quem tá sentindo na pele é você e não eles. Então a decisão de ficar ou sair tem que ser sua.

Meu coração se apertou. Ele estava certo.

— Sei que minha *host family* quer o melhor para mim, mas eles nunca passaram por preconceito por serem americanos. Não sabem como dói.

— Esse treinador é um idiota. Você tem que sair mesmo! Seu intercâmbio está quase acabando. Para que gastar esse tempo assim?

Eu o olhava, surpresa por ele me entender tão bem. E aqueles olhos azuis...

— Seus olhos são tão azuis... — soltei, sem pensar.

— O quê?

— Quero dizer... o céu do Arizona é tão azul.

— O céu do Arizona?

— Esquece... — falei, levantando. — Difícil de explicar, mas é isso! Você tem toda razão. Eu vou sair do softbol e voltar para o time das *cheerleaders*. Não tem sentido ficar onde não sou bem-vinda.

E foi o que fiz. Quando voltei para as Pinax, fui recebida com uma verdadeira festa. As meninas choraram de emoção, felizes por estarmos juntas novamente.

No mesmo dia, celebramos o título de campeões de basquete conquistado pelo Logan.

Mas, por mais que quisesse ficar na quadra, comemorando minha volta, eu precisava sair.

Havia uma pessoa muito especial fazendo aniversário naquele dia.

CAPÍTULO 38
Feliz Aniversário para... quem?

Cheguei em casa correndo. Era aniversário do Josh, e eu estava mais do que ansiosa e animada para comemorar aquele dia tão especial ao lado dele.

A família estava reunida em volta da mesa, cantando "Parabéns pra você!". A música já estava pela metade, mas mostrei minha animação entrando na cantoria, batendo palmas e pulando. Lá nos Estados Unidos — não apenas em Westfield —, as celebrações de aniversário são muito contidas. Até um pouco desanimadas, eu diria.

Com o "parabéns" finalizado, eu estava torcendo para que todos fossem embora logo. Queria entregar meu presente ao Josh sem ninguém por perto. Tinha comprado uma bola de futebol americano e um boné que tinham custado quase um rim de tão caros. Estava com vergonha de dar o presente na frente de todo mundo. Não queria que começassem a provocar ou insinuar que eu pudesse ter algum sentimento especial por ele.

O que, no fundo, era a mais pura verdade.

A cada dia, por mais que tentasse negar, meu coração batia mais forte pelo Josh. Eu sabia que ele provavelmente não era o cara certo para mim. Filho do meu *host* pai, que adorava me chamar de feia sempre que podia, e alguém que só me via como amiga — e essa era a parte mais difícil. Como fazer aquele garoto me olhar de outro jeito?

Na verdade, eu sabia que a pessoa certa para mim era o Logan. As redes sociais iam amar. Eu, *cheerleader*. Ele, jogador de futebol americano e de basquete. O casal perfeito de um filme americano. O engajamento seria incrível. Além disso, Logan era perfeito: educado, bonito, atencioso.

Mas o coração não seguia roteiros, e o meu não batia por ele. Não dá para explicar, só sentir. O que eu sentia pelo Josh era cada vez mais forte. Ele era engraçado, me entendia e, além de tudo, lindo. Só tinha um defeito: parecia não saber que eu existia.

E o tempo estava contra mim. Faltavam menos de dois meses para o fim do meu intercâmbio. Eu não sabia quando ele iria embora. Como sempre, ele surgia do nada e desaparecia do nada, já que morava na cidade vizinha e nunca dormia na casa da *host family*.

Aproveitei que quase todo mundo já estava no quintal brincando com as crianças e me aproximei dele.

— Josh, comprei um presente para você.

— Para mim? Poxa, não precisava...

— Vem cá — chamei, conduzindo-o para um canto entre a sala e a cozinha, onde meu presente estava escondido. Entreguei o pacote rapidamente. Não queria que ninguém nos visse. — Feliz aniversário! — disse, animada.

Ele pareceu surpreso, claramente não esperava por um presente.

— Ah, obrigado! — disse pegando o pacote e abrindo. Quando viu que era uma bola de futebol americano, parecia estar nas nuvens. — Nossa, que incrível!

Esperei que ele me abraçasse, mas americano não abraça nem para agradecer. Ele manteve a distância, e eu sabia que precisaria fazer algo para, pelo menos, roubar um abraço naquele momento. Afinal, era aniversário dele.

Sem pensar muito, simplesmente o abracei, no susto.

— Parabéns!

Ele ficou sem jeito, imóvel, como todo americano quando é pego de surpresa com um abraço repentino. Sem saber se retribuía ou saía correndo.

Então, ouvimos um barulho de copos quebrando.

Me afastei dele e olhei para ver o que tinha acontecido. Stephanie estava ali, com uma bandeja nas mãos, e todos os copos tinham caído no chão.

— Me desculpem... Eu tropecei... — disse nervosa, tentando se justificar.

— Não tem problema. Vamos te ajudar. — respondeu Josh, prontamente se abaixando para recolher os cacos.

Eu também ajudei, mas sentia a frustração crescer. Meu pequeno e único momento de roubar um abraço dele tinha acabado de se perder.

— Obrigada por me ajudarem. — disse Stephanie, já se levantando com os cacos na bandeja. Então, virou-se para mim: — Michelly, preciso ir ao Walmart. Não gosto de dirigir à noite sozinha. Vamos comigo?

Eu não entendia por que ela precisava ir ao mercado àquela hora. Além disso, eu estava muito cansada. Tinha tido prova de manhã, treino à tarde e jogo à noite. Ainda precisava gravar vídeos e editar.

— Ai, Stephanie, tô tão cansada... Olha pra mim, ainda tô com a roupa de líder de torcida...

— Por favor! Vai assim mesmo! Não vai ser só uma ida ao mercado, vai ser um passeio que você nunca mais vai esquecer. Eu garanto, confia em mim. — disse, sorrindo.

Ela sabia que eu amava ir ao Walmart. Para mim, realmente era um passeio. O que me custava ir? Só não entendi a parte de que eu nunca mais esqueceria.

*

No carro, ela me deu um sorrisinho, ao qual eu retribuí. Deu partida, mas pegou um caminho oposto ao do mercado.

— Stephanie, o Walmart fica para o outro lado.

Ela não respondeu. Achei que não tivesse ouvido.

Depois de alguns minutos, percebi que estávamos em uma rodovia com o deserto dos dois lados.

— Stephanie, você pegou o caminho errado... Estamos no deserto...

Novamente, ela me ignorou. Então comentou, de repente:

— Eu vi você abraçando o Josh.

— Sim, é aniversário dele. — respondi, tentando soar natural.

Ela apertou o volante com força e acelerou o carro bruscamente. Meu corpo foi arremessado contra o banco.

— É isso que vai acontecer se você continuar dando em cima do Josh! — gritou, totalmente fora de si.

— O quê?!

— Cala a boca! — berrou, jogando o carro em direção a um caminhão e desviando no último segundo.

Eu ia morrer.

Ela gritou novamente, agora apontando o dedo no meu rosto:

— Eu não quero ver vocês dois perto um do outro. Dá o seu jeito de conseguir isso! Eu quero que ele se afaste de você e nunca mais olhe na sua cara! — E, para finalizar, deu um soco no painel do carro — É o que eu quero e é o que você vai fazer! Ainda hoje! — disse dando partida no carro e correndo mais uma vez como uma maluca.

— Stephanie, calma... — tentei dizer, aterrorizada.

— Eu falei pra calar a boca! — berrou, arrancando o laço do meu cabelo e jogando na minha cara. — Eu odeio os seus laços de *cheerleader*! Odeio sua roupa! Odeio tudo em você!

Minha voz falhou. Lágrimas começaram a escorrer pelo meu rosto.

— Se eu te denunciar, em quem a organização vai acreditar? Em mim, americana, ou em você, intercambista problemática? — perguntou, rindo.

Eu não conseguia responder. Apenas chorei.

— Eu quero que você se afaste do Josh! Faça ele se afastar de você! Entendeu?

Assenti, derrotada.

— Eu entendi...

Ela sorriu friamente e acelerou o carro mais uma vez.

Minha vida era um filme, mas, naquele momento, parecia um de terror.

E não, meu intercâmbio não era perfeito como diziam nos comentários dos meus vídeos.

CAPÍTULO 39
Jamais confie demais em quem sorri o tempo todo

Stephanie parou o carro em frente à casa da minha *host family*. Ainda estava desequilibrada, eu sabia disso, só pela forma como segurava o volante. Não esperei por mais nada. Assim que estacionou, saí com tudo, sem olhar para trás. Pelo barulho, percebi que ela deu partida e seguiu para a casa dela.

Sem saber o que fazer, me sentei em uma cadeira que havia na área da frente da casa. Decidi me acalmar um pouco antes de entrar. Fiquei ali por um tempo, chorando e secando as lágrimas como conseguia. Eu não queria que ninguém me visse daquele jeito e, como ainda havia uns quatro carros na frente da casa, dava para saber que nem todos tinham ido embora. Inclusive Josh.

Mal terminei aquele pensamento, e ele abriu a porta da frente, carregando duas sacolas com os presentes que havia ganhado.

— Ah, Michelly! Você já voltou! — disse, surpreso por me ver ali sozinha. — Tá tudo bem?

Eu sabia que ele tinha reparado na minha expressão desolada. Não tinha como disfarçar muito bem.

Levantei na mesma hora, pronta para sair o mais rápido possível de perto dele.

— Sim. Tá tudo ótimo!

— É que parece que... — Ele inclinou a cabeça, me analisando por um momento. — Parece que você estava chorando.

— Não se preocupe comigo. Se eu estou dizendo que estou bem, acredite em mim, eu estou bem! — respondi de forma bem grosseira.

O tom das minhas palavras me machucava. Doía agir assim, mas era necessário. Eu precisava protegê-lo.

Josh piscou, surpreso com a hostilidade.

— Poxa... Calma. Foi só uma pergunta!

— Tô cansada, Josh! Cansada dessa cidade, desse intercâmbio e principalmente de você.

Ele me olhou, confuso com tudo o que eu dizia.

— Eu... Eu não tô te entendendo. Por que você tá me tratando desse jeito? Foi alguma coisa que eu fiz ou falei? — ele questionou, verdadeiramente preocupado.

Eu sabia que, se dissesse qualquer coisa, ele daria um jeito de investigar o que estava acontecendo comigo. Talvez ele se importasse comigo de forma amigável ou fraternal, mas eu precisava, de uma vez por todas, afastá-lo.

Com o coração sangrando, decidi dizer os maiores absurdos que poderia imaginar.

— Na verdade, eu estou te tratando do jeito que você merece! E não estou nem aí para o que você fala, faz ou deixa de fazer! A verdade é que eu nunca te suportei! Esse tempo todo eu fingia que gostava de você, mas eu não aguento mais ficar fingindo. Você é muito chato e inconveniente! Quero distância de você! Se você pudesse não vir mais aqui, ia me fazer um favor!

— Ok. Entendi. — Ele me estendeu uma das sacolas com os presentes que eu havia lhe dado. — Já que você não me suporta, não faz sentido eu aceitar os seus presentes — disse.

Eu quis desistir na mesma hora, mas Josh continuou:

— E pode ficar tranquila que, enquanto você estiver aqui, eu não apareço mais. Sinto muito que minha presença sempre tenha te irritado e que você sempre fingiu que me suportava.

Sem olhar para trás, ele finalizou caminhando até o seu carro, deu partida e foi embora, para nunca mais voltar.

Claro, era tudo mentira. Josh era o cara mais legal que eu já tinha conhecido na minha vida. Nos entendíamos de uma maneira que eu nunca saberia descrever. Não era justo ter feito aquilo com ele.

De toda a perfeição que as pessoas viam nas minhas redes sociais, aposto que nem imaginavam o quanto eu sofria em silêncio dentro do meu quarto, naquela casa.

Eu só queria voltar para casa. Só assim as coisas melhorariam.

CAPÍTULO 40

Chega de garotos! Eu quero é dançar!

Acreditando ou não, arrasada ou não, eu decidi deixar a dor de lado. Não podia desistir do intercâmbio. O que eu diria para a minha *host family*? E para a minha família no Brasil?

Faltava tão pouco para acabar, e eu ainda tinha tantas coisas para viver. Estava animada para ir ao *Prom*, competir no campeonato das *cheerleaders*, viver a formatura. Não! Eu não ia dar esse gostinho para a Stephanie e desistir de tudo. Já tinha desistido do meu amor americano, mas não desistiria de mais nada!

Determinada a ter um fim digno de intercâmbio, cheguei à escola e me sentei em uma das cadeiras da cafeteria. Logo em seguida, Jane e Anna apareceram.

— Eu estou ferrada! Não sei nada da prova de hoje. — disse Anna.

— Nem eu. — concordou Jane. — Não sei nem a metade da matéria!

Permaneci em silêncio. Elas se olharam.

— Tá tudo bem com você? — perguntou Jane. — Você não vai dizer nada? O que aconteceu?

Esse é o problema de ser falante: no dia em que você não está bem, todo mundo percebe.

— Eu estou bem, sim. Só preocupada com a prova. — respondi, tentando soar natural.

Nesse momento, nossa atenção — e a de todos ao redor — foi desviada por um garoto que se ajoelhou e abriu um cartaz para uma menina. Ele a estava convidando para o *Prom*.

Agora era a vez dos meninos fazerem os convites.

— Que fofinho! — exclamou Anna, toda boba.

Sim, muito fofo, mas eu não queria essa fofura para mim. No *Prom*, eu queria ser livre, dançar e curtir com as minhas amigas.

— Ouvi dizer que o Logan vai te convidar para o baile. — Jane desviou o olhar do pedido e sorriu para mim. — Como você o convidou para o de inverno, agora ele vai retribuir.

— Ah, não! Por favor, deem um jeito de falar para ele que eu quero ir ao baile sozinha.

— Sozinha? — as duas falaram juntas, indignadas.

— Exatamente. Sozinha.

Parecia que eu tinha falado a coisa mais absurda do mundo.

— Como assim? Sem nenhum menino para te acompanhar? — Anna perguntou para confirmar.

— Sim. Sem nenhum menino para me acompanhar. No último baile, tinha vários meninos sem parceira, e eles foram de boa. Já as meninas, se não têm um parceiro, nem vão. Por quê? Nós também podemos ir sozinhas!

— Mas... mas... — Anna não conseguia nem formular uma pergunta.

— Me ajudem a espalhar que eu vou ao baile sozinha — pedi novamente. — Não quero ser convidada por nenhum garoto. — Olhei para as duas, séria. — Entenderam? Eu vou sozinha!

*

Mas a notícia não se espalhou exatamente como eu queria. Ninguém parecia acreditar.

— Ninguém tá acreditando que você não quer ser convidada... — disse Jane, durante a aula de inglês.

Eu suspirei longo e fundo. Estava triste e sem paciência para convites dessa vez. Se eu tivesse um par, teria que agradá-lo na festa, sair na hora que ele quisesse e dançar só quando ele quisesse. Dessa vez seria diferente. Eu seria minha prioridade.

Ainda ignorando o que Jane disse, notei que um garoto se sentou ao meu lado na aula.

— Oi, Michelly! — cumprimentou. Até hoje não sei o nome dele. — O *Prom* está chegando. Você já tem par?

— Não tenho, e não quero ter. Vou sozinha mesmo.

— Como assim?

Eu não entendia por que era tão absurdo uma garota ir desacompanhada. Muitos meninos iam. Por que nós, meninas, não poderíamos fazer o mesmo?

E não parou por aí.

Eu estava indo para a aula de dança quando dois meninos me chamaram no corredor.

— Michelly!

— Oi... — respondi, virando para eles.

Um deles se aproximou mais.

— Então... Estão dizendo por aí que você não quer ser convidada para o *Prom*. Mas, claro, isso é mentira, né? Uma fofoca mal contada. Só queria saber se você já tem par ou como prefere ser chamada.

— Ah... — sorri de lado, irônica. — Então! Não é fofoca mal contada, não! Eu não quero ser chamada mesmo. Vou sozinha ou com alguma amiga, não sei. Só sei que vou sozinha!

Os dois se olharam, tão surpresos quanto Anna e Jane quando ouviram a mesma coisa.

— Você o quê? — perguntou um deles, incrédulo.

*

Já no treino das *cheerleaders*, estávamos aquecendo. O assunto era todo sobre o *Prom*: quem convidou quem, quem não foi convidado, quem iria, quem não iria.

— Hoje o Jhonatan me chamou — anunciou Jane. — Tudo bem que eu queria o Rick, mas melhor do que ninguém!

— Eu vou com o Daniel. Não era o que eu queria, mas melhor que nada... O problema é que ele não gosta de dançar, então vou passar a noite toda sentada — comentou uma das meninas.

Sem pensar, falei com naturalidade:

— Pois eu continuo com o meu objetivo de ir sozinha. Ou com alguma amiga legal que ainda não tenha par.

— Mas por quê? — Anna quis saber. — Você poderia ser convidada por vários meninos.

— Porque eu quero ser livre! Dançar a hora que eu quiser, sentar e levantar sem me preocupar se o meu par quer ou não.

As meninas pararam de se aquecer, surpresas. Se entreolharam, pensativas.

— Eu queria ter a sua coragem — disse Anna. — Não vou ao *Prom*. Ninguém me convidou.

Eu fiquei olhando para ela, aquela menina maravilhosa que eu tanto amava. Ela deixaria de ir ao *Prom* só porque ninguém a convidou? Que absurdo! Ela deveria ir porque merecia se divertir, não porque tinha ou não um par.

— Então vamos juntas, Anna!

— Com você?

— Sim, comigo! Quer que eu faça um cartaz? — perguntei, rindo.

Ela achou graça da ideia do cartaz e riu também.

— Há meninos que vão com o grupo de amigos. Por que nós, meninas, não podemos fazer o mesmo?

Elas ficaram quietas, sem saber o que dizer.

— Será que é porque são meninos? E nós, se não temos par, temos que ficar em casa? — continuei.

— Mas... o que vão falar? — perguntou Anna.

Eu já tinha passado da fase de me preocupar com o que os outros iam dizer.

— Não estou nem aí para o que vão falar.

— Você é doida. Mas eu... — Anna parou, pensativa. Eu sabia que as pessoas podiam ser cruéis quando algo fugia do comum. E eu sabia que Anna estava pensando nisso também. — Que se dane! Eu vou com você!

Eu a abracei na hora, toda feliz.

— Vamos nos divertir muito, amiga! Muito!

— Vamos, sim! Apesar de que o dia vai ser corrido. É o mesmo do campeonato — Anna me lembrou.

— Por ser corrido, vai ser inesquecível!

Eu precisava dessa esperança para continuar.

Reta final!

Eu precisava viver aqueles últimos momentos da melhor forma possível. Participar do último campeonato das *cheerleaders* e do *Prom* eram as esperanças que eu precisava.

— Você já pensou em se candidatar para Rainha do *Prom*? — perguntou Jane. — Você tem o perfil perfeito.

— E como faço? — perguntei, interessada.

— É só preencher o formulário que veio no e-mail.

Que formulário? Não recebi nada.

— Não recebi e-mail nenhum.

— Todo mundo recebeu.

— Vai na secretaria. Lá deve ter formulário. — disse Jane.

Cheguei em frente à secretaria e respirei fundo antes de entrar. A senhorinha, como sempre, não parecia nem um pouco disposta a me ajudar.

— Olá! Bom dia! — cumprimentei. Ela não respondeu. Me sentei. — Quero me inscrever para Rainha do *Prom*.

— Rainha do *Prom*? — perguntou, séria.

— Sim. Não recebi o e-mail.

Ela tirou os óculos, já impaciente.

— Você não pode se inscrever. Intercambistas não podem ser Rainha do Baile.

— Intercambista ou não, sou aluna da escola.

— Você é apenas intercambista. Não é como as outras. Não pode se inscrever. Entendeu?

Ela abaixou o queixo, me olhando de forma cortante, claramente querendo que eu fosse embora.

— Você tem mais alguma coisa para dizer?

Eu queria, mas já estava envolvida em confusões demais.

Infelizmente.

CAPÍTULO 41
Viver em um filme é cansativo, mas vale a pena

— Arrume-se comigo para participar do campeonato de *cheerleader*! O último do meu intercâmbio!

Eram exatamente duas e quinze da madrugada, e eu já estava acordada, me maquiando e gravando. Praticamente nem tinha dormido. Mas quem quer trabalhar com rede social é isso. Não tem sábado, domingo e nem feriado. O dia vira madrugada, e a madrugada vira dia. Como o jogo era em outra cidade, se eu quisesse ter material para postar, precisava me esforçar mais do que o normal.

E não era só gravar, tinha que dar um jeito de deixar tudo editado para que, quando chegasse a hora de postar, estivesse prontinho.

Fui de carona com Anna e seus pais. Enquanto todo mundo dormia, eu editava.

Nesta competição, as etapas seriam todas no mesmo dia, diferente do campeonato anterior, que era dividido em dois.

Já no estádio, estávamos todas reunidas e as treinadoras no meio. Estávamos aguardando para fazer nossa apresentação. E adivinhem para o quê? Para a grande final! Final! Nós nos classificamos para a final! Dá para acreditar nisso?

— Vamos lá, meninas! Nossa chance é agora. Vão com tudo! — disse a treinadora Keity, nos incentivando.

Quando nosso time foi chamado para a apresentação, o frio na barriga aumentou demais. Juro por tudo que até me deu vontade de ir ao banheiro.

Desta vez, a competição era realizada em cima de um palco, diferente da anterior. A treinadora correu para ficar embaixo do palco, bem de frente para a gente. Ela ficaria ali contando os passos da nossa coreografia e nos ajudando no que fosse preciso.

A música começou a tocar e, bem concentradas, iniciamos nossa apresentação. Era o nosso momento! Senti que poderíamos sair vitoriosas dali. Mas, mal acabei de pensar sobre essa possibilidade e, para nosso desespero, a música parou no meio da apresentação. Isso mesmo. Parou do nada. Do mais absoluto nada.

Nos olhamos meio desesperadas, mas não perdemos o sorriso nem a concentração.

E o que fizemos? Continuamos como se nada tivesse acontecido.

A treinadora continuou contando os passos:

— Um, dois, três, quatro...

Sem a música, nos guiamos pela contagem de passos. Era o que tínhamos que fazer. Parar e ver o que estava acontecendo era fora de cogitação.

Um time adversário, ao perceber nossa dificuldade, começou a acompanhar a contagem, e assim outro time, outro... E quando percebemos, o estádio inteiro estava contando os passos conosco.

— Um, dois, três, quatro... Um, dois, três, quatro...

Foi muito emocionante. De arrepiar e de chorar. Todas ali, nossas concorrentes, se solidarizando e contando cada sequência de números para nos ajudar. Ao fim da apresentação, fomos ovacionadas. Plateia de pé e palmas sem fim.

Nos curvamos, agradecendo os aplausos, e em seguida caminhamos para a saída do palco.

Longe dos olhares de quem pudesse nos ver, desabamos de ansiedade, medo e, claro, cheias de lágrimas.

— Perdemos, né? — Uma das meninas disse, choramingando.

— Como que a música para? Meu Deus!

Apesar do desânimo, eu tinha esperanças. Poxa, a plateia tinha ajudado, não tinha? Quem sabe tivesse tocado o coração dos jurados, lá no fundo. Tinha sido tão lindo todo o estádio contar com a gente os passos da coreografia. Sei lá, às vezes algumas coisas na vida dão muito errado para darem muito certo depois.

E nessa montanha-russa de emoções, chegou a hora do locutor anunciar as campeãs do campeonato.

Chamou o terceiro e o segundo lugar. Não tínhamos aparecido em nenhuma classificação antes. A esperança estava começando a morrer e a murchar, mas, quando o locutor decidiu que anunciaria a escola vencedora, todas nós demos as mãos.

Era o nosso último campeonato. Querendo ou não, tínhamos dado o nosso melhor. Passado dias e tardes inteiras ensaiando, até mesmo à noite. Eu estava feliz em poder encerrar meu intercâmbio ao lado delas, em grande estilo.

— E agora, sem mais interrupções. — A voz eletrônica do locutor soou pelo estádio. Apertei as mãos das minhas amigas o mais forte que consegui e fechei os olhos, desejando demais. Depois de um ano intenso e conturbado, seria incrível ser campeã.

— As grandes campeãs foram as *cheerleaders* da *Williams High School*!

Tanta luta, tantos roxos pelos corpos, tantas lágrimas, a música que travou logo no comecinho... E no final disso tudo fomos campeãs! Campeãs!

Eu sabia que tinha prometido a mim mesma que seria um momento inesquecível, mas não tinha ideia do quanto. Com a concretização de que éramos vencedoras, eu sabia que tudo estava, aos poucos, valendo a pena. Eu era muito feliz, apesar do que vinha passando. Muito.

CAPÍTULO 42
Última dança!

Finalmente o tão esperado *Prom* havia chegado!

Mas, diferente dos meus sonhos quando estava no Brasil, eu não ia acompanhada por um menino. E por pura opção! A única coisa que eu lamentava era não ter a tão sonhada valsa do *Prom*. Mas tudo bem! Um dia, eu teria a chance de dançar a valsa com alguém que eu realmente gostasse.

Para aquele baile, comprei um vestido vermelho lindo e longo, exatamente do jeito que eu queria. Mais uma vez, me senti uma princesa. Me maquiei, enrolei o cabelo e, em tempo recorde, estava pronta.

Desci as escadas, e meus pais anfitriões estavam me esperando, como sempre.

— Você está linda, Michelly! — disse a mãe muito carinhosa. Ela pegou uma caixinha das mãos do pai anfitrião: — Já que você não vai ter um par para te dar a flor no pulso, compramos uma para você — disse, abrindo a caixinha.

A pulseira tinha várias flores rosas e brancas. Era muito linda e delicada, e combinava com o meu vestido e com a minha maquiagem. Eles eram as pessoas mais fofas que eu conhecia.

— Ah, muito obrigada! — disse emocionada, abraçando os dois ao mesmo tempo.

Fiquei tocada com a atitude deles. Emily e Adam sabiam, mais do que ninguém, o quanto usar aquela flor no pulso era importante para mim.

*

No baile, eu não poderia estar mais feliz.

A festa estava linda e animada. Igual ao Baile de Inverno, as meninas usavam vestidos longos e as tradicionais flores no pulso. Os meninos vestiam ternos. E, exatamente como no Baile de Inverno, alguns usavam chapéus e cintos com fivelas no maior estilo *cowboy*.

Dancei muito com a minha amiga Anna. Tudo o que queríamos fazer, nós fazíamos sem pensar em nossos pares. Afinal, ela era o meu par e eu era o dela. Simples assim. Tirei o sapato, pulei, gritei. Extravasei tudo o que precisava.

Minhas amigas que foram acompanhadas, em sua maioria, estavam sentadinhas com o par ou até sozinhas, esperando o menino voltar de algum lugar.

Logan passou por mim e me cumprimentou com um leve aceno de cabeça. Ele estava acompanhado por uma menina muito fofa, que era do time das líderes de torcida. Ela sorriu para mim, e eu sorri de volta. Achei que formavam um casal lindo.

Eu sabia que poderia estar no lugar dela. Mas estava tão bem do jeito que estava que, juro, em nenhum momento me arrependi de ter ido ao *Prom* com a minha amiga.

Muita gente cochichava por onde passávamos. Eu não liguei para os comentários, e Anna também não. Estávamos felizes e livres, sem nenhum garoto no nosso pé.

E como a vida era uma montanha-russa surpreendente, não acham?

No Baile de Inverno, Isabel — lembram dela? A menina que era minha melhor amiga, que eu protegia como uma irmãzinha caçula e que me apunhalou pelas costas quando menos esperei — estava sentada sozinha num cantinho do salão. Se fosse naquela época, eu já estaria brigando com o garoto que a tivesse deixado sozinha, mas... como não éramos mais amigas, a vida de Isabel não era mais da minha conta.

E Caroline, que me odiava, dessa vez foi uma das que mais ficou comigo e com Anna, dançando muito com a gente.

Quem poderia imaginar? Há quatro meses, Isabel, que era minha melhor amiga, hoje era uma total estranha. E Caroline, que passava por mim e virava a cara, hoje estava dançando comigo como se me conhecesse a vida inteira.

A vida é uma caixinha de surpresas.

Em um determinado momento, depois de tanto dançar e rir, fui pegar um refrigerante na mesa de bebidas e, ao me virar, esbarrei em Logan, que estava parado na minha frente.

— Ah, Logan... me perdoa! Te molhei? — perguntei automaticamente, passando a mão pelo terno dele, tentando limpar um pouco do que havia molhado.

Ele pegou na minha mão. Parei de respirar, surpresa com sua atitude.

— Não foi nada. — Me encarou de forma intensa. O que será que ele queria? — Ah, Michelly. Você sabe, não é? Era para você ser meu par no *Prom*. Por que não quis que eu te convidasse?

Eu o olhei sem graça. O que responder numa hora dessas? Eu não sabia como dizer que estava apaixonada por outro. Não sabia como dizer que não queria criar expectativas nele. Nunca quis dar esperanças para Logan.

— Não é nada com você. Você é um cara incrível! O problema sou eu mesma — disse, puxando levemente minha mão de volta. Ele não ofereceu resistência. — Mas estou bem feliz que você veio com uma garota maravilhosa.

Ele sorriu, mas não era um sorriso feliz. Era triste e apagado.

— Você vai fazer falta quando for embora, Michelly.

Eu concordei com a cabeça, meio que entendendo.

Era fato. Logan gostava de mim e eu, um dia, já tinha gostado dele também. Mas era tarde. Com todas as regras que os americanos tinham com namoro, acabei não me conectando de volta nessa quedinha que alimentei por algum tempo.

— Você poderia ter me dito isso no Baile de Inverno, Logan. — disse, saindo e andando até a pista de dança.

*

Cheguei em casa, com os sapatos nas mãos. Donna, a cachorrinha da família, correu em minha direção assim que me viu.

— Não! Não late!

Como sempre, ela latiu. Toda vez, ela latia, acordando toda a casa.

— Ah... — me abaixei e lhe fiz um carinho — Você é muito fofa, garota, apesar de não me obedecer.

Ela deu um novo latido, balançando o rabo, feliz.

Subi para o meu quarto e me encostei na porta.

Que dia cheio e intenso, viu?

Campeã de manhã, baile à noite. Todos os meus sonhos de intercâmbio estavam se realizando e, ao mesmo tempo, chegando ao fim.

Minha atenção se desviou para o boné que estava em cima do balcão. Era o boné do Josh que eu tinha "roubado" na vez que fomos no esgoto.

O que ele devia estar pensando de mim? Que eu era uma louca que havia o mandado embora da casa do próprio pai.

Fiquei imaginando como teria sido mais fácil se eu tivesse me envolvido com Logan. Teria sido o par dele no *Prom*. Possivelmente, estaríamos namorando. O veria todos os dias. Enquanto isso, o garoto que mexeu com o meu coração estava longe e me odiando.

Desde o momento em que me sentia sozinha, tanto no Brasil quanto nos Estados Unidos, joaninhas apareciam inesperadamente. Sempre pensei que elas apareciam como um sinal. Um sinal de que as coisas ficariam bem e que eu voltaria a sorrir logo. Joaninhas eram a minha marca registrada e, além de Pompom, eram o que me traziam força em momentos difíceis.

E, quando menos esperei, uma delas apareceu na minha janela.

CAPÍTULO 43
Será que estou sonhando?

Os dias foram passando, e precisei de muita calma para conseguir seguir em frente. E estava funcionando, principalmente porque meu aniversário estava chegando.

Uma curiosidade sobre mim: nasci exatamente em 05/05/05. Não é difícil entender por que meu número da sorte é o cinco, né?

Aquele seria um dia ainda mais especial, porque eu faria dezoito anos! Acho que toda garota sonha com duas datas: completar quinze anos e fazer uma mega festa e, depois, fazer dezoito anos. São idades extremamente marcantes.

Completar a maioridade tinha algo mágico. Poderia fazer mil coisas, como tirar carta de motorista, não precisar de permissão de responsáveis para sair ou me divertir. Eu poderia fazer o que quisesse, desde que fosse legalmente aceito, lógico.

Mas, com dezoito anos e prestes a ir embora — o que aconteceria em exatos dezoito dias —, eu estava aliviada porque não seria mais refém das chantagens da cobra da Stephanie. Pensar naquela garota me fazia muito mal. E eu tinha que agir para que ela não aparecesse e estragasse o meu dia. Ela já tinha tirado muito da minha paz e do meu intercâmbio. Faltando pouco para voltar para casa, ela não teria o direito de fazer mais nada contra mim.

Desci para o café da manhã superanimada. Era o meu dia. Minha *host* mãe estava tão animada quanto eu.

— Parabéns, Michelly! Feliz aniversário! — Emily disse, me dando um longo abraço.

— Obrigada, Emily!

— Nosso jantar será bem especial! Num restaurante que você vai amar!

Eu estava muito agradecida. Emily e Adam eram uns verdadeiros amores comigo. Mesmo com os planos para a noite, sorri nervosa. Era hora de fazer um pedido que ela poderia achar estranho.

— Vou amar, sim! Tenho certeza. — Respirei fundo, segurando as minhas mãos para tomar coragem. — Emily, será que posso pedir uma coisa? — perguntei. Ela, que estava arrumando a mesa para o café da manhã, apenas sinalizou com a cabeça que eu podia continuar. — Então, eu gostaria que a Stephanie não fosse convidada para o jantar do meu aniversário. Será que seria possível?

Infelizmente, Emily parou de sorrir na mesma hora.

— Como é? Eu entendi direito? — perguntou, séria. — Não chamar a Stephanie?

Como explicar sem dizer o que estava acontecendo?

— Então... — Apertei minhas mãos de novo. — É que hoje eu queria que fosse um encontro mais familiar. Eu sei que ela é quase da família, uma vizinha muito querida, mas queria que fosse apenas a gente, entende? Depois eu faço um programa de despedida só eu e ela! — menti. Claro que era mentira. Eu não queria nunca mais ver aquela garota horrível na minha vida.

— Tudo bem, então. É seu aniversário. Você que sabe. — Ela concordou, embora não parecesse entender muito bem o motivo. Americano era assim: não contestava, apenas respeitava.

Tive que me controlar para não dar um pulo de alegria ao saber que Stephanie não seria convidada.

Emily continuava preparando o café enquanto eu apertava bolinhas de brinquedo que estavam em cima da mesa. Queria muito perguntar se ela sabia se Josh iria ao jantar, mas não sabia como questionar sem parecer muito interessada.

Ela estava passando creme de amendoim em uma torrada. Nossos olhares se encontraram sem querer, e eu sorri sem graça.

— Tá calor hoje, né? — perguntei.

Para nós, brasileiros, esse tipo de conversa é normal, mas para eles é um assunto sem sentido. Ela até demorou um pouco para responder.

— Sim, verdade. Tá calor, sim...

Dei um sorrisinho sem graça, já arrependida da pergunta.

— Estou tão ansiosa pelo jantar! Será que todo mundo vai? O Steve? O Josh? — perguntei de uma vez.

— O Steve vai. Claro! Seu irmão mais novo! — respondeu sorrindo. — Agora, quanto ao Josh, ele me disse que não vai poder aparecer.

Meu sorriso desapareceu. Stephanie tinha conseguido o que tanto queria. Josh me odiava e não queria me ver nunca mais.

Emily continuou, aparentemente sem perceber a minha decepção.

— Aliás, ele sumiu, não é? Faz muito tempo que ele não aparece por aqui. Por que será?

Infelizmente, eu sabia a resposta, mas não podia contar.

— Hum... eu não faço a menor ideia! — menti mais uma vez. — Talvez esteja trabalhando muito.

— Sim. Pode ser. Bom, eu sei que você queria toda a família reunida, mas tenho certeza de que, mesmo que a gente não consiga reunir todos, você terá uma noite incrível!

Sorri. Era bom que Emily pensasse assim, porque, falando a verdade, eu sabia que, sem o Josh, nada seria incrível.

*

O restaurante do meu aniversário era bem legal. Meio rústico, no meio do mato, bem isolado de tudo. Esse isolamento todo o tornava especial, pois, como não havia luzes no entorno, dava para ver o céu lindo e todo estrelado ainda melhor.

Quando cheguei, fiquei emocionada ao ver o bolo em uma das mesas. Ele era lindo, decorado com joaninhas. Emily sabia que eu amava as joaninhas, meu símbolo de superação e vitória.

Praticamente toda a família estava presente, animados, conversando e rindo muito. Todos... menos eu.

Fingia que estava feliz, mas lá no fundo estava triste. Desde o dia em que Stephanie fez aquelas chantagens horríveis, eu vivia tensa e preocupada.

Bebi um pouco de água. Estava me sentindo deslocada.

Olhei para o meu celular, na esperança de receber alguma mensagem de parabéns do Josh. Mas não tinha nada.

Do que eu estava reclamando? Ele achava que eu o odiava. Por que mandaria uma mensagem de feliz aniversário?

Suspirei, desolada.

Quando levantei os olhos, dei de cara com ninguém mais, ninguém menos que o próprio Josh abrindo a porta do restaurante.

Era real mesmo? Ele estava ali?

Não tive como disfarçar. Meu sorriso foi de orelha a orelha. Não dava para esconder o quanto eu estava feliz.

Ali, no meu aniversário, decidi que ninguém mais mandaria em mim ou me diria como viver minha própria vida. Eu iria embora em breve, me formaria no *High School*, na escola e na cidade dos sonhos.

Ali, decidi que eu seria feliz.

E eu beijaria o Josh naquela noite.

Estava mais do que decidido.

*

Eu jamais imaginei que, nos meus dezoito anos, o "Feliz Aniversário" seria cantado em inglês, durante o meu intercâmbio.

— Agora corta o bolo! — disse uma das *host* primas.

— Vou cortar, sim! De baixo para cima!

As pessoas se entreolharam. Alguém perguntou:

— De baixo pra cima? Por quê? Como assim?

Não sei se apenas no Brasil as pessoas têm essa superstição. Mas, desde criança, fui ensinada a cortar o bolo assim. E tem uma explicação: é para dar sorte. Para "subir" na vida. Progredir. Ter sucesso.

Obviamente, ninguém entendeu o motivo. Resolvi deixar a explicação para lá. Era cansativo. E eu não estava com paciência para falar sobre minha vida no Brasil.

Eu estava era ansiosa para ficar a sós com o Josh.

Com todos comendo e rindo, aproveitando o bolo, tomei coragem e me aproximei dele. Ele havia ficado distante o tempo todo, do outro lado do restaurante. Só tinha me cumprimentado de muito longe, e só.

Cheguei sorrindo, sem saber o que dizer.

— Oi, Josh! — disse apenas.

— Olá — respondeu muito educado, mas ainda frio.

O que dizer para ele depois de tudo de horrível que eu tinha dito?

— Eu... Eu fiquei muito feliz que você veio no meu aniversário.

— Eu só vim porque a Emily insistiu muito — respondeu, sem me encarar. — Na nossa última conversa, você deixou bem claro que não me suportava e que não me queria por perto — finalizou me encarando e, em seguida, abaixando o olhar.

Ele tinha toda razão. Eu tinha dito tudo aquilo mesmo.

— Às vezes, a gente diz o que não quer dizer... — disse com sinceridade.

Como explicar que eu tinha sido chantageada?

Suspirei fundo. Ele estava muito chateado comigo. Que merda!

— Entendi. Bom, eu preciso ir... — disse, querendo encerrar o assunto.

— Espera! Por favor, eu preciso tirar fotos para o *Instagram*. Preciso postar uma foto de dezoito anos. Você poderia tirar para mim?

Eu sabia que ele não se recusaria. Os americanos eram muito educados.

— Poderíamos ir para fora? — perguntei, apontando para a parte exterior do restaurante. — Me parece que lá fora é bem bonito. Por favor! Eu preciso dessa foto para postar no *Instagram*! E eu já pedi para todo mundo, e ninguém quer tirar.

Era mais uma mentira, mas nada além disso faria Josh me acompanhar.

Apesar do céu estrelado, o lugar estava meio escuro. Ou seja, tinha uma péssima iluminação para uma foto. Mas me fingi de plena! Com o flash e a pouca luz do lugar, essa foto teria que sair.

— Então... — comecei, sem saber o que dizer. — Esse lugar é bem legal. — Olhei para o lado, tentando encontrar o melhor cenário para a foto. — Meu Deus! Tem um penhasco aqui?

Ele me acompanhou de perto.

— É um lugar bem interessante, sim — comentou. — Foi aqui que Emily e Adam se casaram.

Nossa, que lugar cheio de significados!, pensei, toda animada.

Nos sentamos perto do penhasco, longe o bastante para não ter nenhum tipo de acidente, claro.

O céu estava lindo, capaz de aparecer uma estrela cadente a qualquer momento. Mas eu não estava me importando muito com isso. Se eu conseguisse fazer as pazes com o Josh, nem precisava de estrela cadente. E, se a gente se beijasse, melhor ainda. Para quê estrela cadente, se o que eu mais queria estava ali bem pertinho?

— Lembra muito o céu daquele dia no esgoto... — eu disse.

— Lembra mesmo... — ele concordou.

Josh não parecia querer sair correndo de perto de mim, o que era uma grande sorte.

Suspirei fundo, tomando coragem.

— Eu sei que eu não entendo muito de estrelas. Que, na minha cidade, confundo a luz do helicóptero com o brilho de uma estrela, por exemplo. Mas queria que você soubesse que um dos momentos mais legais da minha vida foi naquele dia no esgoto. Ver aquele céu lindo como o de hoje foi uma experiência que nunca vou esquecer — comecei, firme. Ele ficou em silêncio. — E eu queria que você soubesse que nada daquilo que eu disse naquela noite foi verdade. Eu nunca fingi que gostava de você, porque eu sempre gostei de você. Na verdade, eu gosto de você até demais. Mas... tentaram nos separar, e eu tive que dizer aquelas coisas horríveis.

Ele me olhou, surpreso com aquela revelação.

— Como assim? Quem quis nos separar?

Eu não queria dizer tudo o que tinha acontecido. Era desgastante para mim, seria para ele também, e eu não sabia o que a Stephanie poderia aprontar contra a gente.

— Esquece isso. Só acredita que nada do que eu disse naquela noite era verdade — garanti. — Sabe aquela música da Taylor Swift?

— Foi a Taylor Swift quem quis separar a gente? — perguntou, sério.

— Não! — respondi, rindo.

Ele não aguentou e riu também. Me senti muito bem. Ele sorrir junto comigo era um ponto muito positivo.

— Esquece essa coisa de separação. Pelo menos por agora. — Respirei fundo. — O que eu quero te dizer é que... sabe aquela música da Taylor Swift, *Enchanted*? Então... foi nessa música que pensei quando te vi pela primeira vez. E é nessa música que penso agora, aqui com você, vendo esse céu cheio de estrelas. Encantada!

Ele concordou com a cabeça, mas não parecia que diria algo a mais. Então, levei aquilo como um sinal.

Não tinha mais nada que eu pudesse dizer ou fazer. Com toda a coragem do mundo, e feliz pelo meu aniversário, o beijei ali mesmo.

Eu tinha poucos dias pela frente. Se fosse esperar por ele, eu iria embora, e Josh nem teria pegado na minha mão. Eu não tinha tempo e nem queria esperar pela atitude dele.

De início, ele ficou totalmente surpreso com a minha atitude, mas correspondeu.

Quando o beijo acabou, ficamos nos olhando. Como se fosse pela primeira vez.

— Eu... — Ele respirou fundo, parecendo contente. — Eu também fiquei encantado por você.

CAPÍTULO 44
Emocionada e brasileira

Depois daquele momento e beijo perfeitos, eu estava de muito bem com a vida. Muito.

Tão, mas tão feliz, que cumprimentava com a maior alegria todas as pessoas que passavam por mim no corredor. Eu estava tão radiante que queria compartilhar minha felicidade com o mundo inteiro.

Cheguei na sala de aula toda sorridente. Mal sentei na minha carteira e os dois meninos que sempre faziam perguntas idiotas sobre o Brasil, Kyle e Cody, se aproximaram de mim.

— Michelly! — Kyle disse, sorrindo. — Fala pra gente...

— Já sei! Curiosidades sobre o Brasil, né? Ok! Estou de bom humor. O que vocês querem saber?

— É rapidinho! — garantiu Cody. — É verdade que no Brasil vocês têm leões como bichos de estimação?

Era sério aquilo? Como Kyle e Cody conseguiam ser tão sem noção? Meu Deus...

— Sim, nós temos! — resolvi mentir. Não era o que eles queriam ouvir? — Todo mundo tem um leãozinho de estimação! Eu mesma tenho dois!

— Uauuuu! — exclamaram juntos, impressionados.

Eu sabia que era maldade, mas depois de tantas perguntas idiotas, achei que eles mereciam respostas idiotas também.

— Uma última pergunta. — pediu Kyle. — Como são as ruas no Brasil?

— Como assim?

— Tem cipós nas ruas? — ele finalizou a pergunta.

Cipós? Aquilo que o Tarzan vive se pendurando nos filmes?

— Sim! Temos várias árvores com cipós nas ruas. Em São Paulo, então, é o que mais tem! As pessoas vão se locomovendo, pulando de cipó em cipó. Inclusive, tem uma avenida lá que se chama Avenida Paulista. É a rua que mais tem cipós no Brasil inteiro!

— Ah! — exclamaram, surpresos com a resposta.

— Pois é! — disse, reforçando. — Cipó! Lotado! — fiz um gesto com as mãos para enfatizar.

Eles se olharam chocados.

— O Brasil é um país meio estranho, né? — Cody comentou, impressionado.

— Muito! Muito estranho!

Eles se afastaram, debatendo sobre como o Brasil parecia um país de outro mundo.

E quem quiser que me julgue! Curiosidade, todo mundo tem. Eu também tenho, especialmente quando se trata de uma cultura diferente. Mas algumas perguntas eram simplesmente horríveis.

Jane se aproximou de mim, rindo.

— Então você tem dois leõezinhos? — ela ouviu toda a conversa.

— Sim! E uma girafa! E detalhe: eu moro em apartamento.

Nós duas rimos.

— Não sei como acreditaram nisso. Mas daqui a pouco eles vão procurar no Google e vão descobrir que foram trollados — ela disse, sentando-se ao meu lado.

— Eu espero que sim... — respondi, ainda sorrindo.

E fiquei assim por algum tempo. Jane me analisou por alguns segundos. Já estávamos naquela fase da amizade em que não precisávamos falar nada. Ela sabia o que eu estava sentindo.

— Você está feliz, Michelly. Tá com um sorrisinho que não sai do rosto.

— Eu? Imagina! É só impressão sua!

*

Cheguei em casa e havia alguns familiares na casa da minha *host family*. Meu *host* pai jogava videogame com um dos filhos enquanto uma prima esperava sua vez. Eles adoravam fazer campeonatos de videogame.

A *host* mãe cortava alguns legumes na cozinha, ajudada por duas de suas filhas.

Estranhei ver tanta gente em casa no meio da semana.

— Precisam de ajuda? — perguntei, mesmo odiando cozinhar.

Emily sorriu para mim.

— Não precisa, querida. As crianças estão brincando lá fora. Se puder dar uma olhadinha para ver o que estão fazendo...

— Claro!

Caminhei até a porta dos fundos, que dava para o quintal.

Ao abrir a porta, meu coração começou a bater acelerado. Josh estava sentado no gramado, observando as crianças brincarem com água em uma pequena piscina inflável cheia de brinquedos.

Meu Deus! O que fazer? Como agir? Era a primeira vez que nos víamos depois do nosso primeiro beijo.

Talvez fosse melhor sair correndo e me trancar no quarto, disse minha parte mais covarde.

Não! Eu tinha pouquíssimos dias de intercâmbio. Depois, quando o veria de novo? Talvez nunca mais.

Com esse pensamento, caminhei e me sentei ao lado dele.

— Olá, Josh! — disse, com um sorrisinho tímido.

— Oi, Michelly! — ele respondeu, sorrindo.

Caramba, meu Deus! Com aquele sorriso, meu coração quase explodiu. Ficamos em silêncio por um tempo, sem saber o que dizer.

— Eu... eu... — comecei, gaguejando. Estava até tremendo. Socorro!

— Eu não esperava te ver aqui. Na verdade, não esperava ver tanta gente assim do nada, durante a semana.

— Ah! Hoje é aniversário da Cindy. Você se esqueceu?

— Nossa! Verdade! Me esqueci totalmente — revelei, rindo.

Cindy era uma das priminhas fofas, que fazia aniversário poucos dias depois de mim. Ela estava completando dois anos.

— Minha cabeça está na lua... — comentei.

— E a minha está em você... — ele disse baixinho.

Quase gritei. Se ele continuasse daquele jeito, eu com certeza passaria muito mal.

— Eu fiquei surpreso com o nosso beijo. Nunca uma garota tinha tomado a iniciativa de me beijar.

Meu rosto estava queimando!

E meu coração? Acho que já dava até para ouvir as batidas.

— E eu nunca tinha tomado a iniciativa de beijar um garoto. Mas você é meio lento, né? — disse, sorrindo. — Se eu fosse te esperar, meu intercâmbio ia acabar, eu ia embora para o Brasil e, depois de um ano, talvez você pensasse na possibilidade.

— Eu sou lento? — perguntou, fingindo indignação.

— Um pouquinho. Porque não sei se você sabe, mas, depois do meu intercâmbio, eu estarei a exatamente... deixa eu ver aqui... — disse, pegando meu celular e digitando a distância — 9.170 km de distância.

— Mais de nove mil quilômetros! — ele repetiu.

Ficamos em silêncio novamente. Era muito triste saber que mal tínhamos começado, e já estávamos prestes a terminar.

— Eu sei que é muito longe, mas, apesar da distância, estamos namorando, né? — ele perguntou.

Pisquei. Sem reação.

— O quê? — gritei. Juro que gritei. As crianças pararam de brincar e olharam para nós. — Tá tudo bem, crianças! — disse rapidamente. — Podem continuar brincando... — me virei para ele. — O que foi que você disse?

— Perguntei se estamos namorando.

Eu sabia que americano era emocionado, mas não tinha ideia de quanto. Um beijo já significava relacionamento?

— Eu não sei. Não vi você me pedindo em namoro!

— Pedir em namoro? Como vocês fazem no Brasil?

Que bonitinho! Ele estava curioso.

— Para a gente namorar, você tem que me dar um anel.

— Um anel? — ele parecia confuso.

— Não é um anel qualquer. São alianças!

Ele arregalou os olhos, assustado com a palavra.

— Mas aqui as alianças são para casamento! Você quer se casar comigo?

Eu não aguentei e ri.

— Casar? Um dia. Mas não agora! É que no Brasil existe a aliança de namoro, que chamamos de anel de compromisso. Ela é de prata e, quando o relacionamento fica mais sério, muda para a aliança dourada. Entendeu? Para a gente namorar, você tem que me pedir e me dar essa aliança prateada.

Ele ficou pensativo, refletindo bastante.

— Mas aqui não existe esse tipo de aliança.

— Bom, eu não sei. Só sei que, para a gente namorar de verdade, precisa desse anel.

Eu não estava criando empecilhos, mas fazia questão daquele gesto de carinho.

Ele abriu a boca para falar algo, mas as mães das crianças apareceram com toalhas para tirá-las da piscina inflável.

Sorri para ele, e ele retribuiu.

Mesmo sem anel de compromisso, eu sabia que estávamos muito perto de um namoro de verdade. E, seja o que acontecesse, eu tinha certeza de que Josh estaria do meu lado.

CAPÍTULO 45
Nada pode ser bom vindo de uma vizinha

O número de pessoas na casa quase triplicou para a comemoração do aniversário da minha *host* priminha, Cindy. Todos estavam alegres, conversando e comendo.

— Michelly! — Um dos meus *hosts* primos, o Mike, me chamou. — Mostra pra gente como é a música country no Brasil. Sempre tive curiosidade.

— Eu também queria saber. — disse Adam, que era MUITO fã de música country.

Naquela região do Arizona, as pessoas amavam essa pegada mais *cowboy*, e eu já tinha me apaixonado também. Tinha muitas músicas incríveis que eu levaria comigo para lembrar do meu intercâmbio.

— É claro! — concordei, dando risada porque já tive a ideia de fazer uma pequena brincadeira.

Peguei meu celular e procurei por uma música brasileira que, para mim, não tinha nada de country. Só para zoar mesmo. Mas antes que eu pudesse colocar a música, minha alegria foi interrompida.

— Boa noite, família linda! — era Stephanie que acabava de chegar segurando um presente nas mãos.

Meu sorriso morreu ali.

Todos passaram a cumprimentá-la com animação. Desisti da ideia da música e, sem avisar ninguém, fui até a cozinha. Apesar da sala e da cozinha serem integradas, eu queria ficar o mais longe possível dela.

Suspirei fundo. Eu achava que tremia quando estava perto do Josh, mas tremendo de verdade eu estava agora: de raiva, de ódio.

Abri a torneira da pia da cozinha, deixei a água cair e coloquei as mãos embaixo, tentando me acalmar.

Josh percebeu minha mudança de comportamento e veio me procurar.

— O que foi? Você está bem?

— Sim — menti automaticamente. — Eu estou ótima!

— É nítido que você não está legal. Parece que está até tremendo.

Eu estava mesmo. De pura fúria.

— Depois eu te explico... — garanti. Estiquei a mão, pedindo: — Por favor, não fique perto de mim agora. É para o seu bem... fica longe de mim, por favor.

Josh ficou confuso, mas obedeceu e saiu da cozinha.

Como eu podia imaginar, a cobra da vizinha não demorou a se aproximar de mim. Eu sabia que ela tinha ficado de olho na minha conversa com o Josh.

— E aí, minha "querida", como você está? — perguntou, cheia de cinismo.

— Eu não sou sua querida — retruquei na força do ódio.

Ela me deu aquele sorriso falso e maldoso que só pessoas ruins conseguem dar.

— Quando eu cheguei, você estava muito feliz! Estava até dando risada. E agora vi que você e o Josh estavam conversando. Vocês estão juntos, né? — questionou, começando a ficar agressiva. — Eu sabia que isso ia acontecer. Sempre soube!

Eu não ia mais abaixar minha cabeça. Já tinha afastado o Josh por conta dela uma vez, mas agora meu intercâmbio estava no fim. Eu não ia mais me submeter às chantagens dela.

— Jura? Eu não sabia que você era vidente!

Ela me olhou com raiva e deu um passo à frente. Seus olhos pareciam querer me queimar viva.

— Ah! Você está me desafiando?

— E se eu estiver? — perguntei, sem medo nenhum.

Ela concordou com a cabeça, como se estivesse analisando meu rosto. Qualquer sinal de medo que eu demonstrasse, ela perceberia.

— Isso não vai ficar assim! — disse, dando um tapa nas minhas costas.

Isso mesmo. A vizinha favorita de todos tinha acabado de me bater.

— VOCÊ TÁ LOUCA?? DOEU! — gritei, indignada.

— Ai, Michelly! — Ela sorriu, cheia de graça. — Foi só uma brincadeira! Acho que nem medi minha força. Me desculpa!

Brincadeira? Eu tinha nascido ontem, por acaso?

Ela continuava a sorrir, como se tivesse sido apenas um engano bobo. Fiz o mesmo e devolvi o golpe nas costas dela com força.

— O que foi isso? — ela perguntou, assustada. Não esperava que eu fosse revidar.

— Foi uma brincadeira, querida! Igual a sua!

Ela colocou a mão onde eu havia batido. Como estava usando um top, dava para ver a marca da minha mão nas costas dela. Seus olhos estavam cheios de lágrimas. Sem dizer nada, ela correu até a porta e foi embora apressada.

Todos ficaram me olhando, sem entender nada.

— Nossa! — sorri, tentando parecer animada. — Que horror! Ela não sabe levar as coisas na brincadeira. Que estranho! — Peguei um copo e uma garrafa de refrigerante. — Alguém quer refrigerante?

Nos dias que se seguiram, levei brigadeiro para as *cheerleaders*. Era nossa festinha de confraternização, o último dia em que estaríamos juntas como time.

Mesmo sabendo que ainda veria as meninas na escola, pois ainda tínhamos alguns dias de aula, doía muito no meu coração saber que nunca mais nos reuniríamos como *cheerleaders*.

Durante a degustação dos brigadeiros, rimos muito. O brigadeiro foi amado por umas e odiado por outras. Elas davam notas conforme experimentavam, e eu gravei tudo. Era um conteúdo engraçado. Meus seguidores amavam saber das diferenças culturais entre eu e minhas colegas americanas.

— Hum... é meio mole! — disse minha treinadora, fazendo uma leve careta. — Mas é bom! Vou dar nota quatro.

— Nota quatro? Então é horrível! — retruquei, tentando não cair na gargalhada.

Todas caíram na risada. Não tinha como ser bom com uma nota quatro.

— Eu dou nota cinco! — disse Jane, segurando o riso.

— Então você também não gostou! — respondi, rindo.

Elas não gostavam da textura meio mole do brigadeiro, mas mal sabiam que ele era nossa paixão nacional.

Rimos bastante das notas baixas. Mas, por dentro, eu sentia uma tristeza ao saber que aquele seria um dos últimos momentos com aquelas garotas

Suspirei. Meu "intercâmbio perfeito", como dizia meus seguidores, estava chegando ao fim.

Anna, animada, me tirou dos pensamentos tristes.

— Meninas! — disse, empolgada, mostrando o celular. — Vai ter um baile de encerramento!

Outro baile? Meu Deus.

— Calma, meninas! — pediu Anna. — Esse não vai ser como os bailes tradicionais, que tem que usar vestido. Pelo que estou vendo aqui, nem flor no pulso. Vai ser mais informal. Shorts, camiseta... Mas teremos que convidar algum garoto.

Ah, não! De novo isso?

— Eu não vou chamar nenhum menino — já me rebelei. — Vou sozinha ou com uma amiga, como no *Prom* com a Anna. Não quero ficar presa com nenhum garoto.

Todas as meninas se entreolharam.

— Pois eu vou com você de novo! — disse Anna.

Dei um sorriso. Ela era incrível.

Mas Jane hesitou.

— O que as pessoas vão dizer? Meninas indo com meninas? A tradição é sempre ir com um garoto. Vamos ser criticadas.

— E daí? — retruquei. — Por que os meninos podem ir sozinhos ou com amigos e nós não?

Um silêncio se formou. Ninguém tinha resposta.

— Quer saber? Eu também vou sozinha! — disse Betty.

Uma a uma, as meninas concordaram.

Eu estava impressionada. O que eu tinha feito?

— Espera! Ninguém vai sozinha! Vamos todas juntas!

CAPÍTULO 46
O grande dia!

— Arrume-se comigo para minha formatura! — Disse olhando para a câmera do meu celular enquanto gravava todo o processo de me arrumar para a minha tão sonhada formatura americana.

O Baile de Encerramento foi realmente muito legal. Me diverti ao lado das minhas amigas, dancei quando quis e fiz tudo o que queria, sem precisar de um par. Todos usaram roupas mais informais, como shorts e blusinhas. Foi incrível e muito, muito divertido.

Agora era hora de me preparar para a tão esperada formatura.

Na verdade, a formatura "de verdade" aconteceria à noite, mas à tarde teria a primeira parte do ritual. Todos os formandos, vestidos com beca azul e o tradicional capelo, desfilariam pelos corredores da escola.

Era uma forma da escola inteira aplaudir os formandos e agradecer pelos anos em que estivemos ali. Eu estava muito ansiosa para viver essa experiência. Sabia que seria um dos dias mais emocionantes da minha vida.

No dia anterior, já havia vivido algo que jamais imaginei: ganhei um prêmio de destaque na aula de inglês, pelas minhas notas elevadas.

Isso mesmo. Eu ganhei um prêmio por ter ótimas notas em inglês. Em *inglês*!

Cadê aquele professor que disse que eu não deveria fazer intercâmbio porque meu inglês era muito ruim e que deveria esperar pelo menos dois anos?

Que orgulho de mim mesma!

Lembrar daquela menina que passava vergonha quando a professora pedia para ler textos em inglês e todo mundo ria da minha pronúncia me fez perceber uma coisa: podemos ser o que quisermos. Basta acreditar e lutar até conseguir.

Foi uma premiação bem legal! O evento aconteceu na quadra coberta da escola, que estava lotada. Os alunos que se destacaram durante o ano eram chamados ao centro da quadra.

Quando o diretor me chamou, meus *host* pais me acompanharam para receber o diploma de destaque. Adam ficou de um lado, Emily do outro, como se fossem meus pais de verdade.

Eu sabia que havia feito eles passarem por situações difíceis — como a confusão com Isabel, que quase me fez ser expulsa —, mas naquele momento senti que estavam orgulhosos de mim. Depois de tudo o que vivi, percebi que merecia aquilo: amor, orgulho e alegria.

*

Depois de arrumada, perfumada e pronta, cheguei à escola usando a beca azul e o capelo.

Éramos cerca de cinquenta formandos. Quando a direção confirmou que todos estavam presentes, começamos a caminhada pelos corredores da escola. Por onde passávamos, éramos aplaudidos por crianças, adolescentes, professores e funcionários.

Quem teve a ideia de fazer essa homenagem foi muito criativo. Era algo simples, mas carregado de significado.

Me senti tão valorizada e especial.

Não sei em que momento, mas, de repente, percebi que estava chorando. Não tinha como segurar. Eram muitos sentimentos misturados querendo explodir ao mesmo tempo.

Para a formatura oficial, corri para casa, ansiosa para me arrumar por completo. Todos os formandos usariam novamente a beca, mas queríamos estar bem vestidos por baixo.

Nada muito formal. A maioria das meninas usaria vestidos curtos e floridos. O meu era curto, rodado e verde.

Mas nem tudo foi alegria. Enquanto passava a maquiagem e ouvia Jão e Taylor Swift, algo raro em Westfield apareceu: a chuva.

Quase um ano no Arizona, e só havia chovido três vezes — uma delas no Baile de Inverno. Parecia que o céu sabia quando eu queria sair de casa.

O que fazer? Continuar me arrumando e rezar para a chuva passar!

Finalizei a maquiagem, ajeitei o cabelo e, por último, coloquei um salto bem alto. Eu queria arrasar.

Espiei pela janela e vi que a rua em frente à casa estava completamente alagada — de novo! Mas, pelo menos, a chuva tinha parado.

Eufórica, desci as escadas e dei de cara com minha *host* mãe, Steve e Josh. Todos estavam arrumados, me esperando. Eu iria de carro com Jane, já que os formandos precisavam chegar antes dos familiares.

— Estou bonita?

Emily e Steve foram rápidos:

— Sim!

— Está muito bonita!

Olhei para Josh. Ele não disse nada.

— Você eu já sei! Estou horrorosa. — passei por ele, sem esperar resposta, porque era sempre o que ele dizia.

— Na verdade... — Ele sorriu de um jeito travesso. — Você está linda!

Até parei de andar.

— Será que eu ouvi certo? — perguntei, sem acreditar.

Emily e Steve se entreolharam, confusos. Nesse momento, Adam entrou na sala.

— Sua amiga já está aí na frente para te buscar. — Ele coçou a cabeça. — Acho que, mais uma vez, você vai ter que ser carregada no colo.

E, assim como no Baile de Inverno, meu *host* pai me levou no colo até o carro. Só que, dessa vez, era até o carro da Jane.

Na verdade, eu queria que quem me carregasse no colo fosse o Josh, mas, claro, não ia pedir isso.

Quando entrei no carro, eu e Jane nos entreolhamos e rimos.

— Com chuva ou sem chuva, essa formatura vai acontecer! — eu disse.

— Vai, sim! Nem que a gente tenha que fazer a formatura na cafeteria. — respondeu, rindo e dando partida no carro.

Graças à chuva, a formatura não seria mais realizada no campo de futebol americano. Fiquei um pouco decepcionada, porque queria algo como nos filmes, em campo aberto. Em vez disso, seria na quadra coberta. Pelo menos não seria na cafeteria, como Jane brincou.

Tudo bem, não é? Melhor que cancelar ou chover no meio do evento.

A decoração estava linda. A bandeira dos Estados Unidos em destaque, as cadeiras dos formandos organizadas e uma mesa forrada com toalhas dourada e azul — as cores da escola.

Na verdade, não podia reclamar de nada. Havia escolas que nem permitiam que intercambistas participassem da formatura. Com chuva ou sem chuva, eu estava no lucro.

Os formandos colocaram a beca azul e o capelo. As famílias se acomodaram nas arquibancadas e em cadeiras espalhadas pela quadra.

Assim, minha formatura dos sonhos começou.

Alguém teve a ideia de distribuir bolinhas de golfe para os alunos. Na hora de apertar a mão do diretor, cada um deveria entregar sua bolinha para ele.

Os alunos eram chamados um a um, enquanto um professor lia um texto que cada aluno tinha escrito sobre seu futuro.

Fiquei surpresa com o quanto os textos eram parecidos. A maioria dizia que queria encontrar o amor, casar e ter filhos. Alguns mencionavam a faculdade, mas o sonho principal era sempre: faculdade, amor verdadeiro, casamento e filhos.

Claro que esse é o sonho da maioria das pessoas — inclusive o meu —, mas não sei se escreveria isso como texto de formatura.

Depois de muita ansiedade, chegou a minha vez.

— Michelly Tanino...

Feliz, realizada e pronta para minha próxima viagem ou aventura, caminhei até o palco para receber meu diploma.

CAPÍTULO 47

Toda a felicidade do mundo está em pessoas que eu amo

O meu discurso foi o único que não falava de faculdade ou de encontrar o grande amor:

— Michelly é do Brasil, tem mais de seis milhões de seguidores nas suas redes sociais e pretende continuar trabalhando com a internet. Ela sonha em estudar para ser atriz e viajar o mundo inteiro.

Enquanto meu discurso era lido, fui cumprimentar o diretor e entreguei para ele uma bola de golfe — que ele já não sabia mais o que fazer com tantas bolinhas — e mais uns quatro professores. Ouvi quando minhas treinadoras e as *cheerleaders* gritaram meu nome. Sorri para elas! Queria gritar que amava cada uma delas, mas não podia. Então, só sorri mesmo, lutando para não chorar.

No fim da formatura, todos os formandos começaram a gritar e a jogar os capelos para cima.

Que momento mágico e incrível. Minha cena final de filme americano, eu diria.

Feliz e, ao mesmo tempo, triste, pois sabia que aquele era um momento de despedidas. Me despedi das Pinax.

Só de olhar para elas, já senti os meus olhos lacrimejarem. Elas se aproximaram de mim, também muito emocionadas.

— Ah, meninas! Vocês vieram! — disse, lutando para não chorar.

— É claro. Nunca que a gente ia perder a sua formatura! — respondeu Jane.

Dei um sorriso, limpando uma lágrima que insistiu em cair:

— Pois é, o momento da formatura chegou. E com ele, o fim do meu intercâmbio também. Mas eu queria que vocês soubessem que, desde criança, lá no Brasil, eu tinha um sonho lindo de ser *cheerleader*. E apesar de desejar muito que esse sonho acontecesse, muitas vezes eu achava que ele jamais iria se realizar. E ter realizado esse sonho com vocês foi muito mais do que eu podia imaginar! Eu sou muito grata, muito mesmo... e vou levar para sempre tudo o que vivemos juntas. Muito obrigada de coração! Amo todas vocês! — finalizei aos prantos.

Todas já estavam chorando também. Se aproximaram e me deram um grande abraço coletivo.

— Obrigada, Michelly...

— Eu também te amo!

— Você vai fazer falta!

Aquilo significava muito para mim. Minhas amigas não gostavam de abraços, então, para estarem ao meu lado, tão emocionadas quanto eu, era porque aquele era um momento realmente especial. A treinadora se aproximou, visivelmente emocionada:

— Vamos dar nosso último grito de guerra juntas!

Sem dizer nada, uma a uma colocou a mão em cima da outra e, quando todas as mãos se encontraram:

— U.S.A! U.S.A! — todas gritaram, erguendo as mãos em seguida.

Juntas, unidas, da mesma forma que sempre éramos depois de uma grande apresentação. Anna ainda disse:

— Nossa amizade vai durar para sempre...

Chorei ainda mais, porque eu sabia que aquilo não era verdade. Não porque ela estivesse mentindo, mas porque a vida tomaria rumos diferentes para todas nós. Porque a vida é assim... Algumas fariam faculdade em outras cidades, outras se casariam. E por mais que continuássemos nos seguindo pelas redes sociais, nunca mais nos reuniríamos como um time de *cheerleader*.

Mas tudo bem. Foi um capítulo lindo da minha história.

— Vou levar vocês para sempre no meu coração... — Era a verdade mais verdadeira que já disse na minha vida.

*

Depois daquele momento triste de despedida, me recompus. Ainda precisava tirar fotos de formatura com a minha *host family*.

Infelizmente, como era dia de semana, quase ninguém da família conseguiu ir à minha formatura. Mas ainda teria um almoço em família para a minha despedida.

No local reservado para as fotos, chamei minha *host family*. Fiquei no meio, Adam e Emily de um lado, Steve e meu amor Josh do outro. Sorrimos. Eu, mais ainda. Era muito grata por ter tido a chance de conviver com aquelas pessoas maravilhosas.

Ali, ainda na formatura, reencontrei um garoto supersimpático chamado Gabriel. Ele era brasileiro, assim como eu. Conversar com ele ao longo do intercâmbio foi um grande alívio. Fora as chamadas de vídeo com meus pais, eu quase não falava português no dia a dia.

Animados com o reencontro, Gabriel e eu conversamos por alguns minutos, além de tirarmos algumas fotos.

— Você vai no *after* depois daqui? Todo mundo foi convidado — perguntou Gabriel. — Bom, menos eu.

— Nem eu fui — percebi. — Os brasileiros não foram convidados, né? — perguntei, frustrada. — Por que será? O que eles acham que a gente poderia fazer de tão errado para não nos chamar?

— Eu não sei. Mas eu vou do mesmo jeito, sendo convidado ou não. Se todo mundo do terceiro ano vai, eu vou também. Vamos?

Me senti muito mal. Até no último momento, algo assim acontecia. Não sei se era intencional, se haviam se esquecido que a gente existia ou se era algo mais íntimo. Mas Gabriel tinha falado que todos iriam. O certo era que o convite chegasse até nós, não era?

Eu fiquei ali pensando em mil possibilidades e tentando achar outras mil desculpas. Bom, azar o deles, porque eram os brasileiros que animariam esse *after* como nunca.

— Eu não vou. Mas boa sorte — abracei-o com força. — Feliz em ter feito intercâmbio com você. Apesar de terem nos separado de todas as aulas e a gente quase nunca se ver, saber que tinha um brasileiro por perto foi muito bom.

Ele sorriu, emocionado com o fim do intercâmbio e feliz que sua família havia vindo buscá-lo. Era um garoto maravilhoso.

*

Caminhando pelo estacionamento da escola, meu *host* pai e minha *host* mãe entraram no carro. Josh e Steve estavam um pouco mais atrás, andando junto de mim.

— Mih, eu e Josh vamos para a lanchonete comprar alguma coisa para comer. Vamos com a gente? — Steve me convidou.

Olhei para os dois. Josh reforçou:

— Vamos?

— Vamos sim! — falei, decidida.

Eu estava triste por não ter sido convidada para o *after*, afinal, seria uma grande oportunidade de me divertir — de novo — com os meus colegas de turma pela última vez. Mas não me deixaria abalar.

Ao estacionar na lanchonete, tive a impressão de que toda a escola estava lá. Como Gabriel havia dito, muito provavelmente todos estavam comprando lanches para levar para a porcaria do *after*.

Na força do ódio, entrei na fila. Foi um sacrifício comprar algo para comermos. Quando já estava segurando meu pacote com o lanche, dei de cara com ninguém mais, ninguém menos, que o Logan.

— Oi, Michelly! — Ele parecia surpreso em me ver ali.

— Oi! Tudo bem? — respondi, educada.

Tentando equilibrar vários copos de refrigerante, ele respondeu, todo simpático:

— Sim! Tudo bem. E você? Vai no *after*?

Só podia ser brincadeira. Todo mundo iria mesmo?

Fingindo não estar chateada, respondi com um sorriso:

— Não. Eu não vou.

— Como assim? Todo mundo vai!

— Pois é. Eu não fui convidada.

— Eu não acredito! Ainda mais você! Todo mundo te conhece! Vamos fazer assim: eu te convido, então. Essa festa é para todos os alunos do terceiro ano. Sei que não é na minha casa, mas se é para todos, é para você também. Vamos? Vamos comigo!

Olhei para ele, surpresa com aquele convite.

— Poxa... — sorri sem jeito. — Que gentil da sua parte, Logan. Eu nem sei o que te dizer.

— Você já está para ir embora. Sei que demorei para tomar uma atitude, mas queria me acertar com você. Acho que hoje seria nossa última chance. Você me daria essa chance?

Sério? Ele estava fazendo isso no último segundo? Até mesmo quando conversamos anteriormente, ele não fez nada. Mas ali, naquele momento, fazia?

Fiquei de boca aberta com aquelas palavras. O que responder?

— Michelly! Vamos embora? — era Josh que havia se aproximado.

Josh sabia que Logan era o menino que me acompanhou no Baile de Inverno e que me convidou para um encontro no Dia dos Namorados. Era nítido que ele estava desconfortável em estar ali, frente a frente com o Logan.

— Vamos para o *after*. Eu te levo... — Logan insistiu mais uma vez.

Olhei para ele e depois para Josh. Meu coração já havia decidido. Na verdade, desde o primeiro momento que vi o Josh na minha frente, eu já sabia que meu coração e minha dedicação eram dele. Sempre soube. Logan era um menino muito especial, atencioso e perfeito. Mas meu coração batia por Josh. Inquestionavelmente.

— Você é um cara incrível! — disse, abraçando Logan. — Obrigada. Mas eu não vou no *after*.

Era a melhor decisão a se tomar. Sem mentiras e sem desculpas, apenas a verdade. Eu não tinha sido convidada e não queria ir sem que a dona da casa — e da festa — soubesse.

— Eu entendo... — A decepção na voz dele era gigantesca. — Desejo que você seja feliz.

Logan e eu sabíamos que aquela era uma despedida. Não havia motivo para nos vermos depois daquele dia. Ele não me procuraria, e nem eu a ele.

— Você também, Logan. — Respondi, caminhando na direção de Josh, que, meio sem saber o que fazer ou o que falar, me deu um simples sorriso.

CAPÍTULO 48

Últimos dias, últimas chances

Eu e Josh estávamos sentados na área da casa, que ficava em frente a uma rodovia. Tinha sido um dia bem emocionante. Formatura, rever pessoas que eu amava e estar ao lado da minha *host family* pelo que parecia ser a última vez de algo tão, tão importante.

De onde estávamos, víamos Steve entrando no carro de sua mãe, que havia acabado de chegar para buscá-lo. Ele acenou com a mão e foi embora em seguida.

— Ele é um fofo... — disse, pensando alto.

— É, sim — Josh concordou.

Olhei para ele. Estávamos sentados um ao lado do outro. Por mim, queria estar abraçada, grudada com o cara que eu adorava, mas não podíamos. Era a casa da família dele, e tínhamos que manter a distância.

— Em seis dias eu vou embora. Você lembra?

Ele me olhou. Não respondeu. Acho que doía demais tocarmos no assunto. Não tínhamos decidido nada. Nada mesmo. Se íamos continuar ou se teríamos, enfim, um anel. Para falar a verdade, eu só desejava ter tido mais tempo ao lado de Josh. O resto, veríamos com o tempo.

— Vou sentir muita saudade sua, Josh — eu disse baixinho, em português.

— Saudade? O que é saudade?

— Hum... quer dizer que vou sentir sua falta...

Ele suspirou.

— Ah, entendi! Vou sentir saudade também.

Dei um sorrisinho, tentando disfarçar os meus olhos, que já estavam querendo se encher de lágrimas.

Quando eu cheguei, sabia que poderia me envolver com alguém. Sempre tem uma chance, né? Mas eu tinha certeza de que seria apenas um momento bastante passageiro, nada que me tirasse do rumo. E, depois que o intercâmbio terminasse, acabaríamos numa boa.

Mas eu estava sentindo na pele que nem tudo na vida é do jeito que a gente planeja. E estava doendo muito saber que em seis dias eu iria embora e não o veria mais.

Eu havia me apaixonado. Como seria daqui pra frente?

Suspirei pesado. Eu não sabia se ele também estava tão apaixonado quanto eu. Pensava em Josh todo santo dia. Eu esperava que ele pensasse em mim também, por mais difícil que fosse pensar na despedida.

— Quando você voltar para o Brasil, como os meninos vão saber que você está namorando?

Namorando? De novo com aquela ideia?

— Eles não vão saber. — Respondi com sinceridade.

— Por que você não tem aquele anel de namoro?

— Mais do que isso... — comentei. — Eu não postei nada sobre a gente. Eu posto tudo, minha vida é quase um *reality show*! Mas como vou postar sobre nós?

Não dava para publicar nada por enquanto, era um amor em segredo. Eu não sabia como as pessoas ao nosso redor reagiriam e ainda tinha seis dias de intercâmbio. Não queria que as coisas dessem errado ou que eu me estressasse em tão pouco tempo.

— Michelly, preciso te dizer. Existem três coisas que eu descobri que amo muito. — Ele disse do nada.

Me interessei na ideia de conhecê-lo ainda mais.

— Ah, é? E o que são?

— Minha família, meus animais de estimação e...

— E?

— E claro, cachorro-quente! — completou, dando risada.

Eu ri também. Amava o bom humor dele.

— Que bom saber que você ama cachorro-quente! Fico feliz!

Ele pegou na minha mão. Josh me olhava como se eu fosse quebrar a qualquer momento ou como se fosse uma joia bastante preciosa que merecesse ser cuidada e apreciada o tempo todo. Era por isso que eu não me via sem tê-lo por perto.

— Na verdade... — Ele disse, apertando nossos dedos um no outro. — Não é o cachorro-quente que eu amo. Eu amo você, Michelly.

Funguei, emocionada. Estava quase chorando de emoção. Ele me amava, ou seja, pensava em mim tanto quanto eu pensava nele. Era real.

— Josh, eu também te amo! — Disse, sorrindo mais do que podia descrever. — Te amo!

Fomos nos aproximando para nos beijar, mas, para nossa surpresa, ouvimos alguém bater palmas. Era Stephanie.

CAPÍTULO 49
Meu castelo desmoronou

Eu sempre poderia contar com a Stephanie para estragar tudo, inclusive aquele momento tão especial.

— Que cena mais linda! — disse, irônica, enquanto batia palmas.

Na hora, nos distanciamos. Não tinha motivo para continuarmos tão pertinho um do outro, ainda mais com aquela cobra por perto. Fico pensando, hoje em dia, quem será que era a pior? Isabel ou ela?

— O que você tá fazendo aqui? — perguntei, me levantando.

Ela deu um sorriso de puro deboche. Até hoje não sei como ela conseguia ser tão cínica.

— Eu não posso fazer uma visitinha para meus vizinhos queridos? — perguntou, mostrando a tela do celular acesa. — Mandei até mensagem para o Adam, que inclusive tá me esperando. Sabe como é? Eu preciso contar uma "coisinha" para ele.

Era claro que essa "coisinha" era sobre mim e Josh.

— Qual o seu problema? — ele se levantou também. — O que você veio falar para o meu pai?

— É ela, Josh. É tudo culpa dela. Ela quer nos separar! — contei, entrando no meio dos dois. Josh merecia saber a verdade. — Foi ela quem nos afastou fazendo chantagens horríveis. Por isso que falei aquele monte de coisas para te afastar de mim!

Tanto Josh quanto eu sabíamos que era absurdo pensar em Stephanie como uma figura malvada. Eu mesma demorei a acreditar no que estava acontecendo, mas depois que a ficha caiu, ficou claro. Talvez, para ele, fosse um pouco mais difícil.

Mas era a verdade. Stephanie era horrível comigo e consigo mesma. Dava para ver que tinha outros problemas sérios na vida que não conseguia lidar.

— Pra que isso, Stephanie? — Josh perguntou, começando a ficar bravo.

Ela deu um meio sorriso.

— É simples, Josh. Ela não é adequada para você.

Eu ouvia bastante aquilo, mas depois de me acostumar com as pessoas terríveis que lidei, aquela palavra não me atingia mais.

— Quem é você para decidir isso?

Ela ficou sem saber o que responder, abaixou o celular e apertou-o entre os dedos. Talvez não esperasse que Josh ficasse do meu lado. Vi seus olhos se encherem de lágrimas.

— De fato, eu não sou ninguém... — concordou, cheia de raiva. — Mas o seu pai precisa saber o que tá acontecendo aqui. — Passou por mim. — Você achou que eu ia deixar aquele tapa de graça?

Ela estava decidida. Seus movimentos eram articulados para chegar o quanto antes na casa da minha *host family*. Sem me dar chance de responder, entrou na casa, correndo o máximo que podia para alcançar Adam e contar o que estava acontecendo naqueles últimos dias.

Eu estava feliz que Josh estava do meu lado, mas triste e com medo da reação de Adam. Com certeza, meu *host* pai não gostaria nada da ideia de me ter como nora.

— Stephanie vai conseguir o que quer — eu disse, encolhendo os ombros. — Seu pai vai nos separar. — Levei a mão até os meus cabelos, segurando-os. — Sim. Eu sei que ele vai!

Não tive coragem de entrar na casa depois daquilo. Josh ainda me disse que tentaríamos dar certo. Eu via em seus olhos um tipo de esperança que eu não tinha mais. Ele beijou a minha testa e entrou na casa, pronto para enfrentar o próprio pai por mim.

Até hoje não sei o que foi dito naquela sala ou o que foi conversado entre Adam, Stephanie e Josh, mas eu sabia que era algo muito ruim, porque Josh desapareceu da casa e da minha vida por dois dias inteiros.

*

Já era de dia. Eu estava sentada perto da janela. Fazia um dia lindo lá fora, e eu estava triste. Josh ter se afastado de mim justamente quando faltava tão pouco para eu ir embora estava acabando comigo.

Me senti em um filme ou livro de amor proibido.

Triste ou não, eu tinha que seguir a minha vida. Resolvi ligar para minha mãe. Eu estava ansiosa para voltar para casa o quanto antes, mesmo que isso implicasse dar adeus a tudo o que eu conhecia em Westfield. Ela demorou um pouquinho para me atender.

— Oi, mãe! — Era uma ligação por vídeo, e procurei iniciar a conversa toda sorridente. Não queria deixá-la preocupada. — Vou começar a fazer as malas. Contagem regressiva para minha volta.

— Muita coisa pra colocar na mala?

— Nossa! Muita... nem sei por onde começar. Mãe, por favor, coloca a câmera do celular para eu ver o meu bebezinho. Estou com muita saudade dele! Não vejo a hora de voltar e ver ele!

Mas minha mãe não se moveu um centímetro. Achei aquilo muito estranho.

— Mãe, você não me ouviu? Me mostra o Pompom... Estou muito ansiosa pra ver ele.

Nada. Ela continuou imóvel e sem dizer uma palavra.

— O que foi? Aconteceu alguma coisa?

Meu coração gelou. Minha mãe se controlou um pouco para não começar a chorar. Ela sempre foi sorridente e otimista, mas não parecia que estava feliz em mencionar o Pompom.

— Ah, filha. Eu acho que o Pompom é epilético.

— O Pompom? O que aconteceu com ele?

— Esses dias, ele acabou passando mal! — Minha mãe já estava chorando quando me respondeu, os olhos cheios de lágrimas e a voz congestionada.

Ela não estava chorando sozinha. Sem antes saber o que tinha acontecido com o Pompom, eu já estava me acabando em lágrimas.

— Não. Por favor, não! Me diz que ele está bem!

— Sim, ele está bem!

Eu sabia que ele não estava bem. Se estivesse, não haveria motivo para que chorasse.

— Ele está no veterinário, mãe?

— Sim. Está no veterinário. Ele está internado.

— Mãe... — chamei, entre as lágrimas. Eu merecia saber a verdade. — Ele morreu?

Ela chorou mais alguns segundos, limpou as lágrimas e disse:

— Não, mas está muito mal.

Eu não sabia se ela estava falando a verdade ou se queria me poupar até a minha chegada. Só sabia que, se ele estivesse vivo, devia estar muito mal. Me senti péssima por não estar por perto. Queria vê-lo e cuidar do meu bebezinho de perto. De tudo o que passei de ruim no intercâmbio, nada chegava perto da dor que eu estava sentindo.

Desliguei da chamada com lágrimas embaçando a minha visão. Queria um momento para chorar e me recompor, sozinha. Até Emily apareceu para me reconfortar, mas nada mais fazia sentido. Eu queria ir para casa para ter a mesma rotina de sempre, mas era possível que Pompom não estivesse lá.

— Por favor, por favor! — pedi a Deus, rezando. — Não deixa o Pompom morrer. Por favor, por favor, meu Deus.

Me sentei no chão e ali chorei as lágrimas mais dolorosas que já derramei na minha vida. Torci para que tivesse um desfecho justo. E apenas seria justo se Pompom estivesse vivo assim que eu chegasse.

Era ele quem tinha me tirado de um dos momentos mais difíceis da minha vida. Eu apanhava na escola, sofria *bullying* e não tinha coragem de contar pra minha família. Era pra ele que eu contava.

CAPÍTULO 50
Não é um adeus, é um até logo

Eu não tinha mais forças para nada. Somente no outro dia, com muito esforço, resolvi fazer um vídeo contando para os meus fãs amados o que estava acontecendo. Era uma maneira de desabafar, de dividir o que eu estava sentindo, de me sentir acolhida na minha dor.

O Pompom era muito querido pelas crianças e adolescentes. Eu sempre gravei vídeos muito fofos com ele, e muitas pessoas o amavam, assim como eu. Quem sabe, todo mundo fazendo uma corrente positiva, ele não ficaria bem? A esperança sempre se manteve viva no meu coração.

Liguei a câmera do celular e comecei a gravar:

— Oi, pessoal. Eu... eu vim aqui... — Eu não conseguia completar. O choro não me deixava nem começar.

Desliguei a câmera por um momento, reunindo coragem e força para seguir em frente.

— Eu não consigo... — disse para mim mesma.

Suspirei fundo, limpei as lágrimas e liguei novamente a câmera. Tentei falar sem chorar. Minha voz estava tremendo:

Acho que muitos de vocês me conhecem pelo meu chinchila, o Pompom. Eu vou tentar falar aqui, mas eu não tô conseguindo nem falar. Eu tô fazendo intercâmbio aqui nos Estados Unidos e já tô prestes a ir embora, faltam três dias pra eu voltar pro Brasil e ontem minha mãe me ligou e ela falou sobre o meu chinchila... A gente estava conversando sobre o meu chinchila e, aparentemente, ele tá no veterinário desde ontem. Provavelmente ele vai ficar hoje o dia inteiro, só amanhã vamos pegar ele. Porque o que minha mãe falou é que meu chinchila teve uns apagões, então provavelmente ele tem epilepsia. E me parte...

Parei de falar por um momento, buscando coragem. A cada palavra, meu coração se quebrava ainda mais. Mas continuei:

E me parte muito, muito, muito o meu coração o fato de eu não estar lá com o meu chinchila. Me parte o coração de saber que eu tô tão longe e que eu não... e que se acontecer alguma coisa com ele. Eu não lembro nem a última vez que eu vi ele. Me dói muito saber que eu não posso fazer nada. Literalmente o meu quarto tá uma zona, que eu tenho que empacotar tudo, todas as minhas malas, mas eu não consigo pensar em nada além do meu chinchila.

Foi o vídeo mais difícil da minha vida.

CAPÍTULO 51
Chegou a hora... de volta ao Brasil!

Ainda que eu estivesse triste, sem receber mais notícias do Pompom, meu último dia de intercâmbio chegou.

Minha *host family* organizou um jantar de despedida. Toda a família fez questão de ir para se despedir de mim. Ganhei vários presentinhos; todos fizeram questão de me dar algo importante o suficiente para que fossem lembrados. Eles eram pessoas amáveis, e sentiria muita falta deles. Levaria cada um no meu coração.

Só me incomodava aquela distância forçada com o Josh, mas tudo bem, no fundo eu até entendia. Sentia que nosso amor era sempre separado por algum motivo. E doía viver daquela maneira.

Ele estava ali, na festa, sozinho em um cantinho. Longe de mim. Só havia dito um "oi" e nada mais. Ele respeitava muito o pai, que muito provavelmente não queria mais nem que a gente se olhasse.

Chegou a hora das pessoas irem embora, e uma a uma foram me dando tchau, me abraçando, me desejando boa sorte no meu retorno. Até que o último chegou. Era o Josh.

— Boa volta, Michelly. Eu não posso ficar muito, porque preciso ir embora.

Eu apenas o olhei, sem saber muito como agir. Eu queria demonstrar que queria passar mais tempo com ele, mas Adam estava nitidamente observando cada detalhe da nossa despedida.

— Então... — Josh continuou — Boa viagem. Tenho que ir.

Emily parecia confusa com a ideia daquela despedida tão sem graça. Com certeza ela não sabia da péssima situação com a Stephanie.

— Mas você não vai dar nenhum abraço nela? — ela perguntou quase que indignada. — Todo mundo deu um abraço nela!

— Não precisa. Eu sei que o Josh não gosta muito de contato, está tudo bem! — finalizei mentindo mais uma vez.

— Que estranho! — reparou Emily. — Você recusando um abraço?

Exatamente. Justo eu, que abraçava todo mundo, estava negando um abraço. Sorri, ignorando a pergunta da *host* mãe.

— Ok. Tudo bem. Tchau, Josh.

Eu parecia firme e forte, mas no fundo queria chorar uma vida inteira.

Ele caminhou até a porta e respondeu de longe:

— Tchau...

E fechou a porta atrás de si.

Ficou um silêncio superpesado. Ninguém disse mais nada, tanto Adam quanto Emily não estavam tão interessados no que poderia acontecer. Ela foi para a cozinha e Adam sentou-se no sofá, assistindo TV.

— Eu vou para o meu quarto, ainda tenho mala para arrumar e fechar. — inventei uma desculpa qualquer para sumir dali.

Eu estava no chão.

Meu romance acabava assim? Sem um simples toque de mãos, um abraço, nada?

Que triste.

*

Então meu filme americano terminava daquela maneira? Minha história estava mais para drama do que para comédia romântica.

Fechei a porta e fiquei encostada nela por um tempo.

Triste ou não, eu precisava finalizar as malas, gravar os vídeos finais e escrever uma carta de despedida para minha *host family*. Então me desencostei da porta e fui finalizar as malas, limpar a bancada e todo o quarto que estava uma zona.

Recebi uma mensagem de Josh alguns minutos depois. Abri na hora.

> Odiei a nossa despedida. Estou triste com a sua partida. Mas não se preocupe, estou indo aí.

Eu fiquei feliz, claro, mas também desesperada. Respondi na hora.

> Mas e o Adam? E a Emily?

Josh não quis saber, pois disse:

> Estou indo aí.

A cidade dele era bem próxima da minha. Demorava menos de dez minutos.

Me apavorei. Como que ele ia até lá naquele horário? Era quase meia-noite.

E se o pai ouvisse e acordasse? O que eu ia dizer?

Procurando por uma boa desculpa, lembrei do boné que "roubei" de Josh alguns meses atrás. Se alguém me visse, eu daria a desculpa de que queria devolver o presente antes de voltar para o Brasil.

Com o boné nas mãos, desci as escadas com o maior cuidado para não fazer barulho. Torci para que Donna, a cachorrinha da minha *host family*, não fizesse nenhum barulho ou que não latisse. Pelo horário, meus *host* pais já estavam dormindo. Mas e se acordassem? O que eu ia dizer?

E não demorou para que Josh chegasse. Ele desceu do carro e, da janela, nos encaramos. Longe um do outro, mas ainda nos encarando.

Ele sorriu para mim e, sem pensar mais em nada, corri e o abracei.

— Eu não acredito que você veio, eu não acredito! — disse sorrindo e chorando ao mesmo tempo.

— Eu não podia deixar que nossa despedida fosse daquele jeito!

— Vou sentir sua falta!

Eu olhei para aqueles olhos azuis. Não sabia o que dizer. Era uma mistura de sentimentos tão grandes. Eu ia embora e não sabia quando o veria de novo. Mas estava muito feliz por ele estar ali comigo naquele momento.

— Eu também vou sentir sua falta, Michelly. Mas preciso te perguntar uma coisa... — Ele me segurou pelas mãos, feliz em me ver também. — Você quer namorar comigo?

— Sim, sim. Claro que quero. É o que eu mais quero!

Ele sorriu.

— Eu te trouxe um anel, a propósito. Não é o anel que você queria e nem o que eu queria te dar. É que aqui não tem esse tipo de anel de compromisso que você queria para eu te comprar. Mas é meu anel de formatura. Ele é muito importante pra mim. — disse me mostrando. — Pode ser nosso anel de namoro. O que você acha? Eu sei que não cabe no seu dedo, mas você pode colocar em uma correntinha, aí ele pode ficar perto do seu coração...

Era a coisa mais encantadora do mundo.

Peguei o anel nas mãos com todo o meu amor.

Minha resposta foi um beijo. O beijo mais apaixonado da minha vida.

Como seria o nosso futuro?

Com mais de nove mil quilômetros nos separando?

Não sabia dizer.

Mas descobri que na vida não dá para ter todas as respostas. E com amor, a gente pode tudo: até transformar o impossível em possível e a dor em superação.

Então, por que não transformar até a distância em uma linda história de amor?

CAPÍTULO 52

Alexa, toque "Enchanted", Taylor Swift

A chegada é sempre feliz, mas a despedida é muito mais triste.

Já no aeroporto, olhei para Adam, Emily e Steve. Só de olhar para eles eu conseguia sentir que estavam tristes. Eu também estava. Não sabia como seria dali para frente, mas torcia para vê-los o mais breve possível.

Perto do portão de embarque, abracei Adam, meu *host* pai.

— Muito obrigada por tudo! Eu sei que você vai sentir falta das músicas country do Brasil que eu cantava todo dia... Mas agora eu preciso te dizer: elas não eram country, era só pra te zoar. — brinquei, tentando disfarçar a minha cara de choro.

Ele não respondeu nada. Estava muito emocionado para sequer dizer uma única palavra.

Em seguida, dei um abraço na minha *host* mãe querida. Se não fosse por ela, eu não teria tido a chance de viver toda aquela experiência. Foi ela quem quis ter uma intercambista em casa. E de todos os intercambistas da lista, ela me escolheu.

— Muito obrigada, Emily! Obrigada por ter me escolhido. Eu te adoro!

Ela estava com os olhos cheios de lágrimas.

— Vamos sentir sua falta. E eu tenho certeza de que quando você chegar no Brasil, o Pompom vai estar bem.

— Vai estar bem, sim. Obrigada!

Olhei para Steve, que também estava chorando muito. Não aguentei. Ali, tive a certeza de que desabaria a qualquer segundo.

— Não chora, Steve, meu amor! — eu disse o abraçando.

— Você vai fazer falta! — ele respondeu bem baixinho.

Me afastei ligeiramente e tirei a jaqueta do Brasil que eu estava usando. A mesma jaqueta verde e amarelo que estava vestindo no meu primeiro dia de aula. A mesma que ele tinha elogiado.

— Eu sei que você sempre gostou dela, desde sempre. Então fica com ela. Agora é sua!

Seus olhos se encheram ainda mais de lágrimas.

— Não, Mih. Eu não posso...

— Pode sim. É um presente para você se lembrar de mim, para nunca esquecer que somos irmãos. Não importa o que aconteça!

Ele pegou aquela jaqueta e a abraçou com tanto carinho que cortou meu coração. Tentei dar um sorriso entre as lágrimas e, juntando todas as forças que eu tinha, caminhei até o portão de embarque. Quando passei pelo portão, olhei para eles e dei um último tchau. Depois que eu atravessasse, não os veria mais. Eles acenaram de volta. Muito emocionada, atravessei o portão, encerrando um ciclo de dez meses ao lado daquela família maravilhosa.

*

Andando pelo corredor do aeroporto à procura do portão do meu avião, recebi uma mensagem. Mas não de qualquer pessoa, era de Josh. Meu namorado americano.

Procurei um lugar perto do meu portão e me sentei em uma cadeira. Abri a mensagem na mesma hora.

Ele escreveu:

> Estou com saudade.

Dei um sorrisinho ao responder:

> Ah, você se lembrou da palavra saudade!

Ele demorou para escrever. Parecia que estava pensando no que queria me dizer. Até que enviou:

> Eu estava pensando sobre o que você disse um dia, que música com significado é mais especial. E eu sei que você é fã da Taylor Swift. E eu nem gosto de ouvir música pop, mas, quando percebi, eu estava ouvindo a música dela: *Enchanted*. E mais que encantado, eu queria que você soubesse que estou apaixonado por você. Eu sei que mais de nove mil quilômetros vão nos separar. Mas assim como na música dela... É uma bobeira, mas eu queria pedir: por favor...

Emocionado, ele não conseguiu completar a frase.

> Por favor, não se apaixone por ninguém...

Digitei entre lágrimas, mal enxergando a tela do celular. Em seguida, ele continuou com a letra da música:

> *Por favor, que não tenha ninguém esperando por você...*

Eu chorei ainda mais. Não tinha ninguém me esperando. Meu coração era todo dele.

Ouvi chamarem os passageiros para embarcarem.

Digitei que precisava ir embora e que logo ficaria sem sinal de celular. E, felizmente, Josh sabia o que dizer naquele momento:

> Nós vamos nos reencontrar, Michelly.

> Eu te amo.

*

Durante todo o meu intercâmbio, li muitos comentários nos meus vídeos, e um dos comentários que mais escreviam era:

> Seu intercâmbio é perfeito!

Não. O meu intercâmbio não foi perfeito. Eu diria que foi *quase* perfeito.

No meu intercâmbio, eu sorri, chorei. Chorei e depois sorri de novo.

Fui querida e odiada. Inadequada por rir alto, por gravar vídeos, por ser *influencer*, por ser quem eu era. Namorei sem saber que estava namorando.

Fiz pessoas sorrirem, se abraçarem, chorarem, me amarem e me detestarem. Sofri xenofobia. Caí, me levantei sozinha e, em muitas outras vezes, fui levantada por mãos amigas — e até por mãos inimigas.

Realizei sonhos que antes eu achava que seriam impossíveis para uma garota brasileira realizar. Ser *cheerleader* foi o maior deles.

Fiz amizades e inimizades. Tive surpresas pelo caminho. Pessoas que eu achava que seriam minhas amigas para sempre se tornaram minhas piores decepções, e aquelas que eu não queria nem olhar na cara me ajudaram quando eu mais precisei.

Quebrei regras, quebrei tabus, quase fui expulsa. Menti, falei verdades, dancei descalça, arranjei brigas, convidei um garoto para o baile e depois recusei todos os convites.

Chorei nas derrotas e vibrei — e continuei chorando — nas vitórias. Vi as estrelas mais brilhantes da minha vida. Me apaixonei. Não fui correspondida. Fui chantageada. Me afastei. Beijei. Ganhei um anel. Continuo apaixonada.

Muitas histórias acabam por aqui. Outras vão continuar.

Como serão? Eu não sei dizer...

Assim como eu não sabia como as coisas seriam durante o meu intercâmbio. Mas assim é a vida. Uma caixinha de surpresas. Algumas coisas a gente consegue programar e outras acontecem totalmente fora do nosso controle.

E é aí que está a graça da vida.

Passei por muitas situações maravilhosas e outras, não tão maravilhosas assim.

Mas quer saber? Eu viveria tudo de novo.

Porque, assim como a vida, o meu intercâmbio não foi perfeito.

Mas é no *quase* que muitas vezes a felicidade está.

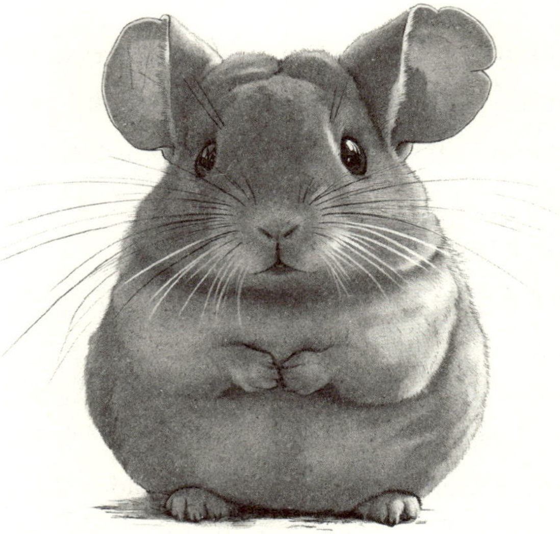

Carta aberta para o Pompom

Sabe quando você está no seu pior momento e tudo dá errado? Mas aí você encontra alguém que muda tudo?

E esse alguém foi o meu chinchila, o Pompom.

Infelizmente, ele morreu por conta da epilepsia, mas lembro de me despedir dele antes de ir para o intercâmbio.

Eu só não sabia que realmente tinha sido uma despedida.

Pompom, eu vou sempre lembrar de todos os nossos momentos juntos. Você foi o meu melhor amigo. Você conseguia me animar quando ninguém mais conseguia.

Você foi uma luz na minha vida. Mesmo que só tenha vivido dois aninhos, você foi muito importante para mim.

Você vai estar sempre em mim porque nossa conexão é de outras vidas. E eu te prometo: eu vou ficar bem.

As coisas andam bastante movimentadas, mas é porque, você sabe, minha vida é quase um *reality show*. Sou convidada para eventos, ganhei prêmios, a internet me conhece pelo meu intercâmbio, e tenho certeza de que vão amar esse livro.

Continuo amando e apaixonada. Nossa família continua incrível. Meu pai, minha mãe e meu irmão estão bem. Todos bem, sempre prontos para batalharem lado a lado com os meus sonhos.

Você foi, e ainda é, muito especial para mim. De onde quer que esteja, espero que me veja sendo feliz. Porque eu estou!

Eu vou ter que aprender a seguir em frente, mas sou muito grata por poder falar para qualquer pessoa que tive o melhor chinchila de todos. E o nome dele era... Pompom!

Esta obra foi composta por Maquinaria Editorial nas famílias tipográficas FreightText Pro, Turbinado Pro e Proxima Nova. Reimpresso pela gráfica Coan em julho de 2025.